COLLECTION FOLIO

Raphaël Confiant

L'archet du colonel

Mercure de France

Raphaël Confiant est né à la Martinique. Auteur de nombreux romans en créole, il a été révélé en France par *Le nègre et l'amiral* (Grasset, 1988) et a obtenu le prix Novembre pour *Eau de café* (Grasset, 1991). Il est également coauteur d'*Éloge de la créolité* avec Patrick Chamoiseau et Jean Bernabé (Gallimard, 1989) et de *Lettres créoles* avec Patrick Chamoiseau (Hatier, 1991). Son roman, *Ravines du devant-jour* (Gallimard, 1993), a obtenu le prix Casa de las Americas en 1993.

À Hector Poullet

PREMIER CERCLE

À l'Univers entier
Le dernier Cri de l'Innocence et du Désespoir

C'est dans les plus beaux jours d'un siècle à jamais célèbre par le triomphe des lumières et de la philosophie qu'une classe d'infortunés qu'on veut anéantir se voit obligée d'élever sa voix vers la postérité, pour lui faire connaître, lorsqu'elle aura disparu, son innocence et ses malheurs.

Il y avait beau temps qu'Amédée Mauville n'accourait plus à sa fenêtre, le cœur en chamade, le plat des mains enfiévré par une soudaine et délicieuse rousinée de sueur, chaque fois qu'irruptionnait le chant des vidangeuses. Celles-ci devenaient les maîtresses des rues du beau mitan de Fort-de-France dans ce bref empan de songe qui séparait la chute du jour de la nuit close. « Une miette de temps, oui... », pestait Da Ernestine qui, armée d'un balai en feuilles de coco, sarabandait d'une pièce à l'autre, du rez-de-chaussée au second et dernier étage d'où l'on apercevait à ce moment-là, par une lucarne, une mer étrangement immobile. C'est qu'il fallait faire la chasse aux mauvais esprits, aux zombies, à toute une tralée d'incubes surtout qui, à l'entendre, mouvementaient ses nuits depuis que son homme n'était point revenu de la Grande Guerre. Là-bas, dans les Dardanelles — un pays de froid et de neige éternelle, à ce qu'il paraît —, s'était produit un vaste tuage d'hommes de toutes nations et maints Nègres d'ici-là, comme l'Hector de Da Ernestine, un beau Nègre dont la membrature faisait les femmes-matadors crier-à-moué d'admiration, y avait perdu, ô cruelle soudaineté !, la vie. De lui, elle ne conservait qu'une lettre du Gouvernement qui témoignait de sa bravoure et remerciait sa fiancée pour le sang que le « fier caporal avait admirablement versé pour la Patrie ».

« Je ne sais pas lire, messieurs et dames, chevrotait Da Ernestine, mais c'est écrit là, oui, là, que je suis la veuve d'un engagé volontaire. »

Il y avait aussi beau temps qu'Amédée ne prêtait plus qu'une oreille distraite à cette antique Négresse jacassière qui servait la famille depuis bien avant l'éruption du volcan, à l'orée du siècle. On l'avait conservée dans sa charge bien qu'elle ne fût plus guère capable que de désagrémenter les moustiques à l'aide d'un vaporiseur de Fly-Tox et surtout de préparer le bol de toloman matinal que, seul de toute la maisonnée, maître Mauville s'entêtait à boire à grandes lippées avant de s'en aller rejoindre, en col-jabot, canne et chapeau, son étude de notaire de la rue Schoelcher. Da Ernestine n'émergeait de sa léthargie qu'à la brune du soir, pour chercher chicane justement aux vidangeuses. Elle vouait une haine sans bornes à ces jeunesses costaudes, aux seins haut dressés et au sourire de gourgandines, qui toquaient sans ménagement aux portes des demeures bourgeoises en hélant : « *Dobann ! Dobann ! Vennsenk sou pou ay vidé dobann !* » (Pots de chambre !

Pots de chambre ! Vingt-cinq sous pour vider les pots de chambre !)

Le siècle avait trente ans et quelques années. Alors l'En-Ville s'ébrouait d'aise, enceint d'une énergie qui stupéfiait les anciens : des autos américaines à la carrosserie rutilante cornaient à toute heure du jour, des bateaux de marchandises déversaient sans discontinuer leurs caisses de morue séchée ou leurs barriques de salaisons au Bord de Mer, des petits vendeurs de journaux vous harcelaient en annonçant quelque duel à l'épée entre politiciens mulâtres radicaux-socialistes et hobereaux blancs créoles irréductiblement attachés au drapeau à fleurs de lys. Man Irma Mauville exultait lorsque sous le coup des quatre heures de l'après-midi, à la saison du carême uniquement, elle recevait pour le thé ses amies du Club des femmes foyalaises, créé pour faire pendant au Cercle martiniquais qui était interdit à l'« espèce femelle » comme disait son mari, goguenard.

« Vous voyez, qui peut maintenant prétendre parler de la nonchalance créole, hein ? s'exclamait-elle, accusant du doigt un ouvrage récent, *La Martinique, c'est ça qu'est chic !*, qu'elle avait reçu de Paris peu de temps après sa publication. Nonchalants, nous ? Tous ces voyageurs de passage, qui nous jugent deux heures seulement après avoir débarqué de leur paquebot, devraient être cloués au pilori. »

Mais cette jovialité n'était que feinte. Elle masquait sa perplexité devant le comportement de son fils aîné Amédée dont les brillantes études de grec-latin-français à Paris avaient émerveillé la Colonie. Le gouverneur en personne avait tenu à l'honorer mais le jeune homme avait décliné son invitation. Il avait, en outre, refusé de postuler au lycée Schoelcher comme chacun s'y attendait et se morfondait dans sa chambre encombrée de livres où il noircissait d'énigmatiques cahiers d'écolier, ne sortant que tard dans la nuit pour aller boissonner dans quelque caboulot infect du quartier malfamé des Terres-Sainvilles ou bien courir la gueuse au Select-Tango, véritable temple de la musique latine, sur la rive gauche du canal Levassor. Maître Mauville, pour sa part, ne lui adressait plus la parole, se contentant de le saluer d'un hochement de tête maussade mais, à son regard ennuagé, on devinait qu'il sentait irrémédiablement s'éloigner de lui ce fils avec lequel, à la vérité, il n'avait jamais été sur un pied de familiarité. N'avait-il pas tenu à élever ses enfants avec une certaine distance, les vouvoyant la moitié du temps, afin qu'ils apprennent à conserver leur rang et ne s'acoquinent point avec la négraille ? Une légende familiale soigneusement entretenue voulait que les Mauville, mulâtres de très ancienne ascendance, n'eussent jamais été esclaves. Fils d'un petit Blanc venu aux isles comme arpenteur (pas de quelque grand planteur trousseur de jeunes filles à peine nubiles) et d'une Négresse qui avait réussi à racheter sa liberté bien avant que la Révolution française n'eût aboli une première fois l'esclavage, le premier des Mauville s'était établi vers 1714 en la ville de Saint-Pierre, alors capitale de la Martinique, comme commerçant en toileries et quincaille, non loin de la place Bertin. Maître Mauville se promettait depuis des lustres de rédiger l'histoire complète de sa lignée mais ne trouva jamais le temps de coucher la moindre ligne sur du papier. Lorsqu'il voulut confier cette noble tâche à Amédée, dès le lendemain du retour au pays natal de ce dernier, le sorbonnard lui jeta un regard courroucé avant d'esquisser un geste d'agacement.

« On n'aura donc jamais fini de bêtiser ici-là, cher père », ajouta-t-il d'une voix qui se voulait neutre.

Si le jeune homme projetait bien d'entrer dans la carrière des lettres, encore que cette expression lui fît horreur, il s'intéressait bien davantage à la geste de ces vidangeuses qui, telles des chauves-souris en dérade, filaient sur les trottoirs glissants, un pot de chambre en émail blanc gaillardement posé sur l'en-haut du crâne, se chamaillant au risque de tout renverser par terre. Le jour, nul n'avait connaissance d'elles. Jamais il n'en avait rencontré une seule dans la rue, bien qu'à force de les scruter il avait fini par s'imprégner maintenant des faces joviales des trois ou quatre qui se disputaient les excréments des bourgeois de la rue Victor-Hugo. Il avait bien rôdaillé aux abords de la fontaine Gueydon où une eau babillarde se jetait de trente mètres de haut dans un bassin où s'assemblait chaque lundi de beau matin tout ce que le Bord de Canal comptait de lessiveuses. Certaines vidangeuses complétaient de cette manière-là leurs maigres revenus mais il n'en reconnut aucune parmi les grappes de femmes énergiques qui se relayaient pour y battre, dans d'incessants éclats de rire, leurs ballots de linge.

Ida — il avait appris son nom lors d'une dispute avec une concurrente au cours de laquelle cette dernière lui avait « tracé ses générations », manière de faire la liste de toutes les turpitudes vraies ou imaginaires des ascendants de quelqu'un — Ida était une fleur sombre qui poussait dès que la barre du jour s'apprêtait à se casser, plongeant brutalement le monde dans l'obscurité. Le service des lampadaires avait toujours été lent à se mettre en branle, pour des raisons que personne n'avait jamais réussi à élucider et cela malgré les protestations des commerçants levantins que crocheteurs et autres mauvais larrons profitaient pour dévaliser. Si Ida n'était pas une fleur, comment se pouvait-il qu'Amédée la distinguât à coup sûr parmi les ombres hâtives qui se faufilaient d'un porche à l'autre ? Agrippé (les soirs où il était d'humeur) à la rambarde de sa fenêtre, il attendait, anxieux, de savoir si elle atteindrait la première la maison Mauville car tout ce travail-là, au fond, n'était qu'un sacré course-courir de l'En-Ville jusqu'à la pointe Simon où les vidangeuses, après avoir enjambé le pont de l'Abattoir en six-quatre-deux, voltigeaient à la mer le contenu de leurs pots de chambre, les propretaient avec une dextérité stupéfiante avant de s'en revenir à la galopée pour dénicher un autre client. Elles chantonnaient des biguines ou des mazurkas créoles à la mode afin de se bailler du cœur à l'ouvrage, resserrant de temps à autre à la taille les pans de leurs robes et lançant des œillades irrésistibles aux hommes mariés en goguette, reconnaissables à leur air faraud. Afin d'oublier aussi l'immense puanteur qui envahissait les rues et flottait jusqu'à fort tard dans la nuit lorsque les alizés ne soufflaient pas.

Quand Ida était absente ou se faisait damer le pion par une autre vidangeuse, Amédée serrait les dents et répondait d'un geste vague de la main au salut des jeunes femmes qui le connaissaient bien maintenant. L'une d'entre elles, Jiliane, avait coutume de le taquiner :

« Mon beau monsieur, vous cherchez une bougresse à marier, non ? Je sais faire cuisine, laver, repasser et puis… Ha-Ha-Ha !… frotter aussi, oui. Tu veux que je te frotte ? »

Ce marivaudage avait le don de déclencher la fureur de Da Ernestine, qui se croyait vouée de toute éternité à la défense de l'honneur de la famille Mauville. Elle déplaçait, non sans difficultés, sa carcasse de septuagénaire un peu obèse jusqu'à la fenêtre du galetas où elle avait sa chambre et s'écriait en français à Amédée :

« Mussieu Médée, c'est toi qui te mets dans cette bacchanale-là ? Eh ben Bon Dieu, c'est pas possible, ça. Les saints du ciel, protégez-moi, s'il vous plaît ! »

Et à Jiliane en créole ordurier :

« *Sakré bôbô ki ou yé ! Ou pa wè ou two pé di pou pwan men épi gason Mèt Movil ! Ay jété dobann ou épi chapé kô santi'w la, non !* » (Espèce de ribaude ! Tu n'as donc pas froid aux yeux pour t'adresser ainsi au fils de maître Mauville ! Va donc jeter ton pot de chambre et fiche-moi le camp, tu pues !)

Si par contre Ida était celle qui se présentait à la devanture de la maison et à qui mamzelle Coulie, la petite servante indienne, remettait à la fois le pot de chambre et quelques pièces de menue monnaie, aucun scandale ne se produisait. La vidangeuse avançait, fière et droite, le regard perdu dans le lointain, se gardant bien de lever les yeux jusqu'à la fenêtre du deuxième étage d'où l'observait, quoique d'une façon de plus en plus épisodique et cela, depuis maintenant trois bonnes années, un Amédée Mauville énamouré. Tout se déroulait dans le plus parfait silence. La fleur sombre hissait son butin sur sa tête couverte du même madras de couleur violet-caïmite et se dirigeait à pas rapides en direction du canal Levassor. En cinq-sec, Amédée avait la surprise de la voir réapparaître, plus hiératique et distante que jamais, le bas de sa robe mouillé par l'eau de mer lui collant aux jambes, qu'elle avait sublimes, et déposer le pot de chambre avec douceur devant le porche. D'ordinaire, les vidangeuses l'envoyaient valdinguer sur le trottoir, pressées qu'elles étaient de dénicher un autre job avant que la nuit ne soit trop avancée.

Cette fleur sombre d'Ida était donc une montagne de silence : ni rires canailles, ni chansonnettes grivoises, ni éclats de voix ou injuriées sonores ne tigeaient de ses lèvres si charnues qu'elles lui donnaient l'impression de faire sempiternellement la moue. De babigner, songeait Amédée, qui vouait une certaine affection aux tournures vieillottes. Ce moment-là lui était précieux. C'était même celui qu'il préférait de la journée, celui qu'il espérait sans pouvoir déchiffrer le trouble qui l'habitait. Il y avait l'extrême noirceur de la peau d'Ida qui diffusait comme un feu contenu, il y avait la rondeur parfaite de sa croupière, il y avait ses yeux, papillons nocturnes qui ne cillaient jamais des ailes en dépit des échardes de lumière des lampadaires ou des lampes torches que brandissaient les promeneurs solitaires. Ida, la Négresse bleue dans toute sa splendeur, de la race de celles qui, sans aucun doute, firent chavirer-tomber les sens des colons esclavagistes des siècles passés.

Or, un beau soir, Ida, la fleur des trottoirs, changea du tout au tout. La voici qui chantait à présent ! Non seulement qui chantait mais se dandinait comme mue par une joie sans nom. La première fois qu'Amédée entendit le son de sa voix, il demeura cloué sur place un siècle de temps. Cette voix-là coulait ! Oui, c'était une eau de rivière enjambant joyeusement les roches. Il chercha longtemps le mot exact qui pouvait la définir, puis se surprit lui-même à s'exclamer :

« Argentine ! C'est ça, elle a une voix argentine... »

L'étrangeté de cet adjectif le retint un bref instant et il se promit d'en rechercher l'origine. Avait-il un quelconque rapport avec le pays du même nom ? Et si oui, pourquoi ? Mais le chant d'Ida continuait à monter jusqu'à sa fenêtre et il en était encore plus pétrifié :

France, ô grande Patrie !
Terre sacrée des vieux Gaulois
France, ô terre chérie !
Nous voulons vivre sous tes lois
Tu t'es faite une mère
Tes fils te seront reconnaissants
Fidélité entière
Avec nos muscles et notre sang.

Le mot « France » y était roucoulé à l'infini, le *r* curieusement bien prononcé, exagérément prononcé même. Amédée, interloqué, se pencha par sa fenêtre presque au risque de tomber et ne sut quoi dire. Trente-douze mille questions se bousculaient sur ses lèvres mais aucune ne parvenait à franchir la barrière de timidité qui se dressait entre Ida et lui chaque fois qu'il apercevait la jeune femme. Il la regarda s'éloigner dans la nuit qui tombait en épaisses volutes grises, princesse plébéienne presque irréelle dont les pas semblaient à peine effleurer la chaussée. Minuit le surprit en cette posture avec son petit vent de freidure, vent de terre noué dans les fougères arborescentes et les pieds de bambou, qui dégringolait depuis la tête du morne Balata. Il retrouva son souper froid sur sa table de travail, sans doute déposé avec discrétion par une Da Ernestine comme à l'ordinaire plus entêtée qu'une bourrique. Il lui avait pourtant répété à maintes occasions de poser le plateau de nourriture sur le tabouret qui se trouvait à l'entrée de sa chambre, mais la vieille nounou ne portait aucune affection aux livres dans lesquels elle croyait rassemblée toute la dévoyure du monde.

« *Mi sé sa ka rann li fou an mitan tèt, mi !* » (Voilà ce qui le rend fou à lier !) soliloquait-elle chaque fois qu'elle devait ramasser quelque ouvrage oublié par Amédée au salon ou dans la cour intérieure.

Sur la table, il aperçut également une grande enveloppe grise placée bien en vue. Elle portait le tampon du pensionnat Colonial. Il l'ouvrit d'un geste machinal et parcourut les quatre-cinq lignes tapées à la machine à écrire que lui envoyait la direction de l'établissement. Celle-ci le sollicitait, ayant sans doute appris qu'il n'avait pas fait acte de candidature au lycée Schoelcher, pour occuper un poste de latin-français. Une nouvelle classe de rhétorique venait d'être créée à cause de l'augmentation brutale des effectifs. Au bout de trois décennies, le trou de la Grande Guerre était en passe d'être comblé, argumentait la directrice, et nous aurons grandement besoin dans les années à venir des plus talentueux esprits de la Colonie afin d'encadrer cette jeunesse qui en est le levain. Cette prose passe-partout lui arracha un demi-sourire et il redéposa l'enveloppe à l'endroit exact où sa mère (qui d'autre cela pouvait-il être ?) l'avait placée. Il se surprit alors à chantonner, assis sur le bord de son lit :

France, ô grande Patrie !
Terre sacrée des vieux Gaulois

Deux heures du matin sonnèrent à la cathédrale, déclenchant des aboiements en chaîne d'un quartier à l'autre de l'En-ville. Avant d'éteindre la lumière, Amédée s'approcha du tableau qu'il avait acheté dans un marché aux puces à Paris, peu avant son retour définitif à la Martinique. « Une croûte », l'avait averti l'ami étudiant qui l'accompagnait, mais le marchand avait su déployer des trésors d'érudition pour le convaincre de débourser la somme mirobolante — il en prit conscience bien longtemps après — qu'il demandait pour ce portrait d'officier napoléonien. Aujourd'hui encore, la ressemblance lui paraissait criante : cet homme au visage ténébreux qui jouait du violon en tenue de chef de bataillon de la Grande Armée, entouré de femmes mulâtresses et noires assises à ses pieds qui l'écoutaient avec la plus extrême attention tandis qu'un bambin en habit de page dansait avec grâce, cela sous un arbre qui ressemblait à s'y méprendre à un sablier, cet homme-là était le portrait craché du frère aîné de sa mère, en simplement plus âgé. Frère aîné dont la famille taisait le nom parce qu'il courait le monde en aventurier, tantôt à La Nouvelle-Orléans tantôt à Belem, et qu'il traficotait dans l'or et le caoutchouc. À chacune de ses brèves escales à la Martinique, celui que Da Ernestine surnommait avec tendresse Monsieur Grand-Vent Grand-Mouvement, s'étonnait qu'Amédée lui ressemblât tant, hormis le fait que ce dernier avait les cheveux qui tiraient sur le marron.

« Incroyable en effet ! avait admis Man Mauville lorsque son fils avait ôté avec mille précautions de sa malle le tableau qu'il avait enveloppé à l'aide de vieux journaux et de vêtements d'hiver devenus désormais inutiles. Qui est-ce ?

— Je ne sais pas. Un lointain parent à nous, peut-être ? avait-il répondu d'un ton enjoué.

— En tout cas, il a l'air d'adorer le violon. Là, par contre, vous êtes très différents… »

Amédée sourit en caressant le cadre du tableau.

« Et le peintre ? reprit sa mère.

— Inconnu lui aussi ! Il n'y a aucune signature au bas du tableau. Regarde toi-même ! »

Maître Maximilien Mauville paraissait moins convaincu de la ressemblance entre l'officier du tableau et son fils (il évacuait de son esprit son beau-frère qui n'était à ses yeux qu'un être fantasque). Tout cela lui semblait être pure futilité de jeune homme qui ne s'était pas encore décidé à entrer dans le monde et à s'y battre pour gagner sa vie. La destruction de Saint-Pierre par la montagne Pelée l'avait obligé, lui, à repartir presque de zéro puisqu'il y avait perdu, outre tous les siens, deux corps de bâtiments dont la location assurait une relative aisance à ses parents ainsi qu'un hangar, au Mouillage, qui servait de case à réparation pour navires de moyen tonnage et dont la réputation auprès des capitaines étrangers était excellente. Il ne nourrissait, contrairement à son épouse, aucune nostalgie de la chatoyance des jours d'avant l'éruption, des fêtes brillantes et du carnaval, de l'or et l'argent qui coulaient à flots. Il avait tourné la page, regardé uniquement l'avenir et réussi haut la main sa licence en droit à Fort-de-France avant de s'acheter, s'endettant pour trente ans auprès du Crédit martiniquais, une charge de notaire. Qu'Amédée rêvassât un temps, le temps qu'il se réadapte au pays, devant un tableau qui n'était même pas de maître, ne le gênait pas outre mesure mais que, depuis des mois et des mois, il s'obstinât dans cette attitude et se refusât à exercer la profession à laquelle il était tout naturellement destiné, le mettait hors de lui. Par bonheur, il y avait Bertrand, son fils cadet, qui achevait sa médecine à Bordeaux et dont les lettres démontraient un sens pratique des plus aigus puisqu'il s'inquiétait déjà du meilleur endroit pour y ouvrir son cabinet. Et la benjamine, la jolie Hortense, qui vivait auprès de sa marraine à

Trinité depuis l'âge de onze ans et qui, bien qu'elle fût devenue presque une étrangère à présent, ne devrait lui causer aucun souci dans le futur. À coup sûr, elle hériterait de cette richissime vieille dame d'ascendance hispanique qui possédait encore des propriétés à Bénézuèle et au Panama, où feu son époux s'en était allé construire le Grand Canal.

Le tableau, d'abord placé dans le salon, devint vite un objet de dispute entre le fils et le père. Da Ernestine l'avait donc accroché d'autorité dans la chambre du jeune homme, à un clou qui servait jadis de porte-chapeau et, lorsque Amédée était allongé sur son lit, il l'avait en face de lui. La gouvernante y avait vu d'emblée un quimbois, une entreprise de sorcellerie pour accaparer l'esprit d'Amédée et l'avait, à l'insu de ce dernier, aspergé de quelques gouttes d'eau bénite à l'aide d'un rameau, puis d'alcali, cela apparemment sans résultat. Elle avait même proposé à Man Mauville l'intervention d'un prêtre hindou du quartier Au Béraud, endroit de l'En-Ville où depuis quelques années s'entassaient ceux de la race indienne qui croyaient encore à leur rapatriement à Madras ou à Calcutta. Espoir aussi vain que celui du papayer mâle qui rêve de fleurir car bientôt, tenaillés par la faim, certains se mirent à mendianner dans les rues commerçantes, d'autres offrirent leurs bras maigrelets au service de voirie de la municipalité. Bien entendu, mulâtres aisés et Nègres de haute ou de basse engeance vouaient le plus profond mépris à ce peuple tardivement arrivé dans la Colonie et qui refusait de s'y accoutumer. C'est pourquoi Man Mauville s'étonna que Da Ernestine eût quelque accointance avec un « sorcier couli » selon son expression, puisque la nounou n'avait pas mis le pied dehors depuis 1927, l'année même où Amédée avait embarqué pour Le Havre à bord du transatlantique *Colombie* afin de poursuivre ses études là-bas. Mais l'homme se trouvait être tout simplement le père de la petite bonne que Man Mauville avait embauchée, il y avait deux Noëls de cela, non point tant pour seconder Da Ernestine dans ses tâches maisonnières que pour mettre une présence supplémentaire dans cette grande bâtisse à deux étages où n'importe quel malandrin pouvait pénétrer sans être vu. Bien entendu, en chrétienne militante, elle refusa net-et-propre une quelconque intervention de ce propagateur du paganisme, reprenant mot pour mot quelque sermon dominical du curé de la cathédrale de Fort-de-France.

« *Enben, Djab la ké kontinyé viv kôy an pôtré a !* » (Eh bien, le Diable continuera à prendre ses aises dans ce tableau) conclut, fataliste, Da Ernestine.

Amédée ne s'endormait jamais sans l'avoir longuement observé et, à cet instant-là, c'était comme s'il le voyait pour la première fois. Il y découvrait une couleur inconnue, un détail insolite. Ce soir-là — celui, ô combien mémorable, où Ida chanta son chanter à la gloire de la France — il remarqua que l'une des femmes qui se trouvait assise au pied de l'officier napoléonien tenait un minuscule archet entre les mains, objet qu'il avait jusque-là pris pour un peigne. Et soudain, il bondit sur ses pieds. Incroyable ! Il venait seulement de découvrir que l'instrument avec lequel l'officier semblait prendre tellement de plaisir à faire vibrer son violon n'était pas un archet mais bel et bien une épée. Une épée très fine dont la pointe était cachée à l'aide d'une sorte de pompon bleu océan. Oui, une vraie épée ! Même son ami l'Historien (il l'appelait ainsi pour faire bref et par respect pour son immense savoir) ne l'avait pas remarqué, lui qui pourtant avait passé près de trois bonnes heures à examiner le tableau. C'était un homme dans sa soixantaine commençante, qui vivait en célibataire dans un meublé de l'avenue Britmer, à Terres-Sainvilles, où régnait une véritable mégère. Cette dernière s'entêtait à louer ses chambres à la semaine, même à ceux qui, comme l'Historien, y logeaient depuis le temps du marquis d'Antin, et houspillait avec la dernière des férocités quiconque osait lui suggérer le moindre changement dans sa façon de conduire son établissement. L'Historien la supportait avec un flegme qui forçait l'admiration d'un Amédée pourtant peu enclin aux disputes ancillaires.

« Nous menons, elle et moi, grand train d'amour », murmurait-il, railleur, à son jeune ami en l'entraînant très vite dans l'escalier en bois branlant.

Après s'être démarié au début des années 20, il avait vendu sa maison cossue du quartier de Moutte pour se réfugier ici, parmi une collection impressionnante de vieux journaux, d'affiches, de livres et, en particulier, de photographies, dont beaucoup avaient été prises par lui. Cet homme-là était un érudit mais surtout un passionné du bois et de la pierre. Il suffisait qu'il apprenne qu'un bâtiment allait être détruit ou qu'un paysage allait subir quelque modification, pour qu'il y accoure avec son Leica et immortalise l'endroit sous tous les angles. Il possédait ainsi des albums entiers dans lesquels, année après année, on pouvait lire l'évolution du visage de l'En-Ville. Le tableau rapporté de Paris par Amédée n'avait eu de cesse qu'il ne l'intrigue car il était peintre à ses heures. Depuis lors, il passait de longues journées au fonds antillais de la bibliothèque Schoelcher à la recherche de quelque indice qui pût le mettre sur la piste de son auteur.

« Il va trouver. J'en suis sûr, il va trouver, tonnerre de Brest ! » marmonna comme chaque soir Amédée au moment où il tournait le bouton de sa lampe de chevet.

CAHIER DE L'ÉCHAPPÉE-BELLE

> « Déclarons les esclaves être meubles et, comme tels, entrer dans la communauté, n'avoir point de suite par hypothèque, se partager également entre les cohéritiers, sans préciput et droit d'aînesse, n'être sujets au douaire coutumier, au retrait féodal et lignager, aux droits féodaux et

seigneuriaux, aux formalités des décrets, ni au retranchement des quatre quints, en cas de disposition à cause de mort testamentaire. »

Le Code noir,
article 44
(1685)

Marthe Rose, dans ta course effrénée sur les hauteurs de Vieux-Fort, par les chemins-halliers obscurs qui menaient à Morne Belvédère, tu n'avais qu'un seul baume au cœur, une seule certitude : le maître ne te ferait pas pourchasser tout de suite. Il te croyait mutine et dirait à la cantonade à ses commandeurs déjà en grand arroi de guerre (chevaux, chiens de chasse, flambeaux et mousquets) : « Cette Rose aime donner carrière à ses fantaisies, messieurs, laissons-la courir un peu les bois. Elle regrettera vite son escapade. Je ne lui baille pas quatre jours pour revenir par ici. Ha-Ha-Ha ! »

Mais tu savais que, passé ce délai, on ne t'accorderait pas une miette de chance. Ton nom serait affiché aux carrefours, ta fuite annoncée à la conque de lambi. On ne manquerait pas de décrire chaque trait de ta figure et, même si tu t'appliquais à le dissimuler sous ton châle, tu ne tromperais pas longtemps tes poursuivants. Chacun avait un tel flair pour lire dans n'importe quel regard cette inquiétude qui dénotait la moindre faute commise, le plus petit larcin, la plus infime violation de la loi des maîtres blancs.

À la Rue-Cases-Nègres de l'Habitation Grande Ravine, le seul univers connu de toi, Marthe Rose, bien que tu n'y fusses pas née, régnaient la délation et le fatalisme. Le commandeur Moreau prenait régulièrement à part coupeurs de canne ou lavandières pour leur soutirer des révélations et, l'instant d'après, untel se voyait mis au carcan et, si la faute était jugée plus grave, il subissait le supplice du tonneau. Quel crève-cœur alors que d'assister à la dévalée de l'un d'eux dans lequel on avait enfoncé des clous à moitié, à l'en-haut d'une pente, la voix suppliante du condamné s'enflant à mesure que l'instrument de torture prenait du ballant !

C'est que le maître vivait depuis quelque temps dans la hantise du poison. Pas un jour sans qu'on ne retrouvât, dans quelque savane isolée de la plantation, un mulet ou un bœuf dégorgeant un sang noirâtre, les pattes rigidifiées par la plus extrême des douleurs. Il mettait ces forfaits sur le compte des mulâtres de la Martinique qui jouaient de leur influence sur leur alter ego de Sainte-Lucie, les incitant à batailler ferme pour obtenir les mêmes prérogatives que les Blancs depuis que Louis, seizième du nom, était monté sur le trône. Les libelles qu'ils faisaient circuler sous le manteau jusqu'au cœur des campagnes les plus reculées étaient commentés par ces Nègres à talent (charpentiers, forgerons et autres boulangers) auxquels des jésuites insensés avaient cru bon d'enseigner l'art de la lecture.

Un jour vint où le maître vous imposa de goûter

ses repas devant lui, juste avant de le servir. Ce nouveau rituel se déroulait dans un silence glacial, sous les yeux attentifs de son épouse et de leurs deux enfants. Tous les plats étaient disposés sur une table plus basse que celle où dînait la famille de Venoncourt et, alignées devant celle-ci, vous trois, les cuisinières, l'une d'elles, originaire du pays-Congo comprenant à peine le créole, et toi-même, la petite Marthe Rose dont les cheveux bouclés de câpresse virevoltaient sur tes frêles épaules, attendiez le bon vouloir du maître. Rusé en diable, ce dernier évitait bien de vous désigner à tour de rôle, sachant parfaitement que l'une d'entre vous aurait fort bien pu être circonvenue par les Nègres marrons et, de ce fait, n'aurait pas hésité à sacrifier ses compagnes à seule fin d'atteindre le maître et sa famille.

Quand ce fut ton tour, Rose, la toute première fois, Émilienne de Venoncourt s'interposa : « Elle est encore dans l'enfance de son âge, monsieur. Pourquoi devrait-elle payer pour les autres ? »

D'un geste méprisant, son mari lui rabaissa sa caquetoire et te fit approcher, toi la câpresse qui avais, à vue d'œil, à peu près le même âge que sa fille aînée, quatorze ans, mais dont les formes étaient beaucoup plus développées. Marthe Rose, tremblotant dans ta gaule rapiècetée aux épaules, tu fixais le plancher magnifiquement ciré. Tu ignorais ce qu'était la mort et n'avais crainte que du fouet. Tu frémissais à l'idée qu'on te lacère le dos comme tu l'avais vu faire à Pauline, une cantinière qui avait été convaincue de chaparder les vêtements de sa maîtresse. Comme elle se trouvait grosse de plusieurs mois, on l'avait obligée à creuser un trou dans lequel elle avait pu s'allonger et donc placer son ventre. Ainsi avait-elle reçu, sans dommage pour le bébé, les trente coups de fouet prévus en guise de châtiment car le maître et ses pairs se plaignaient à longueur de journée de ne pas recevoir suffisamment d'esclaves d'Afrique, Sainte-Lucie n'étant servie qu'après la Martinique et la Guadeloupe.

« Jeune fille, tu possèdes en toi un peu de notre sang, alors si tu as connaissance de quelque mauvaiseté, dis-le tout de suite, te lança monsieur de Venoncourt. Allons, n'aie pas peur, ma petite Toto ! Tu ne vas tout de même pas te laisser empoisonner, toi aussi, hein ? »

Le maître de céans te mignonnait les joues en détaillant chaque partie de ton corps. Tu l'avais surpris un jour qui t'observait, juché sur son cheval, tandis que tu faisais tes ablutions en aval du gué de la rivière Choiseul. Depuis lors, il semblait t'éviter et ne pénétrait plus dans les pièces où toi, Marthe Rose, tu te trouvais seule. L'une des cuisinières t'avait pourtant mise en garde : « Le maître est content de toi. Tout le monde voit ça, foutre ! Pas la peine de te débattre quand il montera sur ton ventre ! Tu te ferais du mal à toi-même, ma fille. Ce bougre-là est un malpatient, oui. »

Le jour où toi, Marthe Rose, tu fus appelée à goûter le souper des Venoncourt, tu crus ta dernière heure arrivée. Tous les soirs de la semaine d'avant, tu avais perçu des allers-venirs et des conciliabules autour de la case que tu partageais avec une vieille femme aveugle. Ces voix inconnues, ces petits rires, ces gloussements de plaisir, ces protestations étouffées, indiquaient d'ordinaire que des esclaves d'autres habitations, distantes parfois de plusieurs lieues, étaient venus paillarder avec des Négresses d'ici-là, ou s'adonner à des vagabondageries avec Ismène, dont on affirmait qu'elle faisait boutique de ses charmes à la nuit tombée. Mais, dans les circonstances présentes, ce charivari ne pouvait être que l'œuvre des Nègres marrons qui s'attaquaient maintenant de plus en plus fréquemment, à mesure que l'hivernage approchait et que les chemins se faisaient impraticables, aux jardins vivriers et aux greniers des plantations, cela avec la complicité de la valetaille car les chiens ne jappaient point. Au matin, une fois les dégâts constatés, les maîtres faisaient rassembler tout le monde et enjoignaient à leurs commandeurs de faire parler le fouet, le plus souvent en vain. On s'amarrait de plus en plus la bouche. Soit par simple courage soit parce qu'un connaisseur de pouvoirs maléfiques vous l'avait cousue à votre insu.

« Allons, goûte-moi d'abord la soupe ! » t'ordonna monsieur de Venoncourt, un rictus étrange au coin des lèvres.

Par bonheur, le repas n'avait pas été empoisonné et dès lors, toi, Rose, ne vis dans ce rituel qu'une corvée supplémentaire, un peu ennuyeuse, parfois ridicule. Comme ce jour où la Négresse-Congo qui avait avalé trop vite un morceau de viande faillit s'étouffer non point sous l'effet de quelque produit vénéneux mais bien par la faute de sa gloutonnerie. Le maître s'était aussitôt dressé, repoussant violemment sa chaise, et avait hélé son valet qui montait la garde à l'entrée pour qu'il lui apporte son fusil. Puis il avait actionné une cordelette reliée à une petite cloche et bientôt ce fut le branle-bas de combat dans les douze pièces de la maison. Le cocher, un bougre veule qui passait son temps à flagorner le maître, l'abreuvant de compliments menti-menteurs sur son allure ou sa santé, entreprit de ligoter les deux autres cuisinières tandis que la nounou des Venoncourt te serrait fermement les mains derrière le dos.

« Poison ! Poison dans le manger du maître ! » criait-on de partout.

Le commandeur Moreau, accouru de la case-à-rhum, à moitié saoul, s'empressa de voltiger le repas aux chiens qui aboyaient dans la cour.

« *Sa ou ka fè a, Mowo ? Tèt ou pa bon ?* » (Que fais-tu là, Moreau ? Tu as perdu la tête ?) fit le maître en tentant de retenir son commandeur.

Mais c'est ce geste incongru (le maître tenait beaucoup à ses chiens qui n'étaient point créoles mais spécialement importés des États-Unis d'Amérique pour faire la chasse aux esclaves marrons) qui vous sauva, vous les cuisinières, d'un funeste destin. Les bêtes dévorèrent le repas en un battement d'yeux mais elles continuèrent à sauter et à aboyer, augmentant le trafalgar qui régnait dans la Grand-Case. On s'aperçut alors que la Négresse-Congo n'était point morte, malgré ses yeux révulsés, et qu'un râle s'échappait de sa gorge. Le commandeur Moreau, redevenu maître de ses esprits, s'agenouilla près d'elle et d'un geste sec enfourna sa grosse main velue de mulâtre au fond de la bouche de la femme. Il en retira un impressionnant morceau de viande de bœuf.

« *I té valé'y an travè. Pa plis ki sa!* (Elle l'avait simplement avalé de travers. Rien de plus!) dit-il d'une voix qui sollicitait l'indulgence du maître, non pas tant pour la Négresse-Congo que pour son propre comportement d'ivrogne invétéré.

— *Sa man kay manjé atjèman, hen?* » (Avec quoi vais-je dîner maintenant, hein?) se mit à furibonder le maître.

Vous aviez dû alors cavalcader aux cuisines, à presque neuf heures du soir, et refaire le dîner de la famille de Venoncourt. Vous, les sœurs de misère de la Négresse-Congo, ne lui en voulûtes pas car les trois pots de morue salée et les trois livres de farine de manioc dont le maître vous gratifiait chaque semaine — non par magnanimité mais parce que ainsi la loi l'exigeait — vous laissaient souvent comme des sacs vides. Mais, le temps chassant le temps, et les beaux jours du carême revenant, les craintes du maître s'estompèrent. D'ailleurs, les empoisonnements de bétail se faisaient plus rares.

Final de compte, monsieur de Venoncourt se montra plus enjoué. Il multipliait les fêtes grandioses où étaient conviés ses pairs des habitations Laferrière et Sainte-Suzanne. Les Nègres violonneurs et mandolinistes s'en donnaient à cœur joie, même s'ils avaient dans les reins une rude journée de coupe de la canne sous un soleil sans-manman. Quand le maître recevait ses pairs, seuls les hommes, qui ne se débottaient jamais, avaient droit à la parole. Ils faisaient mine de s'affronter dans d'interminables discutailleries qu'échauffait l'abus du rhum et à ce moment-là sombraient dans la grivoiserie. Celle-ci avait le don d'empourprer les joues d'Émilienne de Venoncourt, la maîtresse de maison, qui avait la main sur le cœur avec ses domestiques. Fort pieuse, elle exigeait d'eux qu'ils assistent à l'office du matin dans la chapelle privée de la plantation et ne cessait de pester contre la mécréance de son époux.

Au cours d'un de ces soupers somptueux, le Grand Blanc de l'Habitation Laferrière te remarqua, toi, Rose, et te couva du regard pendant que tu servais et desservais. Monsieur de Venoncourt, qui avait l'œil à tout, lui demanda du ton vaniglorieux qui lui était si habituel :

« Croyez-vous vraiment, mon cher ami, que ces créatures possèdent une âme comme la nôtre ?

— Comme la nôtre ? Ha-Ha-Ha ! Vous voulez plaisanter, j'espère. Elles n'ont pas d'âme du tout.

— Même celles qui ont une moitié de notre sang comme cette petite servante ?

— En tout cas, ce sont incontestablement des bipèdes ! » intervint en s'esclaffant le seigneur de l'Habitation Pernel.

Le béké Laferrière se gratta le cou avec ses mains graisseuses et éclata de rire. En réalité, il appréciait peu les subtilités de Venoncourt et soutenait qu'il n'était point nécessaire de savoir philosopher pour diriger des Nègres. Il était d'avis de laisser ce genre de futilités à ces cousins prétentieux qu'étaient les Grands Blancs de la Martinique. Ici, à Sainte-Lucie, on vivait davantage à la rustre et cela ne le dérangeait pas. Voyant que toute l'attablée était suspendue à sa réponse, il grommela :

« Heu… je ne sais guère… enfin, sans doute les sang-mêlés ont-ils… heu… une moitié d'âme.

— Ce sont donc, si je vous saisis bien, mon cher parent, des unijambistes de l'âme, est-ce bien cela ? » insista Venoncourt, taquin.

Cette fois l'hilarité gagna les dames qui, perdant toute retenue, ne mirent même pas leurs mains contre leurs bouches. Laferrière roulait de gros yeux, conscient du ridicule dans lequel sa déduction l'avait placé. Il trépignait sur sa chaise faute de mieux. Alors, on vit avec stupéfaction Émilienne de Venoncourt se lever de table avec colère et lancer à son époux :

« Les Négresses et les sang-mêlé sont peut-être dépourvues d'âme mais cela ne vous empêche point de vous vautrer dans leur giron sans la moindre vergogne.

— On ne s'adonne point aux plaisirs vénériens avec les âmes, madame, mais avec les corps, riposta le maître de Grande Ravine sans se départir de son sourire. Je m'étonne qu'après m'avoir si gracieusement honoré de deux beaux rejetons, vous ne sembliez point vous en être aperçue. Quel dommage ! »

L'attablée redoubla de rire tandis qu'Émilienne se retirait dans ses appartements situés à l'étage nord de la Grand-Case. C'était une partie de la maison où le maître pénétrait fort peu depuis la naissance de leur deuxième enfant, il y avait bien huit années de cela. Les chiquenaudes d'Émilienne ne gâchaient pas son humeur car, affirmait-il : « Nos femmes, contrairement aux Négresses, sont des enfants et le resteront toujours... pour notre plus grand bonheur d'ailleurs. Et puis, sacrébleu ! il y a le climat, ce maudit climat qui nous taraude. Le père Labat n'écrivait-il pas déjà à la fin du siècle dernier qu'il est des besoins physiques qui se font sentir dans les climats chauds plus que partout ailleurs. »

Désormais, il te voulut, toi, Marthe Rose, plus près de lui. Cela, sous les prétextes les plus futiles, comme de l'aider à nouer ses boutons de manchette ou à nettoyer son encrier, et il te couvrait d'attouchements et de caresses discrètes mais pressantes. Tu ne bougeais pas lorsque les doigts fureteurs du maître s'inséraient par tes aisselles pour atteindre la pointe de tes petits seins. Venoncourt fermait alors les yeux et son visage se déformait sous l'effet d'un plaisir intense. Jamais il ne prononçait un seul mot ni ne t'adressait de parole gentille. Au contraire, son inspection achevée, le maître te renvoyait en te rabrouant presque. Une fois, il te fit mander dans sa bibliothèque et là il te souleva à l'en-haut d'un escabeau, retroussant ta robe, et te lécha l'entrejambe avec délectation pendant un temps qui te parut interminable. Tout cela ne t'était ni agréable ni désagréable. Tu n'y voyais qu'un caprice de maître blanc contre lequel tu aurais eu bien tort de t'insurger.

« *Sé wou i simyé adan sé jennfi isiya, pa fè bétiz ripousé'y, non, Toto !* » (C'est toi qu'il préfère parmi toutes les jeunes filles d'ici. Ne fais pas la bêtise de le repousser, Toto !) t'avait seriné l'une des cuisinières qui avait un enfant de lui et qui, de ce fait, avait été ôtée de la touffeur des champs de canne et placée dans la pénombre apaisante des cuisines de la plantation.

Ton propre père, Rose, était également un planteur. Tout le monde sur l'habitation l'affirmait. Il possédait une propriété plantée en café à Choiseul, au cœur de la forêt, et ne descendait que rarement en la ville de Vieux-Fort. Quant à ta mère, nul n'en avait jamais entendu parler.

« Sans doute est-elle morte en couches et alors ton papa n'a pas voulu te garder et t'a vendue, bébé, à maître de Venoncourt », te déclara un jour le cocher qui était la savantise même parce qu'il était de tous les déplacements du maître et qu'il lui servait de confident (du moins le Nègre s'en vantait-il).

Cette échappée exténuante dans l'air bleuté des mornes, cette angoisse de rencontrer les bêtes-longues qui serpentaient à ton insu dans les proches bambous, cette soif de découvrir le monde extérieur, toi, Marthe Rose, qui n'avais jusque-là connu que les limites de l'Habitation Grande Ravine, tout cela n'avait qu'un seul et unique but : retrouver ton père et peut-être, par son biais, ta mère vénérée car tu ne pouvais te résoudre à l'explication du cocher. La liberté, tu n'en avais cure ! Que des Nègres et des Négresses trouvent plaisir à courir les bois, hâves, déguenillés, crevant de mâlefaim, l'esprit le plus souvent hébété, c'était leur affaire ! Toi, Marthe Rose, n'étais habitée que par une seule vraie douleur : celle de ne pas connaître le visage de ta mère ni la couleur de sa voix. Ni le toucher de sa main. Le valet du maître, qui avait l'habitude de faire le coursier quand monsieur de Venoncourt lançait des invitations à la ronde, t'avait assuré que La Caféière — c'était là le nom de l'habitation de ton père — ne se trouvait qu'à huit ou neuf lieues à vol d'oiseau de Grande Ravine.

« Beaucoup plus par le chemin du Roy et, chérie-doudou, si tu choisis d'emprunter les traces, c'est deux fois plus, ajouta-t-il. Et encore, si tu ne t'égares pas en route ! Fais attention aux Nègres bourse-oula-vie surtout ! Ils ne connaissent la couleur de personne. Blanc, jaune ou noir, ils te tombent dessus à coups de gourdin et te dévalisent ou... ou te violentent, si tu es femme. Attention à ton corps, oui ! »

Mais il n'y avait pas d'attention qui vaille car un grand modèle de destin t'espérait. La devineuse, que tu avais rencontrée en accompagnant au marché de Vieux-Fort les Négresses de l'Habitation, l'avait lu dans tes battements d'yeux Elle s'était exclamée : « Oiseau-mouche, tu partiras loin d'ici, il est écrit que Sainte-Lucie qui t'a vue naître ne sera pas ton tombeau... »

*

Même dans les bas quartiers où la typhoïde et la coqueluche grappillaient au hasard des vies innocentes, où le palais du Nègre ne connaissait que la sempiternelle saveur du fruit-à-pain cuit à l'eau et de la morue séchée, où l'on allait étalant des orteils ravagés par les chiques, le corps couvert de hardes en kaki, chacun n'avait plus qu'un seul mot à la bouche : « Tricentenaire ! »

On espérait sa venue comme qui dirait un nouveau messie sans toujours trop savoir ce que ce mot étrange recouvrait. Les bonnes, les lessiveuses, les repasseuses et les vidangeuses l'avaient saisi au vol, de la bouche des familles aisées parce qu'il occupait une partie non négligeable des conversations d'après-dîner. Les charbonnières y trouvaient enfin un motif de fierté, elles dont le destin était de traverser l'En-Ville de part en part en longues cohortes noirâtres et taciturnes jusqu'au port où elles déversaient le chargement de leurs lourds paniers dans l'antre des paquebots.

« *Sé abô bato Trisantnè ké rivé, manmay!* » (Le Tricentenaire arrivera par bateau, les amis!)

Bec-en-Or, l'homme au sourire aurifère, le compère de toujours d'Amédée, celui avec lequel le jeune mulâtre tentait d'apprendre à lancer les dés au sèrbi, à godelurer auprès des mamzelles qui s'aventuraient pour la première fois au Select-Tango, à tenir tête surtout à la maréchaussée lorsqu'elle les coursait dans les ruelles fétides et boueuses des Terres-Sainvilles, véritable royaume des moustiques, eh ben, ce monsieur Bec-en-Or avait été formel : « Tout ça, c'est couillonnades et paroles en l'air ! Moi, je vous jure sur la tête de ma sainte marraine, qui n'est plus de ce monde — le Diable emporte son âme ! — que Tricentenaire arrivera à bord du Latécoère ! »

Mais, par hydravion comme l'affirmait le Nègre-major, grand détrousseur d'honnêtes citoyens devant l'Éternel, ou par bateau, ou directement du ciel comme le croyaient certains illuminés, rien ne pouvait dépersuader la gueusaille que le Tricentenaire n'apporterait pas une existence nouvelle. Rien ne pouvait lui enlever de la tête que bientôt s'achèveraient l'infini de ses souffrances, l'inconsolation de ses rêves. Myrtha, la compagne de Bec-en-Or (et celle de tout le monde dès qu'il avait le dos tourné ou était trop imbibé de mauvais tafia), avait confié son vœu le plus cher à un Amédée incrédule : elle voulait voir renaître le seul enfant qu'elle ait jamais eu. Renaître comme Jésus de Nazareth, oui ! Le drame s'était produit sans crier gare. À la fin des années 20. Juste au moment où la Colonie reprenait un peu son souffle puisque à la fin de la Grande Guerre, qui avait consommé du rhum par milliers de barils, on avait tous subi de plein fouet la hargne du Contingentement. Ce mot-là, qu'il fallait prononcer du nez de bout en bout et qui donc avait vilaine allure, avait lui aussi surgi subitement de la bouche des personnes de bien, des Blancs créoles et du gouverneur de l'époque. Contingentement, contrairement à Tricentenaire, n'avait point annoncé son arrivée. Il n'avait fait que s'abattre sur la Martinique (et sur la Guadeloupe, assuraient les pacotilleuses) tel un oiseau-mensfenil affamé et alors fermèrent les distilleries, s'essouffla la plantée des cannes dans les terres plates du Lamentin, disparurent les deux-francs-quatre-sous de salaire que le béké faisait distribuer le samedi après-midi, diminua l'allégresse des marchandes qui demeuraient la main sous le menton, des journées entières, devant leurs paniers d'ignames, de choux de Chine, d'avocats, d'ananas ou de pommes-cannelle désachalandés.

Dans les tranchées de 14-18, le rhum avait étanché la soif, fait fuir le froid et la grippe, désinfecté les blessures, baillé courage et patience aux combattants. Les distillateurs plastronnaient : « Sans nous, Verdun aurait été un plus grand cauchemar encore ! » Puis, la folie des hommes s'étant dissipée comme elle était venue, là-bas, en Europe, on n'eut plus tant besoin de l'alcool de canne à sucre. On découvrait de nouvelles boissons et d'ailleurs le rhum évoquait trop de mauvais souvenirs que l'on voulait effacer à jamais des mémoires. C'est ainsi que Contingentement ayant mis la Martinique à genoux, le fils de Myrtha, le seul et unique enfant que ses entrailles aient jamais conçu, décéda faute d'un médicament que l'on ne pouvait importer. L'enfant, un beau garçon emmuré dans une taciturnité que rien, même les défilés burlesques du carnaval, ne parvenait à dissiper, étouffait au lieu de respirer. Ou plutôt chaque fois qu'il respirait, qu'il tentait d'aspirer un peu d'air, il étouffait et une sorte de râle, qui vous chiquetaillait le cœur, montait de ses poumons. C'est que la nuit, non loin du canal Levassor où Myrtha avait construit sa case à l'aide de caisses de morue de Norvège et de gaulettes de bois-ti-baume, l'atmosphère s'affraîchissait dans les derniers mois de l'année. L'enfant avait, sa prime enfance durant, dormi presque à même le sol, simplement protégé par une couverture délavée et trouée que la concubine de Bec-en-Or avait ramassée dans une poubelle de la rue Blénac. Le fier-à-bras, pourtant, n'en avait cure : « Mon fils est un Nègre et, messieurs-dames, sachez qu'un Nègre c'est un siècle, oui ! Un Nègre, ça a de la race, ça a du cœur, ça ne jérémiade pas toute la sainte journée comme ces Blancs-France qui courent se cacher au moindre rayon du soleil ! »

Au début, la pharmacie Nissard fournissait régulièrement du Mégaton, ce remède miracle qui débouchait la poitrine de ceux qui avaient du mal à respirer et il y en avait toute une foisance qui à Terres-Sainvilles même qui au Bord de Canal qui du côté du Carénage et de Sainte-Thérèse. Mais un beau jour, Contingentement supprima toute importation de Mégaton et on avait beau présenter les enfants aux abbés au moment de la communion pour leur oindre le front d'huile sainte, on avait beau s'abîmer dans des oraisons sans fin à la Vierge Marie et à saint Martin de Porrès, ou au contraire consulter les quimboiseurs, les mentors et tous ceux qui coquinaient nuitamment avec les divinités maléfiques, rien n'y faisait : chaque mois, un enfant cessait de respirer et ses cris d'horreur, ses bras qui se débattaient en vain comme ceux d'un noyé, ses yeux qui viraient au gris acier, épouvantaient les plus courageuses d'entre les mères.

« C'est de l'asthme ! avait expliqué Amédée, laconique, à un Bec-en-Or qui perdait chaque jour un peu plus de sa superbe.

— *Lakanpay, nou té konnèt malmouton, lakoklich, lawoujôl, bagay kon sa men salôpté taa, pyèspa !* » (À la campagne, on connaissait les oreillons, la coqueluche, la rougeole, des choses comme ça, mais cette saloperie-là, jamais!) s'indignait Myrtha.

Elle en voulait à l'En-Ville, à ce quartier pouilleux des Terres-Sainvilles où l'on n'avait pas encore tout à fait fini de combler la mangrove, à Bec-en-Or qui l'avait séduite dans un bal de la fête patronale du Lorrain, dans le nord du pays, et convaincue de tout abandonner pour venir vivre à ses côtés, au monde entier dont l'indifférence la stupéfiait.

« À la campagne, on n'est pas méchants comme ça, répétait-elle. Ici, j'ai beau quémander un job, montrer l'état de mon fils, faire la queue au dispensaire pour obtenir un peu d'éther, personne ne compatit avec moi. Personne !

— Si tu te sentais si bien dans tes bois, pourquoi tu n'y retournes pas, eh ben Bon Dieu ? » ripostait un Bec-en-Or mi-aigri mi-inquiet.

Car l'enfant allait mal. De plus en plus mal. Amédée proposa de lui payer un séjour à l'Hôpital Colonial. Il y connaissait un docteur avec lequel il avait été étudiant à Paris.

« C'était un bambocheur comme toi, Bec-en-Or, ajouta-t-il. Nous avions une sorte de Select-Tango à Paris, le bal Nègre de la rue Blomet, et il y passait le plus clair de son temps. J'ai jamais compris comment il a fait pour réussir sa médecine ! »

L'enfant passa, deux jours seulement après son admission. Le médecin avait averti Amédée : le petit asthmatique aurait eu besoin d'un nouveau médicament américain qu'il était interdit d'importer aux Antilles françaises. De ce jour, les liens entre Myrtha et Bec-en-Or se distendirent sans vraiment se rompre. Simplement, la femme se mit à habiter dans ses rêves et à répondre d'un ton évasif aux sollicitations du monde. Levée dès trois heures et demie du matin, elle préparait des gamelles pour les travailleurs du port et les débardeurs employés chez les gros commerçants blancs créoles du Bord de Mer. C'étaient des hommes de solide appétit qui la gourmandaient avec gentillesse lorsqu'elle avait oublié de pimenter sa sauce. Ce qui arriva de plus en plus fréquemment après le décès de son fils. Sans être prostrée, elle agissait en automate, souriant à la clientèle avec parcimonie, remerciant d'un grognement à peine audible ceux qui, venus des campagnes du Lamentin ou de Saint-Joseph, la cadeautaient de quelque volaille ou de fruits de saison. Il n'y a point de justice pour le Nègre sur cette terre, non ! ressassait-elle.

Peu à peu, les gens se mirent à déserter sa devanture et un beau jour elle découvrit avec stupéfaction que toute la préparation de la veille lui était restée sur les bras. Pas une seule misérable gamelle de vendue ! Alors elle s'assit sur la marche du petit escalier en bois qui conduisait à la véranda de sa case et regarda droit devant elle pendant des heures. Des jours, dirent certains voisins. Des semaines amplifièrent des affabulateurs notoires tels que Bel Bougre, gandin un tantinet prétentieux, qui, à cause de la préférence scandaleuse de Dame Nature, avait été doté à la naissance d'un visage d'ange, d'yeux verts, de lèvres minces et de cheveux-soie. « Enfin presque soie… », minaudait-il en se passant amoureusement les doigts sur les tempes lorsque au bar Les Marguerites des Marins il se faisait gouailler par une bande de dockers jaloux.

Ces derniers le traitaient de ma-commère et enrageaient de voir qu'alors que Bel Bougre ne s'esquintait pas à travailler, il arborait des vêtements pleins de gamme et de dièse et par-dessus tout impeccablement repassés. Il avait toujours aussi quelque billet disponible pour payer des tournées afin d'apaiser l'ire de ceux qui lui enviaient sa belleté. Son plus grand titre de gloire n'en était pas moins ses démonstrations de philosophie qu'il assénait d'une voix rauque, qui jurait avec son côté un peu féminin, à un Bec-en-Or ahuri et un Amédée connivent.

« Je suis un muscadin, mes chers amis, enfin, un libertin comme vous diriez d'après le français du dictionnaire, bravachait-il, mais cela ne signifie pas que je n'ai pas fondé ma vie sur des principes. *Carpe diem* ! a dit un philosophe latin, vivez votre corps à votre guise ! tel est, messieurs, le tout premier socle de ma philosophie. »

Contingentement n'avait eu aucun effet sur Bel Bougre. Il semblait ne lui avoir même pas infligé le plus petit égraphignement. Il continua même, imperturbable, à pratiquer l'escrime à la Maison des Sports. On en déduisit que la source de ses revenus occultes n'entretenait aucun rapport avec l'Usine comme d'aucuns l'avaient d'abord supposé. Contingentement vint mettre fin aux spéculations oiseuses à l'endroit du viveur : monsieur devait, croyait-on maintenant, douciner quelqu'une qui touchait un mandat de l'Administration, une employée des Postes, une infirmière ou bien une maîtresse d'école. Allez savoir avec tout ce beau français qu'il étalait à la face du monde sans la moindre crainte de le gaspiller !

« Tricentenaire, c'est la chance du Nègre dans ce pays-là ! » claironnait-il, à tout bout de champ, à Myrtha qu'il se faisait un devoir de consoler.

Myrtha, qui se jugeait pure pour ne s'être méconduite qu'avec les proches compères de Bec-en-Or, trouvait que ce miracle que ne manquerait pas de lui apporter Tricentenaire n'était que la juste récompense de ses épreuves passées et de son dévouement envers son prochain. Tricentenaire ressusciterait son fils et c'est pourquoi elle se mit à son tour à chantonner le refrain qu'Amédée avait entendu pour la première fois dans la bouche d'Ida, la vidangeuse à la peau couleur d'obsidienne :

France, ô grande Patrie !
Terre sacrée des vieux Gaulois
France, ô terre chérie
Nous voulons vivre sous tes lois.

Comment Amédée n'y avait-il pas pensé plus tôt ? Se pouvait-il qu'il vécût si loin de ses pairs depuis trois ans, accointé à la seule négraille, pour n'avoir point entendu, dans la fièvre des conversations, l'annonce de l'année glorieuse ? 1935 ! Mille neuf cent trente-cinq comme l'écrivaient, en lettres gothiques, certaines affiches murales qu'il découvrait seulement maintenant ; 1935 : année du Tricentenaire de l'appartenance des Antilles à la France. D'impressionnantes festivités se préparaient. On annonçait même la venue d'une délégation conduite par le président du Conseil des ministres en personne. Tout Paris s'apprêtait d'ailleurs à fêter l'événement avec une grande exposition sur les possessions ultramarines de l'Empire. Maître Maximilien Mauville, qui avait l'oreille du maire de Fort-de-France, Victor Sévère, le répétait chaque fois qu'il avait un invité à sa table : « Cette fois-ci, nous obtiendrons le statut métropolitain, j'en suis sûr. Nous avons versé l'impôt du sang dans la terrible expédition du Mexique, à Sedan en 1870, en 14-18, sans compter notre participation à la pacification de l'Indochine et de l'Afrique noire, n'est-ce pas amplement suffisant pour qu'on nous accorde la pleine et entière jouissance de la citoyenneté française ? »

Il avait été nommé membre du Comité d'organisation des festivités du Tricentenaire et dessinait des projets grandioses d'élargissement du boulevard de La Levée, de reconstruction du pont de l'Abattoir, d'installation d'un kiosque à musique plus vaste sur la place de La Savane, au mitan de laquelle trônait la statue de Joséphine de Beauharnais Tascher de La Pagerie, mais Amédée remarqua que jamais, en homme pourtant si attaché à ce qu'il appelait, pesant ses mots, la « réalité des choses », il n'en évoquait le coût comme si, pour lui aussi, le Tricentenaire ne pouvait être qu'une manne céleste.

1635-1935. Trois siècles de présence française quasi ininterrompue aux portes des Amériques. Battus le comté de Nice, la Corse, la Savoie, l'Alsace-Lorraine. Écrasée cette Afrique occidentale dont les Français n'avaient jusqu'à tout récemment conquis qu'une mince frange littorale, exultait le notaire qui ne manquait jamais de clouer le bec à Da Ernestine en rappelant que lui aussi avait été engagé volontaire en 1914 et que l'enrôlement ne lui avait été refusé que parce qu'il venait d'entrer dans la « confrérie des quinquagénaires ».

« Pensez donc que la Guinée n'a été conquise par les Français qu'en 1881 et que ce pays n'est devenu colonie qu'en 1893 ! Ça fait à peine un demi-siècle et ces Africains ont le culot de protester contre les prétendues atrocités commises par notre armée ! s'énervait-il quand Amédée s'était décidé, en général, vers la fin du repas, à le contrecarrer.

— Eh oui ! insistait le jeune homme. Qu'est-ce qu'ils diraient s'ils avaient eu deux siècles et demi d'esclavage comme nous autres Antillais !

— Pas notre famille en tout cas, pas les Mauville !

— Peut-être pas toi, père, mais tes enfants oui. Par manman, je veux dire... »

Alors, sous le prétexte que la fumée de son monstrueux havane dérangeait « ces dames », maître Mauville s'installait dans la cour intérieure (comme en possédaient toutes les maisons respectables de la rue Victor-Hugo), invitant les hommes à l'y rejoindre. Il régnait là une fraîcheur étonnante, renforcée par la présence d'un manguier-bassignac et d'un minuscule bassin où s'accrochaient des plantes aquatiques. L'après-midi, Man Mauville y faisait sa sieste ou y lisait *La Paix*, l'hebdomadaire catholique, le seul qu'elle s'autorisât, son mari étant plus friand de *L'Illustration*, journal parisien auquel il était abonné, et des feuilles locales où s'échangeaient des « coups de journaux » entre rivaux politiques. Ceux-ci se faisaient de plus en plus féroces à mesure que l'année 1935 approchait car les grands propriétaires de plantations, ceux qui arboraient leurs particules (parfois leurs doubles particules) comme un rempart face à « la couleur », qui se vantaient d'être des Blancs de pure race, ceux-là ne voulaient pas entendre parler de l'Assimilation, mot savant qui, à l'instar de Contingentement et de Tricentenaire, ne tarderait pas à être sur toutes les bouches, même celles des plus humbles.

Ainsi, ce fut donc Ida et sa chanson chaque soir chantée à la fenêtre d'Amédée, telle une sérénade patriotique, Ida, la rêveuse, Ida, la Négresse secrète et cousue sur le chapitre de sa vie, qui, insensiblement, charroya le jeune lettré dans le tourbillon des fêtes du Tricentenaire.

*

Lorsque Maximilien Mauville rentrait assez tôt de son étude, et si le temps n'était pas à la pluie, il se dévestait pour une chemise en alpaga blanc, se coiffait d'un casque colonial et de mocassins de la même couleur avant de se rendre sur La Savane, saluant bien bas, maison après maison, les dames qui prenaient le frais à leur balcon. Chemin faisant, il lui arrivait de rencontrer quelque pharmacien ou médecin qui, tout comme lui, se hâtait vers le Sénat, ce banc de marbre où seuls s'asseyaient, par privilège immémorial, les gens de haut parage. Les autres bancs étaient, eux, assiégés par des bonnes, lasses de promener des bébés dans leurs poussettes, des catins qui officiaient dans les maisons closes qui jouxtaient le Cinéma Gaumont, rue Lazare-Carnot, et un peu plus loin, des djobeurs, des joueurs de sèrbi et autres fainéantiseurs qui y passaient le plus clair de leur temps à peindre (à « peinturer », disaient-ils) le ciel de leurs rêves.

En cette année du Tricentenaire, le notaire ne manquait presque aucune des séances du Sénat où de très vifs débats opposaient d'un côté les commerçants du Bord de Mer liés aux grands planteurs blancs, de l'autre tout ce que Foyal comptait de personnes instruites et très fières de leur instruction. Cette dernière était le fruit du sacrifice de générations entières d'« hommes de couleur libres », ne manquait jamais de rappeler maître Mauville, qui était l'un des derniers à utiliser cette expression devenue désuète. Ce faisant, il pensait bien entendu à son fils aîné Amédée dont le comportement incompréhensible depuis son retour d'En-France avait désormais cessé de l'inquiéter pour tout simplement l'indigner. Sa colère, qu'il dissimulait au domicile conjugal, il la laissait éclater chez Clémence Belfond, sa maîtresse officielle, qui habitait une maison basse, en face de l'Ouvroir. Il suffisait qu'il croise l'un de ces défilés d'orphelines en vilaines robes de cotonnade, cornaquées par des ma-sœurs en cornette qui semblaient porter un masque de sévérité en guise de visage, pour que dès le pas de la porte de la chabine il se mette à pester en créole, idiome qu'il utilisait le plus fréquemment avec elle :

« Cette marmaille-là n'a ni père ni mère, hein, elle mange du riz-pois rouges matin-midi et soir avec juste une chiquetaille d'hareng sauré, elle n'a jamais fait de changement d'air, elle ne s'est jamais baignée à la mer ! Pourtant, pas une qui se plaint ! As-tu déjà entendu dire qu'une seule d'entre elles ait fait une fugue, hein ? Jamais au grand jamais ! »

Clémence ne s'autorisait à faire aucun commentaire sur le cas d'Amédée qui, enfant, venait chaque samedi matin lui apporter quelque présent de sa mère. À cette époque lointaine, la chabine n'avait pas encore baillé à maître Mauville les deux filles dont tout le monde vantait la prestance et elle considérait le gamin un peu comme le propre fruit de ses entrailles. Bien que Man Mauville eût mis Amédée en garde, lui répétant vingt fois « Si Tantie t'offre à boire, tu dis que tu n'as pas soif. Si elle veut te servir du gâteau, tu réponds que tu n'as pas faim. Tu as compris, petit mouscouillon ? », il passait outre. Il s'empiffrait de tout ce que Clémence avait préparé pour lui, se laissait caresser les cheveux ou écoutait, quoique sans rien éprouver, les morceaux de musique classique qu'elle lui jouait au piano. Quand il atteignit l'âge de dix ans, Man Mauville décréta que son fils aîné ne devait plus fréquenter la maison de l'Autre, comme elle la qualifiait en présence d'étrangers, et le soin de lui porter les commissions du samedi échut à Hortense, la benjamine. Mais la maîtresse du notaire avait gardé une certaine tendresse pour le garçon et, chaque fois que son homme lui rapportait les exploits de celui-ci à la Sorbonne, elle applaudissait à tout rompre.

« C'est bien ton fils ! s'écriait-elle.

— Pourquoi ? Tu en doutais ? s'étonnait le notaire.

— Mais non, mais non ! Je veux simplement dire qu'il sera un grand monsieur de la trempe de son père. Voilà tout !

— Qui sait ? Il rêve de littérature et de peinture.

Sans doute cela lui vient-il de sa mère. Enfin… on aura un professeur dans la famille. C'est pas plus méprisable qu'avocat ou docteur. Qu'en dis-tu ?

— C'est beaucoup mieux, si tu veux avoir mon avis. »

Alors maître Mauville trépignait d'agacement :

« Ah oui, je sais, madame n'aime pas les hommes de loi, madame se défie des médicastres ! Mais c'est l'un d'eux qui vous a nourrie-habillée-logée depuis vos dix-sept ans, n'est-ce pas ? J'ai tout fait pour toi, Clémence, tu le sais bien… »

En réalité, ces petites frictions presque conjugales n'étaient qu'un jeu entre vieux amants complices. Maître Mauville avait toujours désiré posséder un bel oiseau en cage et, au bout d'une dizaine d'années de promesses, Clémence cessa de croire qu'il lui paierait des cours de dactylographie afin qu'elle le seconde dans son étude. Il lui avait bien acheté une machine à écrire flambant neuve mais il avait sans cesse différé le moment où il devait l'inscrire au cours privé qui dispensait ce genre de matières. Elle avait donc passé sa vie à l'attendre derrière les lourds rideaux qui cachaient son intérieur à la vue des voisines. Car Clémence Belfond était jalousée depuis cette fameuse soirée de carnaval de 1915 au cours de laquelle le tout nouveau gouverneur de la Martinique, à la poitrine bardée de décorations militaires, l'avait sollicitée la première pour ouvrir le bal, au grand dam des jeunes filles beaucoup plus fortunées qu'elle et parfois tout aussi jolies. D'aucunes avaient maugréé : « Mais oui, c'est parce qu'elle est blême comme une christophine qui a mûri sous ses feuilles que le vieux Blanc l'a préférée. En plus, elle a les cheveux rouges et les yeux bleus, alors cette chabine lui a rappelé les femmes de là-bas. Monsieur n'apprécie pas encore le teint de sapotille. Cela viendra… »

On raconta toutes qualités de méchancetés sur son compte. On ne la salua plus dans la rue. On l'accusa d'avoir semé une poudre-emmener-venir sur ses vêtements pour s'attirer les faveurs du premier personnage de la Colonie. La gent féminine se montra la plus vipérine mais cette fameuse ouverture du bal du carnaval eut également pour effet d'écarter d'elle tous les beaux partis qui auraient pu demander sa main à sa mère, une jeune veuve dans sa quarantaine, qui n'était pas riche mais qui ne vivait pas non plus dans le déconfort. Sans le savoir, par ce simple geste, sans doute pour lui anodin, le gouverneur avait gâché à jamais l'existence de Clémence.

« Ma vie a bifurqué à cause de deux-trois pas de danse, hon… avec un bougre grosso modo qui ne savait même pas bouger correctement son corps en plus ! » feignait-elle de se plaindre à Hermancia, son amie-ma-cocotte, une Négresse joufflue et fessue qui exerçait la profession de couturière à deux maisons de la sienne.

C'est que Maximilien Mauville, qui venait de terminer sa licence en droit, avait déjà jeté son dévolu sur elle des lustres auparavant, cela très exactement en 1903, l'année qui avait suivi l'éruption de la montagne Pelée, sans s'en ouvrir à quiconque, surtout pas à elle, qu'il lui arrivait de croiser à l'allée des Soupirs, sur La Savane, ou, plus rarement, sur le parvis de la cathédrale à l'occasion de quelque baptême ou enterrement. Dès le départ, le mulâtre avait décidé d'en faire la compagne de son existence, comme il aimait à dire, c'est-à-dire sa seconde femme et non la première, encore qu'il avait l'impression de l'aimer autant que sa promise, Irma. Il n'avait fait que suivre le judicieux conseil du tenancier du bar La Rotonde qui avait la réputation de s'y connaître dans ce domaine.

« *Bèl fanm sé trablati !* » (Belle femme égale ennuis sans fin.)

Clémence était, en effet, autrement plus désirable et plus pulpeuse qu'Irma, dont l'atout majeur était le visage : des traits de madone agrémentés d'un sourire si doux qu'il avait le don de désarmer la plus petite prévention. En outre, les parents de cette dernière étaient des commerçants de demi-gros dont le magasin de la rue Saint-Louis rivalisait avec ceux de certains békés et leur nom était fort honorablement connu dans la Colonie depuis au moins la fin du dix-neuvième siècle. Alors Maximilien avait passé la bague au doigt à Irma et le lendemain soir, sans bailler aucune explication, il s'en était allé dormir chez Clémence au vu et au su de tous.

« *Mèt Maksimilyen sé an nonm atjèman !* »

(Maître Maximilien est un homme à présent !) Tel avait été le commentaire laconique d'une Da Ernestine dont la tâche principale, au début du mariage, fut de consoler Irma lorsque son mari partait « mener la vie » — c'était là l'expression qu'employait l'épouse délaissée — chez l'Autre.

Le notaire faillit s'étrangler d'étonnement lorsqu'un jour, faisant comme d'habitude sa halte vespérale chez Clémence Belfond pour y boire un verre de mabi, boisson qui était censée garder intacte sa virilité, celle-ci lui avait annoncé, presque triomphante, que « son fils » à elle était passé lui dire un petit bonjour au début de l'après-midi.

« Ça faisait… attends, laisse-moi compter, Maximilien, ça faisait bien onze ans que ce garçon n'avait plus pris ma hauteur. J'étais tellement-tellement contente ! Il m'a même appelée Tantie, tu te rends compte ?

— Amédée est entré chez toi ? s'exclama-t-il, coquillant le grain de ses yeux. Amédée, oui ?

— Lui-même, coco-lapin ! Il a même offert un cadeau à sa chère Tantie… un cadeau d'En-France, s'il te plaît ! »

Et l'opulente chabine de brandir un chandelier en argent qu'Amédée avait effectivement rapporté de là-bas et qui, maître Mauville s'en souvenait bien, se trouvait dans la même malle que ce fichu tableau d'officier napoléonien dont s'était entiché son fils. Le notaire avait d'abord cru qu'il était entré dans la maçonnerie et y avait vu, sur le moment, un très bon signe. Car ici, à Foyal, rien d'important ne pouvait s'entreprendre sans l'aval de la loge Droit et Justice dont maître Mauville était l'un des vénérables. Cette loge avait d'abord été, et cela dès le dix-huitième siècle, l'apanage des seuls Blancs créoles qui, en contradiction parfaite avec les principes de l'ordre, en interdisaient l'accès aux mulâtres et encore davantage aux Nègres. Il avait fallu donc batailler sans merci pour parvenir au résultat actuel : la loge Droit et Justice n'accueillait plus désormais que la bonne mulâtraille de l'En-Ville. Les planteurs blancs, eux, s'étaient repliés, à en croire la rumeur publique, sur l'Ordre des chevaliers de Malte. Le notaire avait dû vite déchanter. Ce chandelier n'indiquait, chez Amédée, aucune appartenance maçonnique et celui-ci se permit même une brève allusion malplaisante à l'endroit de cette institution.

« Tu... tu t'es converti au judaïsme ? s'inquiéta le notaire.

— Ha-Ha-Ha ! Les religions m'indiffèrent, cher père, tu le sais pertinemment. Ce chandelier est un cadeau, un simple cadeau pour quelqu'un que j'apprécie beaucoup et envers qui je me suis montré quelque peu... comment dire ?... tu vois ce que je veux dire ? »

Maître Mauville n'avait pas poussé la discussion plus avant. Il s'était imaginé qu'il s'agissait de quelque jeune fille à qui son fils avait dû faire la promesse d'entretenir une correspondance régulière, promesse que le bougre n'avait probablement pas tenue. La mère d'Amédée et Da Ernestine s'étaient montrées perplexes devant ce chandelier que le jeune homme avait placé bien en vue sur sa table de travail, refusant qu'on y mette des bougies. Au fil des mois, chacun avait fini par oublier ce que le notaire qualifiait de « bizarrerie » et seule mamzelle Coulie, la petite servante indienne, s'étonnait encore de sa présence quand elle nettoyait la chambre d'Amédée.

« Pourquoi un chandelier ? avait demandé Maximilien Mauville à sa maîtresse.

— C'est mon cadeau du Tricentenaire. Ha-Ha !

— Je veux bien mais pourquoi un chandelier ?

— C'est un secret entre ton fils et moi. Je ne suis pas quelqu'un qui trahit les gens, tu le sais fort bien, toi. »

Maître Mauville devait convenir qu'après une trentaine d'années de quasi-concubinage (au début des années 20, il avait commencé à dormir plusieurs nuits d'affilée chez elle), la toujours belle Clémence Belfond, celle qui avait fait fantasier le cœur d'un gouverneur, ne l'avait jamais trompé. Du moins pas à sa connaissance. Et si la chose s'était produite, elle avait dû être sacrément cachée parce que jamais les marchandes de potins et autres milans n'avaient lancé la moindre pique au notaire comme cela aurait été le cas si elles avaient nourri une manière de soupçon à cet égard. Jamais personne ni devant lui ni derrière son dos n'avait chuchoté : « Cette

Clémence-là, on lui baillerait le Bon Dieu sans confession mais elle s'empresse de t'encornailler dès que tu t'es enfermé dans ton étude, oui. »

En fait, en homme raisonnable, Maximilien, qui ne se faisait aucune illusion sur l'intégrité morale de la gent féminine, avait l'intime conviction qu'elle avait très certainement franchi le pas un jour ou l'autre, au cours de ces dernières années. Car souvent, il la négligeait non de son propre bon vouloir mais parce qu'il travaillait trop, beaucoup trop. Il lui arrivait de pénétrer certains jours dans son étude à six heures trente du matin et de n'en ressortir que tard dans la soirée, vers sept ou huit heures. Épuisé, il se rendait directement chez lui où il avalait un souper frugal avant de se jeter dans son lit. Clémence avait donc eu maintes occasions de lui infliger « un coup de couteau dans le dos » selon l'expression populaire mais le notaire se consolait, marmonnant : « *Sa zyé pa wè, tjè pa fè mal* » (Ce que les yeux n'ont pas vu ne fait pas du mal au cœur.)

Monsieur Amédée, après avoir rendu inexplicablement visite à Clémence, avait ensuite gagné le banc des sénateurs, sur la place de La Savane — chose également fort étonnante. Là, il tentait de convaincre le docteur Lozon et Ti Coca, le très volubile commerçant de la rue Antoine-Siger, que les festivités du Tricentenaire n'étaient bel et bien qu'une macaquerie. Lui que son père avait toujours cru inéloquent, parce que depuis son retour de

France il avait la parole plutôt rare, déployait présentement des trésors d'argumentation pour asseoir sa position, ô combien choquante pour les dignes messieurs cravatés qui étaient assis sur le banc des sénateurs. Le buste droit, il semblait les défier.

« Fêter les trois siècles de rattachement de nos pays à la France sans jamais une seule seconde évoquer la traite et l'esclavage est une pure escroquerie intellectuelle, s'enflammait-il. Comment pouvons-nous oublier qu'une grande partie de nos ancêtres a été entraînée ici avec des fers aux pieds et un carcan autour du cou ? Comment pouvons-nous tirer un trait sur les supplices, les coups de fouet, les pendaisons, les viols, le crachat tout simplement ? Le crachat, messieurs ! » Maître Mauville s'arrêta à dix pas du banc, comme intimidé. Les orateurs n'avaient pas remarqué sa présence et chacun tentait, non sans véhémence, de contredire les propos d'Amédée, lequel demeurait impassible, un sourire au coin des lèvres. Le docteur Lozon s'éventait à l'aide de son drôle de haut-de-forme, tapotant avec nervosité le sol à l'aide de sa canne à pommeau.

« Mon beau jeune homme..., commençait-il, tentant de calmer un Amédée implacable. Une réflexion, je vous en prie, une seule !

— C'est tout réfléchi ! Colbert disait déjà qu'il n'y a aucun, vous m'entendez, aucun commerce au monde qui produisit tant d'avantages. Mais nous, quel parti en avons-nous tiré ? Quel profit les Martiniquais ont-ils obtenu après ces siècles d'oppression ? Quelques routes, deux ou trois hôpitaux et une poignée d'écoles, tout cela construit d'ailleurs grâce à la sueur de notre front, grâce au budget de la Colonie !

— J'entends bien, j'entends... mais il faudrait, jeune homme, que vous complétiez votre information sur le sujet. Non pas que je remette en cause l'éducation que vous avez reçue en Sorbonne, je n'ai que trop de respect pour ce foyer où tisonnent en permanence l'intelligence et le savoir et d'où sort la majeure partie de l'élite française. Simplement, je voudrais vous faire remarquer qu'ici, dans nos Antilles, l'esclavage a été mille fois moins rude qu'aux États-Unis, mon cher. Ça, il faut que vous le sachiez ! Chez nous, l'esclavage, adouci par la religion et les mœurs, se bornait en général à un patronage, à une tutelle et a eu pour effet infaillible d'amener avec l'aide du temps... vous pouvez rire, jeune homme... Allez-y, riez !... d'amener la population africaine à peu près entière à la vie civilisée. Si bien qu'un nombre considérable de créatures humaines qui, si elles étaient restées en Afrique, y auraient vécu et y seraient mortes dans l'idolâtrie et dans la barbarie, eh bien... se seront trouvées introduites, grâce à la servitude, à la vie morale et intelligente du christianisme. »

Amédée demeura un long moment planté droit comme un poteau, sans rien opposer à la tirade du docteur Lozon, réputé grand phraseur. Un silence se fit sur le banc des sénateurs, entrecoupé par les rires nerveux de Ti Coca. À cette heure-là, la place de La Savane commençait à se vider : les servantes se dépêchaient de rentrer la marmaille, les djobeurs et les vieux-nègres rentraient provisoirement dans leurs cases du morne Pichevin ou des Terres-Sainvilles tandis que les amoureux faisaient une ultime parade nuptiale à l'allée des Soupirs. Au banc des Syriens, on rêvassait, cigarette mentholée au bec. Il n'y avait que Joséphine Bonaparte, fièrement dressée dans son marbre blanc, pour continuer à régner sur l'herbe folle, les palmiers royaux et les tamariniers centenaires. Quand maître Mauville se décida à manifester sa présence, s'avançant la main tendue vers ses pairs, feignant la jovialité, son fils en profita pour lâcher l'insulte qui faillit brouiller le notaire avec nombre d'entre eux au cours des mois suivants.

« Ignobles ! Vous êtes ignobles ! » cria Amédée, faisant sursauter un homme qui jouait tout seul à la clarinette dans le kiosque à musique.

Accablé, Maximilien Mauville vit ce fils dans lequel il avait placé tant d'espoirs s'éloigner, d'un pas décidé, de l'autre côté de la place, vers le banc des catins qui lui firent aussitôt fête. Un voyou célèbre, Bec-en-Or, prit même le jeune homme par les épaules de manière ostensible et jeta un regard de défi au notaire, crachant par terre en direction du banc des sénateurs.

DEUXIÈME CERCLE

« Ceux dont il s'agit sont noirs depuis les pieds jusqu'à la tête ; et ils ont le nez si écrasé qu'il est presque impossible de les plaindre.

On ne peut se mettre dans l'esprit que Dieu, qui est un être très sage, ait mis une âme, surtout une âme bonne, dans un corps tout noir…

Il est impossible que nous supposions que ces gens-là soient des hommes ; parce que, si nous les supposions des hommes, on commencerait à croire que nous ne sommes pas nous-mêmes chrétiens.

De petits esprits exagèrent trop l'injustice que l'on fait aux Africains. »

Montesquieu,
« De l'esclavage des Nègres »,
De l'esprit des lois, 1748

L'Historien était le seul habitant des Terres-Sainvilles auquel la pacotilleuse Sidonise Vincent ne proposait pas tout le lot de vêtements à fanfreluches et d'objets plus ou moins insolites qu'elle ramenait chaque mois de ses pérégrinations à travers l'archipel. Quand elle fouinait à Miami ou à Kingston, elle se faisait appeler miss Shirley Vindgrave et les douaniers anglo-saxons pourtant fort sourcilleux n'y voyaient que du feu. En pays espagnol, il lui suffisait de dérouler sa natte de faux cheveux de jais jusqu'à la cambrure de ses reins, de passer du Cutex rose bonbon sur ses ongles de doigts et de pieds et de prendre des poses de femme fatale, pour qu'aucun moustachu à casquette et à épaulettes ne doutât qu'elle fut Sylvia Menendez, native de Puerto Plata, en République dominicaine. Pour les îles hollandaises de l'extrême Sud, elle se muait en grosse dondon en bigoudis à l'air revêche, mal fagotée et fumant, dans une pipe à manche très court, l'âcre tabac de Curaçao. Le patronyme à syllabes barbares dont elle s'affublait dans ces contrées-là n'étant guère prononçable pour des gosiers créoles, chacun prenait un malin plaisir à le lui faire répéter tout en marchandant ses fers à défriser les cheveux, ses pommades miracle contre la petite vérole, ses bustiers en flanelle ou ses sacs en peau d'alligator.

À l'ami d'Amédée, qu'elle savait pouvoir rencontrer le midi Chez Sosso, un bar-restaurant où la gueusaille avait ses habitudes, elle rapportait des gravures et parfois de vieux livres rongés par les mites ou cannis de sécheresse. Elle lui baillait des nouvelles extraordinaires glanées dans les îles lointaines et ainsi l'Historien apprenait l'envers des choses, la face que jamais la Radiodiffusion, installée depuis peu à la Martinique, n'évoquait pour ses encore rares auditeurs. Mais ce que l'Historien s'empressait d'examiner, c'étaient surtout les disques soixante-dix-huit tours de mérengué ou de guaranco en provenance de Cuba. Il vouait une véritable passion à la musique latine depuis le jour où, ayant pénétré dans la boutique de Sidonise Vincent pour lui faire un causer d'amour (leur relation, forcément épisodique, datait d'avant la Grande Guerre), il avait été frappé droit au cœur par les trémolos d'une diva havanaise qu'accompagnait un bataillon de violons et de trompettes. De ce jour, il avait installé un gramophone dans sa chambre et, au réveil, il se délectait de vocalises hispaniques au grand dam de la propriétaire de son meublé qui, bougonneuse en diable, lançait à chaque locataire qui passait devant sa guérite : « Ce monsieur-là est sûrement un grand-grec, je n'en disconviens pas. Il est toujours fourré dans un livre, oui, mais moi, j'ai toujours soupçonné quelque chose… enfin, je veux dire, est-ce qu'il est vraiment un Nègre français ? »

L'Historien, qui se déchapeautait bien bas devant elle même s'il la rencontrait dix fois dans la journée, savait éviter avec maestria d'entrer dans des combats de gueule et autres chicaneries avec elle, simplement en la complimentant sur sa personne. C'était là le prix, peu élevé à vrai dire, qu'il payait pour sa tranquillité car d'autres locataires moins équanimes ne pouvaient s'empêcher de faire des tonnères-de-dieu quand elle leur reprochait de salir l'escalier avec leurs souliers pleins de boue, son antienne favorite à la saison d'hivernage. Lorsque Amédée se mit à fréquenter assidûment le meublé, la dame n'osa s'attaquer à ce jeune et fringant mulâtre à l'évidence de bonne famille. Elle le fixait d'un air empreint à la fois de timidité et de discourtoisie avant de lâcher en avalant presque ses mots : « Pas la peine de monter, non ! Il doit être Chez Sosso à cette heure-là. »

Ce bar-restaurant appartenait à un bougre mastoc qui l'avait construit lui-même entièrement avec des feuilles de tôle ondulée, ce qui faisait que, même tard dans la soirée, on y crevait de chaleur. Aussi les habitués s'y attablaient-ils le plus souvent en tricot de peau ou buste nu et prenaient prétexte de la fournaise pour siffler des caisses de bière Lorraine ou des punchs secs si raides qu'on voyait les coco-yeux de certains tourner à l'envers au moment où ils les avalaient, par bravacherie, d'une traite. L'Historien y avait sa table réservée dans le seul coin où, grâce à une fenêtre sommaire, une ruée d'air frais venu du canal Levassor tout proche rendait l'atmosphère plus humaine. En général, le vendredi matin, il y faisait des « conférences » (c'était là le mot qu'employait monsieur Sosso non sans fierté) avec Amédée, Bel Bougre, l'enjôleur invétéré de jeunes filles en fleur et, lorsqu'il n'était pas en train d'effectuer son séjour trimestriel à la geôle de Fort-de-France, le fier-à-bras Bec-en-Or. Parfois aussi Laurent de Sénéchal, un Blanc créole entre deux âges, un peu voyou, à coup sûr en délicatesse avec la Caste, venait s'adjoindre à eux.

Leurs sujets de conversation favoris cédèrent la place, en cette fin d'année 1934, au grand événement qui se préparait dans la Colonie et dont le nom était sur toutes les lèvres à-quoi-dire une formule magique : Tricentenaire. Bec-en-Or promettait de s'acheter une conduite, de faire désormais sa concubine Myrtha nager dans l'heureuseté et même de lui fabriquer un enfant, pourquoi pas ? puisqu'il n'avait jamais cru à ces billevesées des docteurs de l'Hôpital Colonial qui avaient affirmé que la matrice de la jeune femme (elle avait vingt ans de moins que le major) avait été abîmée lors de son premier accouchement. Il promettait à ses compères sceptiques de chercher un vrai travail et de mettre une sourdine à l'espèce de racket qu'il exerçait sur le quartier, sa science du combat-damier lui autorisant toutes sortes de profitations. À l'entendre, le commandant de la caserne Gerbault, qu'il fournissait en petites Négresses peu farouches, lui avait réservé un job de peintre lorsqu'en février de l'année à venir l'armée ferait ravaler les bâtiments du parc Galliéni. Après, quelqu'un de haut placé dont il taisait le nom lui avait promis qu'il ferait partie des garçons que la résidence du gouverneur ne manquerait pas d'embaucher pour accompagner la délégation des sommités métropolitaines qui visiteraient l'île au moment des festivités.

« Et après tout ça ?... demandait Bel Bougre juste pour le gouailler.

— Après quoi ?

— Eh ben, quand tout ce beau monde à peau couleur de farine-manioc aura rembarqué à bord du paquebot *Colombie*, tu feras quoi ? »

Le fier-à-bras étreignait le goulot de la bouteille de rhum Neisson (sa marque favorite) qu'il avait commencé à entamer plus que sérieusement et éclatait de fureur :

« *Wou taa, ou sé an sakré makoumè ! Ou nè konpwann pis ou sa palé bèl fwansé, ou moun pasé pèsonn kon sa yé a !* (Toi, t'es qu'un pédéraste ! Tu t'imagines peut-être que parce que tu causes du beau français t'es plus important que nous autres !)

— Je n'ai jamais dit ça, mon cher monsieur... »

L'Historien rattrapait les choses avant qu'elles ne

dégénèrent car Bec-en-Or avait déjà mis à sac Chez Sosso : une fois parce qu'un bougre saoul lui était monté sur les pieds et ne lui avait pas demandé pardon assez vite ; une autre parce que le tavernier ne disposait ce jour-là que du rhum Saint-Étienne pour lequel il n'éprouvait que dédain ; une troisième parce qu'on s'était moqué, à mots à peine couverts, des frasques amoureuses de Myrtha lorsque Bec-en-Or était au 119 (le numéro de la rue où se trouvait la prison de Fort-de-France). Et ainsi de suite jusqu'à ce qu'un beau jour, fatigué de tout reconstruire à ses frais, monsieur Sosso se décide à en interdire l'entrée au fier-à-bras. Tout le monde crut que la guerre serait déclarée aux Terres-Sainvilles et que Bec-en-Or y rendrait la vie invivable. On ne se bousculait plus Chez Sosso et les moins courageux changeaient discrètement de trottoir dès qu'ils apercevaient l'ombre du fier-à-bras. Et, miracle d'entre les miracles ! c'est cet incident-là qui permit de découvrir qu'en dépit de sa brutalité, de ses mots orduriers, de son inclination pour le vol et de toutes les mauvaisetés qu'il affichait depuis son plus jeune âge, l'homme, dont la plupart des dents de devant avaient été recouvertes d'une fine couche d'or, possédait un cœur du même métal. Cette découverte stupéfia le monde. Sauf l'Historien, dont le jugement sur autrui était réputé infaillible.

Et pour de vrai, oui, Bec-en-Or s'en vint demander-pardon-s'il-te-plaît à monsieur Sosso et puisque pardon-ne-guérit-pas-les-bosses et ne remplit-pas-les-poches, voici pour toi un service en argenterie et deux chaînes de première communion bénites par Monseigneur. Voici encore une barrique de beurre salé qu'on m'a baillée au Bord de Mer où j'ai exercé la digne profession de débardeur pendant deux semaines.

« Eh ben Bon Dieu, il y a une justice sur terre, alors ? » Tel fut l'unique commentaire du tavernier qui fut, à dater de ce jour, et bien qu'il sût ces présents être des objets volés, aux petits soins pour celui qui l'avait ruiné etcétéra de fois.

Bec-en-Or avait d'ailleurs si-tellement bon cœur qu'il avait promis à son compère Amédée de lui retrouver Ida, la mystérieuse vidangeuse à la belleté prétendument incomparable, qui occupait l'entièreté des pensées du jeune homme.

« En tout cas, elle n'habite ni le Calvaire, ni les Terres-Sainvilles, ni le Bord de Canal, ni l'Ermitage, vieux frère. Ça, je te le garantis ! lui répétait-il en prenant un air compatissant.

— Et puis si ton Ida était si mignonne que ça, intervenait Bel Bougre, il y a longtemps que je l'aurais remarquée dans un casino. Les belles femmes, ça aime remuer leur croupion, oui !... Au Cinéma Gaumont, j'aurais déjà remarqué sa tête : les jeunesses bien en formes s'assoient toujours dans les bancs du mitan pour faire les intéressantes à l'entracte. »

Amédée écoutait davantage qu'il ne parlait, non pas à cause de sa taciturnité naturelle mais parce qu'il avait le sentiment d'apprendre un autre modèle de vie, de pénétrer dans un univers que son adolescence petite-bourgeoise à la rue Victor-Hugo lui avait à la fois interdit et appris à mépriser. Le mot « Nègre » dans la bouche de son père, toujours prononcé « nèg' » même lorsqu'il s'exprimait en français, avait résonné à la maison comme l'injure suprême jusqu'au moment où, ses deux parties de baccalauréat en poche, Amédée avait été envoyé là-bas, à Paris, pour y poursuivre ses études. À cette époque-là, il n'y prêtait guère attention, d'autant que Da Ernestine, pourtant aussi noire qu'un péché mortel, abondait dans le sens de maître Mauville. À l'entendre, le Nègre était la quintessence de toutes les turpitudes et de toutes les vilenies de la terre, après les Indiens-Coulis bien évidemment : le Nègre avait mauvais sentiment, le Nègre était plus paresseux qu'une chique, le Nègre mentait comme il respirait (plus infiable que lui, impossible !) et puis pour voler les affaires d'autrui, pour sortir son rasoir ou sa jambette pour un oui ou un non, pour badiner les jeunes filles encore béjaunes et leur enfler le ventre, il était maître-pièce ! Et le pire, c'est que « mussieu » s'esbaudissait dans ce vulgaire patois qu'est le créole ! Bref, Chez Sosso était, aux yeux de maître Mauville et de Da Ernestine, le lieu d'avilissement par excellence, le genre d'endroit que le notaire, dans ses projets mégalomaniaques d'embellissement de l'En-Ville à l'occasion du Tricentenaire, se proposait tout bonnement de faire raser.

En fait, l'Historien et Amédée, bien qu'assis à la même table que Bel Bougre, Bec-en-Or et Laurent de Sénéchal, se livraient à de fréquents apartés, à voix simplement plus basse que leurs compères. Le jeune homme lui avait fait part, dès leur première rencontre, de la soif d'écrire qui le tenaillait et de l'insatisfaction complète qu'il ressentait à la relecture des cahiers qu'il remplissait depuis bientôt deux ans.

« Je ne fais que les déchirer ou les brûler..., soupirait-il.

— Si tu refuses que j'y jette un coup d'œil, comment veux-tu que je me fasse une opinion ?

— Mais c'est trop mauvais ! Bien trop mauvais ! J'aurais trop honte, voyez-vous...

— Dis-moi au moins le titre... »

Amédée hésita un instant, se gratta l'oreille d'un geste nerveux et finit par avouer :

« *Cahiers de l'Échappée-belle*... mais il n'est pas définitif. J'essaie d'évoquer le marronnage d'une jeune esclave. »

L'Historien, qui le tutoyait alors qu'Amédée avait insisté pour le vouvoyer en dépit de la profonde amicalité qui les liait désormais, s'en sortait toujours avec la même feinte interrogation :

« Le marronnage, hon ! J'ai peur que tu ne... comment dire ?... que tu ne t'égares sur des sentiers battus... Pourtant, ton père à toi est un personnage balzacien, non ? Ou crypto-balzacien, si tu préfères. Pourquoi ne pas camper sa vie dans un roman, hein ?

— Oh ! balzacien, c'est beaucoup dire, vous ne croyez pas ? La bourgeoisie mulâtre de Fort-de-France n'a rien de commun avec celle de la France du siècle dernier… Elle mène une petite vie étriquée, bourrée à craquer de préjugés. Elle a peur de tout, d'entrer en conflit trop direct avec les Blancs créoles, il n'y a qu'à voir comment nos politiciens se font acheter par eux, hein ? Peur de déplaire au gouverneur, peur de s'attirer les foudres de la métropole… Vous croyez qu'on peut bâtir un roman sur ce monticule de petites lâchetés chaque jour renouvelées ? »

Amédée, en réalité, déclinait là les griefs de la nouvelle vague de poètes surréalistes nègres qu'il avait côtoyés à Paris à la fin des années 20 et avec lesquels il avait gardé des liens épisodiques une fois que presque tous eurent regagné le pays natal. S'il partageait leur opinion quant à l'inutilité de la mulâtraille, il était viscéralement réticent à s'engager sur les sentiers de l'écriture automatique et il croyait la psychanalyse inadaptée à la compréhension du problème antillais.

« Difficile pourtant d'échapper à la poésie, mon cher Amédée…, soutenait l'Historien.

— Ce n'est pas mon fort, hélas… Et puis, comment oser encore écrire après *La Jeune Parque* ? Comment est-ce possible ? Paul Valéry nous a coupé les bras…

— Grâce au surréalisme, justement !

— Guère mon fort, non plus… »

CAHIER DE L'ÉCHAPPÉE-BELLE

« La publication au prône des premiers décrets de la Nation a troublé la tranquillité de nos Nègres. Ils disent qu'ils sont libres et que le premier de l'an sera le terme de leur esclavage. »

Lettre du commandant
du quartier du François
à monsieur le comte
de Vioménil,
gouverneur de la Martinique,
novembre 1789

Chavirer sous le plat de tes pieds la trace des courbarils géants car à beau dire-à beau faire, à beau démêler tes cheveux de câpresse, toi, Marthe Rose, à beau prier les Dieux — celui qui regarde le monde impassible, celui qui lève des cyclones fous — tu ne sens pas même monter dans ton corps la sève de la terre car celle-ci ne t'appartient pas encore, c'est pourquoi tu erres, voici pourquoi tu es revenue comme au point de départ de ta fuite et là-bas, dans la coulée où les ravines plongent-descendent, fraîches, si fraîches, jusqu'à la mer qui n'est, de si loin, qu'une tapisserie indéchiffrable couleur d'indigo et de miel, tu revois l'entêté tourner-virer de la case-à-farine et les mulets qui piaffent de folie douce à force de toujours chercher à rattraper leur ombre, et tu vois même le bassin, dans la cour de tuf jaune de la Grand-Case, les enfants du maître qui jouent à asperger une Négresse accroupie depuis combien et combien de siècles, battant, frottant, essorant, lavant les draps du lit où se morfond de solitude la maîtresse des lieux, déshéritée d'étreintes au profit d'Ismène, la plus ribaude des amarreuses de canne, celle qui ne va jamais les chaînes au pied ni n'encourt le moindre courroux malgré sa verve de femme tracassière, tu vois le jour qui s'ébroue dans le grincement des cabrouets et des charrettes à bras, les tonneliers qui déjà cognent, clouent, déplient, le maréchal-ferrant qui ravive la braise de son four, le commandeur qui distribue à la volée les tâches de la journée en criant plus fort que le vent rêche, plus fort que l'agaçant frotter des bambous où la bête-longue, lovée, attend son heure qui viendra dans un seul héler-à-moué d'un Nègre m'en-fous-ben, car, tu le sais, la bête-qu'il-ne-faut-point-nommer hante en hordes serrées les alentours de l'Habitation Grande Ravine et si elle ne t'a pas barré la route au moment où, assemblant ton compte de cœur, tu as osé l'échappée-belle, ce n'est pas qu'elle ne t'a pas vue ni sentie — l'odeur des nubiles l'enivre d'allégresse —, non pas, c'est qu'avec nous, nous qui marronnons dans le sillage infini du temps, la bête-longue a signé un pacte que nul ne lira jamais sur les parchemins des Blancs (donnent-ils si peu créance à leurs serments pour qu'ils se sentent ainsi contraints de les amarrer à la fragile éternité de l'encre ?), d'où l'on comprend pourquoi elle ne nous attaque jamais, même s'il nous arrive par mégarde, parce que les chiens ont flairé notre liberté et nous harcèlent, parce que de faim nous avons abattu le palmiste pour en manger le cœur tendre — cet arbre-là délimite l'alignement de leur territoire —, parce que de rage nous avons dessiné un grand feu clair dans la plus belle pièce de canne de la plantation, donc, Marthe dite Rose, toi dont le nom balbutie car il ne t'appartient pas en propre (encore une chose à conquérir !), nous t'avons épiée depuis que tu as commencé l'ascension du morne Grand Magazin, tu courais, courais, courais, tu trébuchais, tu roulais parfois dans les savanes en pente, tu gémissais d'effroi alors qu'autour de toi tout n'était que plénitude et silence, tu appelais le nom de ta mère sans le connaître puisque tu l'inventais à mesure que les premières ombres du soir se mettaient à draper la terre, *Manman Mari, soukou ! Manman Lwiz, soukou ! Manman Wozèt, soukou, soukou*, tes mots mandaient secours à Marie, à Louise, à Rosette, en vain, et nous dûmes admettre que tu étais belle et que le maître, ce verrat, ne t'avait pas encore définitivement souillée, et tu déployais tant de belleté qu'à ton insu les balisiers si fiers dans leur vêture de sang te faisaient une haie d'honneur, or toi, pauvre ignorante, tu les confondais avec les yeux du Diable, cette créature immonde grâce à laquelle le père Bernard croyait nous faire tenir en respect une fois qu'il nous avait baptisés et le bougre ne remarquait même pas que nous nous présentions trois fois, quatre fois devant la bassine d'eau sacrée dans laquelle il puisait avant de nous tracer sur le front le signe de la croix et il ne comprenait pas qu'en notre for intérieur, à l'aide des épaves de mots d'Afrique-Guinée qui nous étaient restés en mémoire, à l'aide du fulgurant créole créé ici-là même, dans cette terre de souffrances et de fouet que nous apprenions à épouser, nous détournions le latin de son quimbois, nous mangions *Dominus vobiscum* en salade, nous enveloppions *Pater noster qui est in caelis* d'*Aboubou-dya-kalbas-la-ké-brilé'w*, et il se dandinait devant le maître, grandement satisfait d'avoir sauvé nos âmes tout en enchaînant nos corps, *Bénis, oui, vous êtes bénis, oui*, et il exigeait que le maître nous baille une demi-heure par jour pour invoquer le Très Saint, il invoquait le rôle civilisateur de l'Église d'un mystérieux pays appelé Rome, alors, câpresse marronne, petite plante dessauvagée qui tente, ô désespoir, d'atteindre nos places inexpugnables sur les hauteurs, as-tu mesuré tout ce lot de choses emmêlées ? T'es-tu enfin fait une raison de ne jamais pouvoir contempler, même si tu courais cent ans et plus, l'Habitation Caféière qu'une de nos bandes a dévastée, égorgeant d'abord les chiens, châtrant, avant de leur transpercer le cou, les esclaves fidèles qui tentaient de s'interposer avec des houes et des tridents pour arrêter notre avancée vengeresse, démolissant avec patience chaque case, chaque mur, chaque cloison, chaque verre de cristal, puis, voici venu le moment décisif, celui où le maître, ton supposé géniteur, s'est réfugié dans la salle la plus protégée de la purgerie, armé de pistolets, de fusils à chevrotine et, pure hypocrisie, d'une Bible énorme que le bougre n'avait jamais ouverte de toute sa vie, croyant sa flamboyance éternelle, son règne immémorial, alors nous sommes convenus d'un pauser et nous nous sommes assemblés autour du bâtiment, soudainement silencieux, les yeux rougis par les incendies que nous avions allumés tout-partout et nous avons chanté un chanter sombre de bel-air, nous avons fait le tambour parler son compte de parler, cela sans bouger, oui, sans remuer un seul poil d'yeux, et l'attente s'est installée autour de la purgerie car nous le voulions, lui, vivant, nous voulions voir la peur-cacarelle le démanger, nous avions grand-soif de lire dans ses yeux bleu-déveine une terreur de ravet qui a senti le *taw-la-ka-taw* imminent du tonnerre, car nous pouvions attendre l'arrivée du prochain hivernage, subir sans chigner l'échevèlement des pluies-avalasses qui charrient avec elles les humeurs de la terre et la sourdine des vieilles déveines, « Les yeux du Blanc créole brûlent ceux du Nègre », jure une parole de soumission et c'est vrai qu'au dernier moment, lorsque le seigneur de Caféière a compris que notre siège signifiait pour lui la mort lente et qu'il est sorti, deux jours plus tard, titubant, hagard, assoiffé, les bras cassés le long de son corps soudain flasque, c'est vrai que beaucoup d'entre nous, les marrons, avons redéviré de deux pas en arrière et avons baissé flap ! la hauteur de notre regard et, peut-être qu'il aurait suffi qu'il lui restât un semblant de voix et qu'il se mît à aboyer un ordre pour que la tremblade s'empare net des plus capons d'entre nous, alors, Marthe Rose, ne gaspille plus tes pas dans cette quête dénuée de sens, même nous, nous savons désormais qu'il n'est plus temps d'arpenter sans trêve l'escarpement des mornes et de tourner-virer car des terres voisines, de Saint-Vincent, de la Guadeloupe, de Saint-Domingue surtout, nous parviennent la fureur des révoltes et l'implacable des révolutions — retiens ces noms-là : Biassou, Toussaint-Louverture, Pétion, Papa Dessalines — qui courent-montent-descendent à travers la chaîne des terres qui lie ce pays-ci et celles que nous apercevons par temps clément depuis nos refuges de Piton Canarie et de Ravine Rozette, cette chaîne-là n'est plus celle de l'esclavage mais au contraire de la liberté, et même dans le pays des Blancs, à ce qu'il paraît, un grand lever de rage s'est produit contre les puissants (regarde-les d'ailleurs qui s'entre-déchirent ici même, certains se criant *Patriotes*, d'autres se proclamant *Légitimistes*, les premiers brandissant un drapeau neuf aux trois couleurs — celle du ciel, celle du lait et celle du sang — et que disent-ils ? Le Roi est mort ! Vive la République !), mais, Rose, nous n'attendrons pas, non, nous n'attendrons point que cette houle atteigne ce bord-ci du monde car la hâte est en nous comme un aiguillon, l'impatience nous ronge d'inventer notre propre liberté, alors change le sens de ta course : désormais, le temps n'exige plus de partir marronner au cœur du pays mais bien l'inverse, c'est-à-dire de fondre sur les plantations de café, de cacao et de canne, d'encercler les bourgs, d'étouffer Vieux-Fort et Castries, puis leur aînée, Saint-Pierre de la Martinique, l'immonde, afin de mettre bas pour l'éternité sa séculaire hautaineté ! Marthe Rose, ô câpresse, arme ton bras et ne va plus rêvant le jour à ta mère, la nuit à ta mère car ici-là le fil des générations a été brisé net et c'est à nous et nous seuls de bâtir une nouvelle généalogie, oui !

*

« Ton Ida n'est qu'une ombre, mon cher Amédée ! Une ombre sortie tout droit de tes fantasmes ! » s'exclamait Bel Bougre chaque fois que celui-ci s'inquiétait de l'état d'avancement de l'enquête de Bec-en-Or, qui semblait prendre son rôle de détective fort au sérieux.

Le fier-à-bras, lui, demeurait indifférent au tourment qui affectait celui dont il se vantait d'être le protecteur dans ces bas quartiers de l'En-Ville où, pour trois fois rien, on risquait de se faire marquer la figure d'un coup de rasoir scélérat. Il avait, d'ailleurs, dès le départ, mis tout un chacun en garde : « *Pa menyen ti misyé, zôt tann !* » (Touchez pas à ce jeune homme, compris ?) Et chacun, même Fils-du-

Diable-en-personne, qui n'avait ni Dieu ni maître, et pour cause ! se le tenait pour dit. Amédée n'avait donc jamais éprouvé la moindre crainte à s'aventurer dans les bouges clandestins de la route de Sainte-Thérèse où se brocantait, sur un simple roulement de dés, le salaire d'une semaine entière. Il n'y avait guère que l'Historien pour désapprouver certaines fréquentations de celui qui était aussi, quoique d'une tout autre manière, son protégé. Après lui avoir sacrifié des mois de recherches, négligeant même la pacotilleuse Sidonise, qui se mit à en vouloir à Amédée, il avait fini par trouver une identité plausible à l'officier napoléonien. Pour ce faire, il avait exigé que le tableau soit porté chez lui, dans son meublé de la rue Britmer, au grand soulagement de toute la maisonnée Mauville. Le démon est parti ! avait applaudi Da Ernestine. Relance-le pour son poste au lycée Schoelcher, avait glissé maître Mauville à sa femme, le bougre m'a l'air de redevenir raisonnable. Quant à cette dernière, ses préoccupations à l'égard de son fils relevaient plus du domaine matrimonial que du professionnel. Ou, plus exactement, elle était persuadée que l'un entraînerait logiquement l'autre. Si Amédée trouvait à se caser (c'était là l'expression qu'elle employait), nul doute qu'il comprendrait qu'on ne nourrit pas une famille en se cloîtrant toute la journée dans sa chambre, occupé à remplir des cahiers, des cahiers et encore des cahiers d'une écriture presque rageuse. Cahiers au contenu parfaitement sibyllin au demeurant, puisque s'étant plongée, à l'insu de son fils, dans quelques-uns de ceux-ci, Man Mauville — pourtant bien versée en matière de lecture puisqu'elle occupait son temps libre à se délecter de Pierre Benoit ou Xavier de Montepin — n'y avait trouvé que divagations de l'esprit et délectation morose. À quoi cela pouvait-il bien servir à Amédée de ressasser ces vieilles histoires de l'esclavage dont plus personne aujourd'hui ne se souciait ?

En fait, depuis un bon moment, elle nourrissait des visées sur la fille d'une famille blanche créole hors caste. Cette déchéance lui était tombée dessus à cause du Contingentement du rhum, qui l'avait proprement débanquée. La distillerie qu'elle possédait aux Anses d'Arlets n'ayant pu s'équiper à temps de l'outillage moderne qui lui aurait permis de survivre à la crise, cette famille avait donc acquis une maison modeste à la rue Gallieni et vivotait grâce au salaire, lui aussi modeste, de son chef. Les Grands Blancs l'avaient sauvé de la déroute en le nommant à un poste pour lequel il ne disposait d'aucune compétence, au Crédit Martiniquais. Son épouse se mit à fréquenter le Club des femmes foyalaises, dont le lieu de réunion n'était autre que la cour intérieure des Mauville et, petit à petit, elle perdit sa morgue de békée pour finir par se considérer presque comme une mulâtresse. La maîtresse des lieux l'amena à se faire accompagner de sa fille, créature assez avenante, qui n'avait qu'un seul défaut, celui d'avoir une taille de filao. Du moins est-ce ainsi que la qualifia Amédée à leur première rencontre, laquelle n'était point due au hasard mais à une manigance de la mère du jeune homme : elle avait feint de se trouver mal et Da Ernestine avait été contrainte de tambouriner à la porte d'Amédée cet après-midi-là puisque mamzelle Coulie, la petite servante indienne, avait été opportunément éloignée sous le prétexte de faire des courses. À cette heure, maître Mauville se trouvait encore à son étude de la rue Schoelcher ou en train de chauffer Clémence Belfond. Il approuvait d'ailleurs les démarches matrimoniales de sa femme et avait cru bon d'entreprendre Amédée sur le sujet, quoique avec prudence.

« Sacré morceau de femme, hein ?

— Qui donc ? s'était enquis le jeune homme qui était à mille lieues de se douter de ce qui se tramait dans son dos.

— Eh ben… la petite demoiselle Blandine ! »

Interloqué, Amédée esquissa un sourire interrogateur.

« Pourquoi ? Elle t'intéresse, papa ? Permets-moi de te rappeler que quelqu'un d'aussi sourcilleux que toi sur le chapitre du beau langage devrait plutôt dire "un beau brin de fille !"

— *Ga sa, tibolonm, pa fè djendjen épi mwen, non ! Sé ba'w man ka wè kapistrèl tala.* » (Écoute, bonhomme, cesse de te moquer ! J'ai voulu dire qu'elle t'irait bien, cette fille.)

L'hilarité d'Amédée attira sa mère et Da Ernestine au salon où son père l'avait convoqué comme chaque fois qu'il voulait l'entretenir d'un sujet qu'il jugeait de la plus haute gravité.

« Votre fils est difficile..., fit-il en se tournant vers les deux femmes.

— *An bèl ti manzèl kon Blandin, ébé Bondyé!* (Une belle personne comme Blandine) s'exclama la vieille gouvernante qui écoutait toujours aux portes.

— Mais c'est une békée! s'emporta Amédée.

— Une békée-goyave, corrigea Man Mauville. Sa famille ne possède pas un sou vaillant. »

Retrouvant son calme, le jeune homme porta l'estocade : « Et vous voudriez que j'épouse une... comment dire... une pauvresse ? Cela ne vous ressemble guère ! »

Le notaire tournait et retournait un havane à moitié éteint entre ses doigts. Il fit quelques pas à travers le salon comme pour se désintéresser de la conversation, s'arrêtant devant la vitre de sa bibliothèque où était rangée une impressionnante collection de livres de droit à reliure dorée. Puis, prenant appui sur un fauteuil, il déclara d'une voix faussement neutre :

« La couleur remplace l'argent dans ce cas. Je m'étonne que tu ne le saches pas.

— Ah, pour ça, elle est blanche, votre Blandine, aussi blanche et immaculée qu'une fleur de cacaoyer ! » riposta Amédée.

Le notaire faisait des efforts méritoires pour ne pas exploser. Son havane se brisa entre ses doigts.

Ses lèvres étaient agitées par une imperceptible tremblade.

« Écoute-moi bien ! Amédée, tu refuses tout ce qu'on te propose. Je ne te comprends pas. Ta mère et moi, on s'est serré la ceinture pour que tu fasses des études en France et voilà que tu n'as pas daigné poser ta demande au lycée Schoelcher. Maintenant qu'on essaie de te trouver une épouse digne du nom que tu portes, voilà que tu fais la fine bouche !

— Tu t'imagines si tu te mariais l'année du Tricentenaire ? ajouta Man Mauville. Ça serait le plus inoubliable des souvenirs… »

Amédée eut la tentation d'abandonner la partie, de les planter là et d'aller retrouver sa table d'écriture au deuxième étage, le seul endroit de la maison qui, à l'en croire, ne suintait pas la respectabilité petite-bourgeoise. Mais il voulut en avoir le cœur net car il devinait que la préoccupation de ses parents, celle de son père en tout cas, ne ressortissait nullement à un simple désir de le voir convoler en justes noces. Il y avait quelque chose de plus derrière tout cela et il voulait l'entendre de la bouche du notaire, même s'il soupçonnait de quoi il retournait.

« Tout le monde essaie d'éclaircir la race, finit par lâcher maître Mauville d'une voix empreinte de lassitude. Avec elle, tu ferais des enfants pratiquement blancs. Je sais bien qu'aujourd'hui le Nègre prend de la valeur à Paris. Je sais ! Je sais ! Je le vois bien dans *L'Illustration* ! L'art nègre par-ci, la musique nègre par-là ! Comment ils disent déjà ? Le jazz ! Une musique qui n'a ni queue ni tête, si tu veux mon avis. Bon... tout ça, c'est fort bien mais on n'est pas à Paris, mon vieux, on est à Fort-de-France, à sept mille kilomètres de ces toquades d'artistes métropolitains en panne d'inspiration et d'intellectuels amateurs de pipes d'opium. Tu m'écoutes, Amédée ?... Tu es un homme de progrès, je suppose. Tu as fait suffisamment d'études pour ça d'ailleurs. Crois-tu sincèrement que le Nègre va un jour rattraper le Blanc, hein ? Si tu m'expliques là, tout de suite, quand et comment il va s'y prendre, je te donne partie gagnée. Allez, vas-y, je t'écoute ! Je suis toujours prêt à apprendre, à soixante-deux ans, j'ai pas eu la chance de fréquenter les amphithéâtres de la Sorbonne, moi ! »

Puis, ouvrant l'une des armoires de sa bibliothèque, il en tira le *Grand Larousse du XXe siècle*, chercha l'article NÈGRE et se mit à le lire à haute voix :

« C'est en vain que quelques philanthropes ont essayé de prouver que l'espèce *nègre* est aussi intelligente que l'espèce blanche. Quelques rares exemples ne suffisent point pour prouver l'existence chez eux de grandes facultés intellectuelles. Un fait incontestable, et qui domine tous les autres, c'est qu'ils ont le cerveau plus rétréci, plus léger et moins volumineux que celui de l'espèce blanche et ce fait suffit pour prouver la supériorité de l'espèce blanche sur l'espèce noire. »

Cette fois, Amédée fut pris de court. Il avait sous-estimé la capacité de repartie de son père et il lui aurait fallu s'engager dans des démonstrations trop compliquées pour parvenir à le convaincre qu'il était dans l'erreur. C'est Da Ernestine qui, sans le vouloir, lui sauva la face. S'agenouillant devant lui, mains jointes, elle lui fit une véritable supplique :

« Ne me dis pas que tu veux épouser une vidangeuse noire comme hier soir, non ? »

Les parents d'Amédée, qui n'étaient pas au courant des attentions vespérales de leur fils pour celles qu'ils considéraient comme le rebut de l'humanité, rirent de bon cœur. Le notaire se retira dans sa chambre, satisfait d'avoir dit son fait à celui qui n'était à ses yeux qu'un gamin rebelle. Irma Mauville se rendit aux cuisines pour contrôler la préparation du souper. Amédée demeura longtemps planté au salon sous le regard d'une Da Ernestine dont le grand âge accentuait le côté réprobateur. Il ne se décida à partir driver dans la rue qu'au moment où l'horloge sonna les neuf heures du soir. Il voulait être seul et se dirigea vers la jetée. Des couples enlacés y contemplaient une mer moirée et totalement étale. Dans le lointain, les jets de lumière du phare de la pointe des Nègres illuminaient soudain des bateaux qu'on aurait jurés fantômes. Il s'adossa à la rambarde, se laissant bercer par le clapotis. Droit devant lui, la statue flambant neuve du découvreur de la Martinique, le comte

Pierre Beslain d'Esnambuc, scrutait l'horizon, la main gauche en visière, l'autre posée sur son épée, comme prête à la sortir de son fourreau. Son inauguration aurait lieu dans deux ou trois mois à ce qu'affirmait son père, qui avait été chargé, pour l'occasion, de rédiger le discours du maire de Fort-de-France, chose dont il se montrait très fier. Amédée s'approcha de la statue et d'un geste brusque sortit son sexe et se mit à uriner sur le socle.

« Eh ben ! On n'a point de respectation, alors ? » s'exclama une voix féminine dans l'ombre d'un tamarinier.

À cette heure tardive, la plupart des lampadaires de la place de La Savane étaient déjà éteints. Confus, le jeune homme arrangea son pantalon d'un geste précipité et attendit. La personne ne s'avança pourtant pas en sa direction. Elle était secouée par des quintes de toux qui devaient autant à la fraîcheur de la nuit et au vent de mer qu'à un rire apparemment irrépressible. Ce timbre de voix, cet esclaffement discret, il les reconnaissait ! Pas de doute, il venait de rencontrer celle qu'il cherchait en vain depuis le temps du marquis d'Antin, celle qui, passant au ras de sa fenêtre, un pot d'Aubagne en équilibre sur sa tête, fredonnait :

France, ô grande Patrie !
Terre sacrée des vieux Gaulois
France, ô terre chérie !

Il se précipita vers le tamarinier mais, butant contre une souche, s'affala de tout son long sur l'herbe mouillée.

« Ida ! Ida, attends-moi, je t'en prie ! »

Quand il se releva, la disparition s'était emparée de la personne. Hormis deux traîne-les-rues qui ronflaient flanc contre flanc sur un banc de marbre, l'endroit était désert. Absolument désert. Avait-il rêvé ? Les mains dans les poches, perplexe, il fit le rond de La Savane, indifférent aux psst-psst égrillards de quelques péripatéticiennes qui officiaient au bois de Boulogne, non loin de l'imposante Maison des Sports. Point d'Ida ! Autour de la grille qui protégeait la statue de Joséphine Bonaparte, un homme, sans doute ivre mort, cherchait son chemin. Agrippé à celle-ci, il ne se rendait pas compte qu'il en avait déjà fait plusieurs fois le tour et braillait :

« *Alô ou pé di yo fèmen mwen andidan an ? Mi dé bann isalôp, mi !* » (Alors comme ça, ils m'ont enfermé ! Quelle bande de salauds !)

Amédée reconnut Ti Coca, le richissime commerçant, célèbre pour son bagout et surtout sa bedondaine, qui devait contenir ce soir-là pas mal de litres de bière Lorraine. Le bougre était persuadé qu'il avait été enfermé au Cercle martiniquais où il avait sans doute passé la soirée à jouer aux cartes. En âme charitable, Amédée l'empoigna par les épaules et l'entraîna vers la Poste, sa maison se trouvant à deux pas de celle-ci.

« *Sé wou ki la ? Yich Mèt Movil la, enben, fout lavi dwôl, mésyé-zé-danm !* » (C'est toi ? le fils de maître Mauville ? Comme la vie est drôle !) parvint-il à articuler.

Amédée ne soufflait mot, attentif à ne pas se faire asperger par les petits vomissements qui secouaient, à intervalles réguliers, Ti Coca.

« Toi qui es un grand-grec, s'entêtait le bougre, pourtant à bout de souffle, hein ? Dis-moi un peu si cette Joséphine-là n'était pas une virago ? Dès que Napoléon partait en campagne, madame en profitait pour… hic… pour grediner avec ses aides de camp, avec ses jardiniers, avec ses cuisiniers… hic… avec la terre entière, oui. C'est marqué dans tous les livres d'histoire ! Je raconte des couillonnades ?

— Pas du tout…

— Alors pourquoi personne ne veut me croire, hein ?… hic… Parce que je n'ai pas de diplôme, c'est ça ? »

Arrivé au bas de chez lui, Ti Coca sembla retrouver tout net ses esprits. Il repoussa Amédée, tenta de défroisser le col de son paletot avant de donner un grand coup de pied dans la porte d'entrée. Cet incident permit au jeune homme de se remettre de sa déception de n'avoir pas réussi à mettre la main sur Ida. Il arpenta l'En-Ville jusqu'au devant-jour, au gré de sa fantaisie, toute envie de dormir s'étant échappée de lui. À l'heure où les premiers djobeurs propretaient leurs charrettes à bras à la fontaine du Grand Marché, il se rendit Chez Sosso, aux Terres

Sainvilles. Bec-en-Or et Bel Bougre y prenaient déjà leur décollage, rhum sec pour le premier, absinthe pour le second. Ils s'étonnèrent de le voir si matinal et lui firent fête, profitant de l'occasion pour siroter une deuxième fois à crédit, ce qui mit dix mille plis au front du tavernier. Ces deux-là ne réglaient pas souvent leur carnet tout en faisant partie des clients les plus assidus.

« J'ai... j'ai enfin trouvé Ida..., fit Amédée d'un ton qui se voulait négligent.

— Quoi ! Ah non, on s'assied ! C'est pas possible ! Hé, Sosso, apporte-nous la bouteille de Neisson, s'il te plaît ! » s'exclama le fier-à-bras tandis que Bel Bougre ouvrait des yeux ahuris.

Quand Amédée eut relaté l'étrange rencontre qu'il avait faite au pied de la statue de D'Esnambuc, Bec-en-Or claqua des doigts :

« Mais oui, mais oui, ça y est ! Maintenant je comprends pourquoi je ne la connaissais pas. Mamzelle est une la-Diablesse !

— Hon ! Je connais ce genre de femme-là ! renchérit le gandin se forgeant un air éminemment sérieux. Très peu pour moi ! Elles t'aguichent et puis là-même tu deviens leur petit toutou. Tu les suis partout et un beau jour, flap ! elles te voltigent. La-Diablesse, c'est la mort faite femme, Amédée. Crois un bougre qui, depuis l'âge de seize ans, a dévirginé plus de femmes qu'il n'y a de mois dans le calendrier !

— C'est ça, moquez-vous de moi ! » fit Amédée.

Sosso leur servit un plat de macadam que le jeune mulâtre se surprit à avaler avec grand appétit. L'arôme subtil du rhum Neisson le tenta et, pour une fois, il en but deux secs presque d'affilée. Les djobeurs et les débardeurs du Bord de Mer commençaient à remplir le privé, s'apostrophant, se baillant de grandes claques dans le dos. Cette allégresse populaire avait toujours étonné Amédée et le comblait d'aise à chaque fois. Elle contrastait avec le réveil difficile de sa famille, les petits matins cotonneux de son père lorsqu'il avait trop traîné ses guêtres chez Clémence Belfond, sa maîtresse, dont le tempérament de chabine volcanique était bien assis quoiqu'elle ne fautât point avec d'autre homme que le notaire. Quant à Man Mauville, elle se faisait servir le petit déjeuner au lit dans un service en argent et sa grasse matinée pouvait se prolonger jusqu'à onze heures si une de ses amies n'était pas venue lui rendre visite. Da Ernestine dormaillait et de sa chambrette, près du galetas, on l'entendait s'écrier dans ses songeailles : « C'est aux Dardanelles qu'il est, je vous dis ! Hector est encore dans ce pays de neige-là mais il va revenir, oui ! »

Elle ne trouvait sa pleine lucidité qu'au début de l'après-midi, moment où elle martyrisait la petite servante indienne en l'obligeant à reprendre toutes les tâches que cette dernière avait accomplies durant la matinée. La cour intérieure n'était jamais assez bien balayée. La vaisselle méritait d'être rincée à nouveau. L'eau savonneuse dans laquelle trempaient les draps devait être changée. Cela jusqu'à l'heure où Amédée descendait boire son café et où la nounou des Mauville se mettait à l'entreprendre : « Toujours à écrire dans des cahiers ! Toujours à écrire ! Mais mussieu Amédée, tu vas devenir fou, oui ! »

Amédée se demandait parfois si Bel Bougre et Bec-en-Or jaugeaient bien le type d'existence qu'il menait à la rue Victor-Hugo. Que deux mondes si différents, chacun dans sa cloisonnerie, puissent se trouver à quelques encablures l'un de l'autre, n'avait cesse de l'époustoufler. C'est pourquoi il voyait en l'Historien un lien, ténu mais bien réel, entre la mulâtraille des beaux quartiers et la gueusaille de ces cloaques qui portaient curieusement des noms grandiloquents tels que Marigot-Bellevue ou Morne Calvaire. Le bougre semblait toujours se tenir à la lisière de ces deux univers dans lesquels il évoluait à l'aise comme Blaise, tout en ayant choisi, à mi-vie et pour des raisons qu'il n'avait jamais voulu expliciter, de privilégier celui des Nègres-Guinée et des Coulis mendiants. Contre tous, il défendait l'honneur de ces derniers, qu'il déclarait être les inventeurs du chiffre zéro, de la médecine et de la civilisation tout court.

« Honneur et respect pour l'Inde, messieurs ! » réclamait-il quand Bec-en-Or ou quelque autre fier-à-bras s'apprêtait à malmener, juste pour amuser la galerie, l'un de ces balayeurs de caniveaux qui passaient, tête humblement baissée, au ras de Chez Sosso.

Il ne prêta aucune attention à la rencontre féerique d'Amédée. Quand le jeune homme évoquait la vidangeuse, il s'enfermait dans ses pensées, laissant Laurent de Sénéchal gourmander le jeune mulâtre. À entendre le béké bambocheur, il n'y avait pas plus grand délice sur cette terre que les bras lotionnés des catins qui officiaient dans les boxons de la rue Lazare-Carnot.

« L'amour ? Pff! Moi, m'enjuponner avec une péronnelle et faire le joli-cœur avec une alliance au doigt ? Faut être toctoc, oui… »

Une fois la personnalité d'Ida commentée et recommentée par ses compagnons, l'Historien prit un ton solennel, toussotant pour s'éclaircir la voix, et déclara :

« Monsieur Amédée Mauville, j'ai le plaisir de vous annoncer que j'ai enfin découvert l'identité de l'officier de votre tableau. Je n'ai plus besoin de le garder chez moi à présent. Vous pouvez le reprendre. »

Désintéressés de ce sujet, Bec-en-Or, Bel Bougre et Laurent de Sénéchal entreprirent un causer salace à propos d'une bougresse à la croupière bombée qui venait de s'installer en tant que marchande de bonbons non loin de la Brasserie Lorraine.

Amédée était suspendu aux lèvres de l'Historien, qui savourait son triomphe. Une lueur amusée éclairait le regard de ce dernier, qui pianotait sur la table tout en feignant d'observer le plafond de tôle ondulée.

« Quand ? finit par lâcher le mulâtre.

— Quand quoi ?

— Je veux parler de votre découverte... »

L'Historien se rengorgea.

« Hier... oui, seulement hier ! Et ça m'a coûté du temps, mon beau jeune homme. Mais enfin, maintenant je me sens libéré... »

Amédée se sentait soudain angoissé à l'idée que quelque mauvaise nouvelle lui soit annoncée. Il n'aurait peut-être jamais dû demander semblable service à son vieil ami. Le tableau aurait gardé son secret et, bon gré mal gré, il aurait fini par l'oublier. Mais il était trop tard maintenant pour regretter son geste.

« Je ne vais pas te faire languir davantage, Amédée... Ton officier n'est autre que Louis Delgrès !

— Qui ?

— Delgrès. Le colonel Delgrès, celui qui a combattu le rétablissement de l'esclavage en Guadeloupe par les troupes de Napoléon. C'était en 1802. Tu n'as pas appris ça à la Sorbonne ou quoi ?

— Ah non ! On a eu un cours d'une heure, si je me souviens bien, sur Haïti et Toussaint-Louverture mais pas plus. L'histoire des Amériques a surtout porté sur la guerre d'Indépendance des États-Unis et sur Simon Bolivar.

— Je m'en doutais bien, fit l'Historien, revenu à son naturel. La France n'enseigne pas à ses fils la conquête de son Amérique à elle. Pourtant, nos pays ont sacrément compté dans son économie aux dix-septième et dix-huitième siècles, et même dans la première moitié du dix-neuvième. Tu sais ce que Voltaire écrivait à propos du traité de paix signé à Riswick entre la France et l'Angleterre ? C'était en 1697 ou 1698, il faut que je vérifie… "Nous n'avons que faire de ces quelques arpents de neige !" Voltaire applaudissait à l'abandon du Canada par la France au profit de nos îles antillaises. Hé oui, tout le vaste, l'immense Canada contre une poignée de territoires minuscules mais, à l'époque, parmi les plus prospères du monde occidental. »

Amédée en demeura abasourdi. Des interrogations contradictoires le tenaillaient déjà. Ce Delgrès, qui ressemblait tant à son oncle, et donc un peu à lui-même, lui était-il vraiment apparenté ? Comment le savoir puisque sa mère était incapable de remonter dans sa généalogie à plus de deux générations.

« Le volcan a détruit nos papiers de famille… se contentait-elle de répéter à Amédée. Lettres, portraits, certificats de baptême, actes de propriété, il n'en reste plus rien… »

Il tapota le dos de la main de l'Historien en guise de remerciement. Puis se servant un folibar, ce punch féroce qui vous assommait les Nègres les plus vaccinés, il déclara, gaillard :

« Eh ben, à mon tour, j'ai trouvé mon sujet. Je vais écrire l'histoire de ce Louis Delgrès ! »

L'Historien ricana. Il tenait à son idée : Amédée devrait plutôt écrire la vie de maître Mauville, évoquer son univers balzacien. Cela, personne n'avait tenté de s'y atteler et puisque le jeune mulâtre n'était visiblement pas doué pour la poésie, et encore moins pour le théâtre, il avait la conviction que s'ouvrait devant lui la voie royale du roman. Car, soutenait-il, dans ce genre-là, il y a le conte, l'histoire, la géographie, la sociologie, la psychologie, il y a même un peu d'économie et, quelquefois, chez un Stendhal par exemple, un brin de lyrisme.

« Tant que nous ne saurons pas écrire des romans, ou appelle ça du nom que tu voudras, nous ne serons pas un vrai peuple », martelait-il à un Amédée quelque peu sceptique.

CAHIER DELGRÈS

> « Les gens de couleur libres pourront également donner noces, festins et divertissements et ne seront plus soumis à en demander la permission à l'instar des esclaves. »
>
> Règlements pour déterminer
> les conditions d'affranchissement,
> article 17,
> décembre 1789

Quel est donc ce grand vent de folie qui secoue la France ? Quel dommage que les discours enflammés et les manifestations du peuple ne nous parviennent qu'en échos ténus ! Hier, à la rue Monte-au-Ciel, j'ai surpris un grand concours d'hommes libres en proie à la plus vive excitation qui, passant outre toutes les bornes de la prudence, arboraient la cocarde tricolore. Ils parlaient de la Révolution qui, là-bas, était sur le point de jeter bas le pouvoir royal et qui, à n'en pas douter, atteindrait bientôt nos rivages atlantiques. L'un d'entre eux, le sieur Belmont, qui pratique le cabotage et qu'on affirme propriétaire d'une habitation de petit rapport où s'échinent une douzaine d'esclaves, brandissait un journal anglais qu'il avait rapporté de l'île de Saint-Christophe. Il lisait à voix haute des nouvelles incroyables : le Roy de France était sur le point de perdre son trône et la noblesse fuyait à l'étranger, effrayée par les cris « Liberté-Égalité-Fraternité ». Le peuple en armes faisait et défaisait désormais les lois. La rue avait pris le pas sur la cour.

Je suis demeuré là, dans l'escalier de pierre, bouche bée, incrédule, tandis qu'on demandait de tous côtés au sieur Belmont de reprendre plus lentement sa lecture dont il traduisait les mots au fur et à mesure. Je ne comprenais encore rien à ce qui se déroulait si loin d'ici. Pour l'heure, j'avais la préoccupation d'entrer dans la carrière des armes et j'avais fait valoir avec succès que ma mère était une femme libre pour être admis dans la milice, quand bien même il m'avait fallu faire fabriquer un faux document par un imprimeur de Fort-Royal. Il avait exigé quatre mille livres pour le risque encouru mais accepta finalement la moitié de ladite somme car il commençait à être acquis aux idées nouvelles et au drapeau frappé des couleurs bleu-blanc-rouge.

D'aucuns l'accusaient de diffuser sous le boisseau des libelles du Club des Jacobins qui, à Paris, réunissait d'aussi brillants esprits que Diderot, l'abbé Sieyès ou Condorcet. Noms qui nous devenaient familiers parce qu'on les répétait dans toutes les conversations.

Ma mère vivait recluse au quartier du Fort, dans une maisonnette qui avait servi de dépôt de marchandises avant d'être décapitée par un cyclone. Le propriétaire la lui avait concédée contre une hypothèque sur son seul bijou en or, héritage qui s'était transmis sous le sceau du secret depuis quatre générations de Delgrès. La famille de ma mère était formée à l'origine de « libres de savane » car un lointain parent connaissait l'art de forger des fers à cheval très résistants et s'était établi aux marges d'une habitation, ni esclave ni vraiment libre, simplement toléré par les maîtres. Ceux-ci, cavaliers émérites, avaient sans cesse besoin de ses secours et, quand ils se trouvaient en disette de pièces de monnaie, ils se contentaient de lui fourguer leurs bijoux hors d'usage. Un beau jour, le forgeron les fit fondre et demanda qu'on lui refabrique une sorte de collier torsadé qui m'avait toujours émerveillé dans mon enfance. Il ne nous valut pourtant qu'avanie et déboires car ma mère, très coquette, ne pouvait s'empêcher, dans son jeune temps, de se pavaner à la place Bertin, lieu où, aux approchants du crépuscule, se rassemblait tout ce que Saint-Pierre comptait de femmes-matadors, et de demi-mondaines, la plupart mulâtresses, chabines ou câpresses. On y voyait alors un surprenant ballet de calèches : des Grands Blancs, peu désireux qu'on les reconnaisse, traversaient la place au pas, jetant des regards furtifs de derrière leurs rideaux. Soudain, un cocher criait « Ho ! Hoo ! » au cheval, puis un valet de pied qui suivait derrière le véhicule en livrée d'apparat s'approchait de celle qui avait été élue par son maître et lui susurrait deux mots-quatre paroles à l'oreille ou lui tendait avec discrétion un billet que celle-ci déchiffrait avec peine. Les femmes-matadors se mettaient alors à rire à voix grasse, à se congratuler ou à s'insulter, certaines carrant leur arrière-train, une main sur le côté, toisant le pauvre valet et le traitant de Nègre scrofuleux. Mais très vite cette comédie avait une fin. Lorsque les calèches les croisaient de nouveau, elles soulevaient leurs robes et, telles des princesses d'un soir, grimpaient à bord du véhicule. D'autres, des majorines, furieuses d'avoir été éconduites, n'hésitaient pas à faire un tonnerre de Dieu, livrant à la rumeur publique les nom, prénom, occupation et surtout qualité fornicatrice de leurs anciens amants. Puis les calèches s'échappaient sur le pavé humide des rues tandis que s'allumaient les lanternes publiques.

Ma mère était la seule à y emmener sa marmaille, c'est-à-dire ma grande sœur et moi-même, élégamment vêtu de toile anglaise importée des Barbades. Naturellement, elle ne manquait jamais de se faire tancer par celles d'entre les demi-mondaines qui n'étaient pas de ses amies.

« On ne vient pas ici pour jeter les hommes en pâmoison, s'indignaient ces dernières, mais pour marchander de l'amour ! Si tu n'as rien d'autre à faire, sache qu'on embauche des balayeuses de rue, oui ! »

Amandine, une hétaïre joviale, protégeait ma mère à laquelle la liait je ne sais quel pacte. Elle me couvrait de sucreries, de pistaches, certains soirs de succulents sorbets au coco qui finissaient toujours par tacher le haut de mon linge et me valaient sur-le-champ une roustance de ma mère et, une fois rentré à la maison, une solide raclée avec une petite cravache en corde de mahault dont elle ne se séparait jamais. Elle lui servait à la fois à chasser les nuées de moustiques qui envahissaient le quartier du Fort dès l'allumée des lampes, à menacer les importuns qui venaient lui chanter des coulées d'amour sous sa véranda ou les Nègres vagabonds et guenilleux qui lui quémandaient, avec une hargne qui m'avait toujours étonné, un morceau de manger et bien entendu à nous roussir les fesses comme elle disait.

Cette cravache et ce bijou faillirent la conduire à sa perte. Un Grand Blanc que notre présence d'enfants sages n'avait semble-t-il point découragé lui fit un soir une proposition déshonnête, si déshonnête qu'elle en souffleta son valet, le menaçant de sa cravache et, délaissant la place Bertin, nous entraîna sur le quai à cette heure déserté. Le lendemain, elle fut mandée devant le juge de paix au double motif d'insulte envers un Blanc et transport de bijou volé. On la condamna à vingt-cinq coups de fouet dans la cour de la geôle, ce qui lui évita de justesse l'indignité d'une punition au vu et au su de tout le monde, aux abords du marché aux légumes, comme en subissaient les esclaves qui avaient fauté. Son bijou fut saisi et, de ce jour, elle sombra dans l'inconsolation, sa bouche se ferma à tout ce qui n'était pas essentiel, son regard perdit sa flamme et elle ne fréquenta plus jamais la place Bertin.

Ma grande sœur, qui adorait la comédie, ne supportait pas que nous fussions contraints de suivre les spectacles à l'extérieur du théâtre, grappillant des notes et des éclats de voix par d'étroites fenêtres où se bousculaient des mulâtres plus curieux que réellement intéressés par l'art dramatique. Elle réussit un jour à convaincre ma mère de l'y conduire à l'intérieur en se faisant passer pour blanches. J'étais maintenant presque un jeune homme mais mon teint trop mat m'interdisait semblable subterfuge. J'eus l'immense surprise de voir alors ma mère, établie en marie-souillon depuis l'incident de la place Bertin, qui datait de plusieurs années, se muer à nouveau en une sorte de princesse. Elles passèrent des heures à se farder et à se pomponner, riant à l'espiègle comme des capistrelles. Puis, elles me couchèrent en m'enjoignant expressément de ne pas répondre si une main cognait à notre porte ou bien si une voix me hélait.

« Attention, petit monsieur, dehors les zombies

sont en bordée ! » me menaça ma sœur, mi-sérieuse mi-gouailleuse.

Au matin (j'avais à peine dormi, terrorisé que j'étais), je ne les trouvai pas dans la maison. Elles n'étaient pas dans l'arrière-cour, à l'ombre de l'arbre à pain, en train de faire la cuisine. Ni à la fontaine publique, à quelques coudées de chez nous. Au marché aux poissons, personne ne les avait encore rencontrées et Bozambo, un Nègre géant, qui portait seul des requins sur son dos quand il aurait fallu trois hommes pour y parvenir, me lança :

« *Ti milat, pa drivé kon sa toupatou, non ! Si tjèk bétjé wè'w, i pé anni chayé'w alé ! Sé jou taa yo égri kon dé tig.* » (Petit mulâtre, cesse de te promener partout comme ça ! Si un Blanc créole te remarque, il risque de t'emmener avec lui de force ! Ces jours-ci, ils sont enragés comme des tigres.)

Pour de bon, une manifestation où étaient brandis des cocardes géantes et des drapeaux tricolores faillit me happer à la rue du Petit-Versailles. Des Blancs de petite conséquence — cela se voyait à leurs gilets élimés et à leurs barbes mal rasées — braillaient :

« Patriotes avec nous ! Rejoignez les rangs de la liberté ! L'ordre ancien est mort, vive la Convention ! Mort à l'Anglais ! »

Certains étaient ivres et crachaient au visage des Nègres qu'ils croisaient ; d'autres brandissaient des fleurets et des fusils de chasse en tentant d'adopter malaisément une cadence militaire. J'eus la présence d'esprit de me coincer tout contre les barriques d'une maison de commerce et demeurai dans cette position jusqu'à ce que le dernier enragé soit passé. Je découvris alors que sur les murs de cette partie de la ville était placardée une lettre du Roi de France devant laquelle s'attroupaient toutes espèces de gens, à commencer par maints esclaves domestiques bien qu'ils ne sussent point lire. Je lus, sans bien comprendre de quoi il s'agissait vraiment, ces fortes paroles :

« *À mes bons et aimés sujets, les colons des îles du Vent,*

Mes bons et aimés sujets, ne doutez pas que malgré l'éloignement où vous êtes du lieu de ma résidence, je n'aye été constamment occupé de votre bonheur. J'aurois voulu connoître avec certitude tout ce qui peut y contribuer davantage et vous auriez éprouvé plus sensiblement encore l'effet de mes bonnes intentions ; mais aujourd'hui que j'ai appelé à mon aide les lumières et les conseils de toute la Nation, j'aurai plus de moyens pour assurer votre contentement d'une manière solide et invariable. Le décret de l'Assemblée nationale que je vous envoie après l'avoir approuvé et sanctionné vous est un premier gage des espérances que je conçois.

Signé : LOUIS »

Où se trouvaient ma sœur aînée et ma mère ? À qui demander des renseignements ? Je songeai alors à mon oncle Victor, établi en tant que patron-boucher au marché aux légumes, que nous ne voyions plus guère depuis qu'après un séjour en terre de France il affectait d'être devenu un membre à part entière de la classe des Blancs. Aux offices du dimanche, à la cathédrale, il avait son banc réservé avec une plaque dorée à l'instar de ces derniers. Dès qu'il m'aperçut, il fut pris d'une fureur incontrôlable, bavant presque, et m'interdisant l'accès de son échoppe, il s'écria :

« Ta mère n'est plus ma sœur ! Quant à sa fille, ce n'est qu'une badaudière, une saute-ruisseau qui finira couverte de vérole. Disparais de ma vue ! »

J'errai dans Saint-Pierre écrasée de chaleur. Nous étions au mitan de la saison du carême et même l'eau, qui descendait dans un joyeux et constant charivari depuis la montagne, transformant les caniveaux en véritables boîtes à musique, avait commencé à se raréfier. Des tralées de servantes se pressaient aux fontaines pour remplir des dames-jeannes ou de petites jarres qu'elles juchaient sur leur tête avec élégance. L'une d'elles m'aspergea pour rire et me demanda avec tendresse si je m'étais perdu dans la ville. Elle se proposa de me ramener à la maison, ayant presque terminé son service. J'acceptai d'un hochement du menton car la journée était bien trop avancée pour que je continue à chercher ma mère et ma sœur aînée à l'aveuglette. Des larmes me venaient aux yeux que j'essuyais très vite du revers de la manche. Sa dame-jeanne déposée dans l'avant-cour d'une imposante maison en pierre, la servante, qui s'était changée, et en qui je reconnus soudain Amandine, cette femme-matador qui faisait jadis fête à ma mère sur la place Bertin, me prit par la main.

« Je n'ai pas eu d'enfants, me fit-elle d'un ton badin, ma matrice ne pouvait pas en porter. Mais ce soir, voici que je promène un petit mulâtre qui a perdu son chemin. Ha-Ha-Ha ! »

Mon visage ne lui disait rien après tant d'années. Je la menai au quartier du Fort, me sentant un peu apaisé par son bavardage incessant. Elle n'était pas servante de maison mais louait ses bras chaque matin à une maîtresse différente car elle était une personne libre et nul n'avait pu contester son acte d'affranchissement. Elle le sortit de son corsage brodé où il était protégé par deux seins bruns magnifiques dont l'un jaillit à moitié au-dehors. Un cocher, sans doute fasciné, faillit nous écraser. Sa calèche tangua, presque au bord du caniveau, et nous vîmes un gros Blanc rougeaud extraire sa tête de la cabine et l'injurier, lui promettant même le fouet.

« Tchip ! Dès que le Nègre aperçoit un jupon ou un corsage, il devient fou dans le mitan de la tête, rigola la femme. C'est où la case de ta manman, petit bonhomme, hein ? »

Un grand concours de gens entouraient ce qui fut, vingt ans durant, notre havre de paix, à ma mère, ma sœur aînée et moi-même. Des flammes, qui me parurent gigantesques, léchaient le ciel par dessus son toit, dont une partie s'était déjà effondrée.

« Mon Dieu Seigneur, ayez pitié, oui ! » murmura la servante en me purgeant le plat de la main.

Je n'eus aucune réaction. Ni peur. Ni sentiment de détresse. Ni colère froide. J'étais figé sur moi-même et, étrangement, je ressentais le poids de mon corps, j'avais le sentiment de mesurer avec exactitude chaque parcelle de celui-ci, l'aller-virer de mon sang dans mes veines. Quelques Blancs, en habit de la milice, que je n'avais pas pu distinguer immédiatement à cause de la foule, activaient le feu en y jetant de la paille. Les mulâtres et les Nègres demeuraient trois pas en arrière, très agités mais silencieux. Bozambo, le Nègre géant du marché, me souleva de terre et me glissa :

« N'aie crainte, petit garçon, tes parents ne se trouvaient pas là-dedans...

— Qu'est-ce qu'ils ont fait, hein ? demanda la servante en veillant à ce qu'aucune oreille indiscrète ne l'entende.

— À ce qu'il paraît... à ce qu'il paraît, elles sont allées à la comédie déguisées en femmes blanches et elles ont été trahies. Je ne sais pas si c'est la vérité mais à cette heure c'est ce qui se dit partout, oui.

— Qui *elles* ?

— Eh ben, la mère de cet enfant que tu tiens par la main et sa sœur, je crois ! » répondit le géant agacé.

Ce ne fut qu'à cet instant-là que la servante, me

regardant dans le grain des yeux, me dévisageant de haut en bas, comprit à qui elle avait affaire. Elle se mordit les lèvres d'émotion et m'entraîna à grandes enjambées en direction du pont de la Roxelane. Sa case, tout en gaulettes de bambou, se trouvait non loin de l'abattoir, dans un quartier nommé La Galère, d'où montait une odeur fétide.

« *Ni dlo dèyè a, pwôpté fidji'w avan nou bay-alé !* » (Il y a de l'eau par-derrière, nettoie ta figure avant qu'on s'en aille d'ici !) me fit-elle en me tendant une demi-calebasse.

Une heure après, nous marchions dans le noir complet vers la paroisse du Carbet. Nous étions obligés d'emprunter le chemin des bois car celui qui longeait la mer, quoique plus praticable, nous exposait à de mauvaises surprises. La milice était toujours prompte à accuser de vagabondage les Nègres qui se déplaçaient de nuit, eussent-ils leur acte d'émancipation comme Amandine.

Nous restâmes cachés plusieurs semaines durant chez l'un de ses proches parents. De temps à autre nous parvenaient des nouvelles de Saint-Pierre mais jamais celles de ma mère et de ma sœur. Final de compte, quelqu'un nous apprit que cette dernière avait succombé dans le cachot où on l'avait jetée.

« On prétend que cette jeune enfant crachait tout le temps du sang. Elle avait peut-être les poumons malades. »

Je demeurai sans réaction des jours et des jours. Ne mettant même pas les pieds dehors pour recevoir les caresses du soleil matinal comme le faisait ma protectrice. Un soir, l'émoi fut à son comble dans la paroisse du Carbet : les Blancs de Saint-Pierre s'étaient révoltés contre le gouverneur. Ils s'affrontaient aussi aux Grands Blancs des campagnes. Les fusils parlaient. Que signifiait donc tout ce chambardement ? Personne parmi les Nègres n'en comprenait bien les tenants et les aboutissants. Alors Amandine prit la décision qu'elle considérait comme la plus sage pour notre sécurité à tous les deux, à savoir quitter le pays. Il nous était de plus en plus malaisé de vivre ainsi reclus.

« Dis adieu à Saint-Pierre ! » me fit-elle au moment d'embarquer à bord du gommier d'un Nègre silencieux qui semblait nous espérer de toute éternité mais qui, en fait, était un passeur. Grands connaisseurs de toutes les traîtrises des canaux qui séparaient la Martinique des autres îles, ces hommes risquaient leur vie pour y conduire les Nègres qui avaient brisé leurs chaînes ou les mulâtres sur lesquels pesait la terrifiante condamnation au bagne de Cayenne.

Je me tournai alors vers cette ville où j'avais passé une enfance somme toute heureuse et où, devenu un jeune homme, j'envisagerais avec confiance d'entrer dans la carrière des armes. L'alignement parfait des lanternes lui faisait comme une parure de pierres précieuses qui semblait posée sur le cou du volcan. La rade, plus illuminée que la ville, était encombrée de bateaux de marchandises en provenance des quatre coins de l'univers. Je me suis longtemps amusé autrefois, avec d'autres garçonnets, à tenter d'identifier leurs pavillons. Nous rêvions d'y découvrir celui, noir frappé de la tête de mort, des pirates.

« Qui sait si tu reviendras ici un jour ? » ajouta Amandine qui tourna la tête pour observer le large.

La mer n'arborait point son masque menaçant.

« Maintenant, Louis Delgrès, ouvrez bien vos oreilles car ce que je vais vous révéler vous paraîtra tellement impensable que vous risquez de chavirer dans l'eau... Voilà : ta mère était une vraie Blanche, pas une quarteronne... enfin, pas une créole mais une femme de France qui avait débarqué par hasard d'un bateau et qui, ayant frayé avec les Nègres, et donc fauté avec ton père, s'est vu aussitôt rejeter par sa race. Renier même... Ces gens-là sont impitoyables, oui ! »

Recroquevillé dans une encoignure du gommier, je dormis par à-coups, recevant de temps à autre de violentes lampées d'eau salée sur la poitrine. Mon violon et son archet (les seuls biens que j'avais tenu à emporter) étaient serrés contre celle-ci, entre ma chemise rapiècetée et ma peau qui frémissait. Au devant-jour, nous atteignîmes une île fort belle d'où se détachaient des pitons jumeaux. C'est Sainte-Lucie, dit Amandine, laconique. Une terre française mais moins rude que la Martinique. Les Blancs y sont moins arrogants, ils y manient le fouet avec plus de discernement et d'ailleurs ils sont moins nombreux et moins riches que chez nous.

Qu'était devenue ma pauvre mère ? Je ne l'appris que bien des années plus tard, en Guadeloupe, pays où je devais passer l'essentiel de ma vie…

TROISIÈME CERCLE

« Les habitants et communautés de Champagney ne peuvent penser aux maux que souffrent les Nègres dans les colonies, sans avoir leur cœur pénétré dans la plus vive douleur, en se représentant leurs semblables encore unis à eux par le double lien de la religion, être traités plus durement que ne le sont des bêtes de somme. Ils ne peuvent se persuader qu'on puisse faire usage des productions desdites colonies si l'on faisait réflexion qu'elles ont été arrosées du sang de leurs semblables. Ils craignent avec raison que les générations futures, plus éclairées et plus philosophes, n'accusent les Français de ce siècle d'avoir été anthropophages et encore plus celui de chrétiens. C'est pourquoi leur religion leur dicte de supplier très humblement Sa Majesté de concerter les moyens pour, de ces esclaves, faire des sujets utiles au royaume et à la patrie. »

CAHIERS DE DOLÉANCES DE CHAMPAGNEY,
article 29

CARNETS D'AMÉDÉE

12 mars 1935

Le Tricentenaire est là.

Même, les vidangeuses s'affublent de bonnets phrygiens et de cocardes tricolores.

« Le chiffre 3, tout un symbole ! s'exclame votre père à longueur de temps. Trois siècles d'appartenance à la grande Nation française qui a donné au monde la Déclaration universelle des Droits de l'homme et du citoyen, Ronsard et Du Bellay, Voltaire et Rousseau, Clovis et Clemenceau ! »

Il oublie le couple Joliot-Curie qui vient d'obtenir le prix Nobel de chimie pour sa découverte de la radioactivité artificielle.

Dans la baie des Flamands, la corne des paquebots en partance pour le grand large se fait moins déchirante, affirme votre mère, qui n'avait jamais pu s'y accoutumer jusque-là. « Elle me rappelait chacun de vos départs, toi pour Paris, Bertrand pour la faculté de Bordeaux. J'avais craint que vous ne reveniez plus ! »

Votre mère a fait de sa vie tout un mystère d'abnégation et de tendresse. Elle a toujours parlé un ton plus bas que votre père. Sur une commode en mahogany massif, elle conserve tout un lot de vieilleries extraites des cendres de l'éruption de 1902 : bouteilles tordues, camées et colliers à moitié fondus par la nuée ardente, lambeaux de miroirs. Votre père se gausse de ce « musée des horreurs ». En relisant hier soir la « Lettre à monsieur d'Alembert », de Rousseau, vous tombez sur un passage qui définit votre mère à la perfection :

Quand on pourrait nier qu'un sentiment particulier de pudeur fût naturel aux femmes, en serait-il moins vrai que, dans la société, leur partage doit être une vie domestique et retirée, et qu'on doit les élever dans des principes qui s'y rapportent ? Si la timidité, la pudeur, la modestie qui leur sont propres sont des inventions sociales, il importe à la société que les femmes acquièrent ces qualités ; il importe de les cultiver en elles, et toute femme qui les dédaigne offense les bonnes mœurs. Y a-t-il au monde un spectacle aussi touchant, aussi respectable que celui d'une mère de famille entourée de ses enfants, réglant les travaux de ses domestiques, procurant à son mari une vie heureuse, et gouvernant sagement sa maison ?

23 mars 1935

Le nouveau gouverneur est là. Il a pour nom Alfassa. Toute la Colonie danse.

Bec-en-Or ne vous a pas retrouvé Ida : il prétend qu'elle n'est que le fruit de votre imagination et il a décidé de vous surnommer le Poète Fol.

Chez Sosso, on trinque à la santé du Tricentenaire plusieurs fois par jour. Les djobeurs du Bord de Mer affirment, en rigolant, que les Grands Blancs sont enragés. Qu'ils mangent leur âme en salade. Leur bouche ne s'ouvre que d'amertume. Leurs ordres sont des claquements de cravache. Le père de Laurent de Sénéchal, exportateur de rhum et de sucre importateur d'outillage divers, déclare à qui veut l'entendre qu'il se prépare à émigrer en Floride. L'« héritier putatif », comme il se définit lui-même, s'en moque. Il joue sa vie au baccara. Éteint ses angoisses à l'absinthe. Tout en répétant : « Il n'y a rien à craindre du Tricentenaire, foutre ! Sauf que ces Blancs-France affamés de chair tropicale voudront nous disputer nos catins, les salauds ! » Au grand dam de la Caste, il s'adonne à la vagabondagerie avec Gina, une mulâtresse sur son retour, plus maternelle que sensuelle, qui exerce dans la plus huppée des maisons closes de la rue Lazare-Carnot.

Au Cercle des Blancs, à Fort-de-France, on interdit aux Nègres de piétonner non seulement sur le trottoir qui longe le bâtiment mais aussi sur celui d'en face !

Mussolini exulte lui aussi. Le corps expéditionnaire envoyé par lui, sous la direction du général de Bono, a obligé l'armée éthiopienne à un repli massif dans les montagnes de l'ouest du pays. Le trône du

Négus vacille. Au banc des sénateurs, place de La Savane à Fort-de-France, les deux commerçants italiens les plus pécunieux de la rue François-Arago sont désormais tenus à l'écart par leurs pairs. Même par les Syriens avec lesquels pourtant ils avaient toujours fait corps. La négraille les insulte dans la rue. Les communistes profèrent des menaces à leur endroit dans leur journal *Justice.* Bec-en-Or et sa bande finissent par incendier sur le coup de minuit la boutique de Gianluca Del Vecchio, un bougre pourtant plus sympathique que la sympathie elle-même.

« Hon ! Mon idée me dit qu'une nouvelle grande guerre va péter ! ne cesse de grommeler Da Ernestine, toujours en mal de présages. Assurément et pas peut-être, il va encore y avoir des Nègres qui ne reviendront pas d'Europe. Heureusement-Dieu-merci-La Vierge-merci, je n'ai plus d'homme dans mon cœur… Mais, hé ! mussieu Amédée, si jamais notre mère la France a besoin de toi, cours endosser ton uniforme là-même, oui ! Ici aussi, on est les enfants de la Patrie, eh ben Bon Dieu ! »

7 avril 1935

Vous rêvez d'une vie plus grande, c'est vrai, d'une destinée qui transfigurerait chacun de vos actes. Car à quoi cela sert-il d'empiler des mois et des années d'ennuyeuses corvées qui seraient vite effacées une fois votre course terrestre arrivée à son terme ? La vie doit être plus grande que la vie, sinon autant l'abréger tout de suite.

Ces temps-ci, vous n'avez plus songe que de Myrtha.

La nuit, vous vous réveillez chaque fois que vos mains caressent sa peau si lisse et noire, cherchant à dompter les fougues de sa nature. L'obsidienne de sa peau vous fascine.

Vous attendez son chanter. Il semble flotter contre les façades des maisons, se faufiler par-dessus l'eau dégouttant des dalots. Avant de vous envelopper à votre fenêtre dans une brusque happée d'allégresse.

Tricentenaire est donc là et bien là.

Bec-en-Or a été effectivement embauché pour le ravalement du parc Gallieni où l'armée dispose d'une caserne et d'un hôpital en très vétuste état. Votre compère est chargé, avec toute une grappe de galopes-chopine des quartiers environnants, de repeindre en blanc le mur d'enceinte, lequel va bientôt rivaliser d'éclat avec celui du cimetière des Riches qui lui fait face.

Impossible pour vous d'échapper à toute cette frénésie, à moins de vous claquemurer dans votre chambre et de laisser s'écouler cette année 1935 qui s'annonce folle.

Hier, votre père (si ce n'est pas lui alors vous ne connaissez rien à la nature humaine malgré votre trentaine commençante) a glissé sous la porte de votre chambre un poème de Daniel Thaly. Était-ce par dérision ou voulait-il vraiment vous faire plaisir ? Il sait combien vous abhorrez ces rimailleurs officiels pour qui le ciel bleu, les plages de sable blanc, les palmiers qui balancent sous la brise, les belles doudous et les colibris qui butinent à la corolle des hibiscus, sont l'occasion de sonnets ronflants et fatalement creux. Ces beaux messieurs se déclarent symbolistes et s'arrogent même la paternité de ce mouvement littéraire en soulignant les attaches cubaines de José Maria de Heredia et réunionnaises de Leconte de Lisle. Sans doute le symbolisme est-il plus créole que berrichon, mais tout de même… Au Cercle martiniquais, gros négociants, avocats et autres pharmaciens, doués d'un sens artistique à nul autre pareil, apprécient beaucoup la récitation à voix de stentor des « œuvres magistrales », comme dit une presse unanime, de Victor Duquesnay et de Daniel Thaly. Ce sont les princes des poètes. Le premier, feu le prince, le second, le prince régnant.

Ce poème-là s'intitule *À la France* :

Jours d'autrefois, jours purs, jours d'idéal, jours ivres
Où sous le vaste ciel du Tropique irisé,
Je sentais chaque soir, en refermant tes livres,
Mon jeune cœur pour toi d'amour fier embrasé

France, j'aimais de loin ta grande âme qui vibre
Comme un clairon à l'aube où flambent tes drapeaux ;

Et je rêve de vivre enfin sur ton sol libre
Sur ton sol où la gloire éclaire les tombeaux

Et tandis qu'aux plateaux sanglants du crépuscule,
Le bataillon vaincu du jour ardent recule,
Sur les monts flamboyants les pavillons du soir,

Et d'une île perdue au bord des mers profondes,
Par-delà les déserts de l'Atlantique noir,
Je t'invoquais, ô France! ô noblesse du monde!

Dehors, soudain un glinginding terrifiant.

Trois vidangeuses se gourment comme des harpies à coups de pots de chambre et de balais-bambou.

Juste sous votre fenêtre.

Des étrons volent dans les airs, dégoulinant d'urine fétide et orangée.

«*Man té la avan zôt!*» (J'étais là avant vous!) hurle la plus batailleuse d'entre elles qui, vous apercevant au deuxième étage, se calme d'un seul coup.

Elle arrange son madras dans ses cheveux défaits, s'essuie le visage strié d'excréments avec les manches de sa robe-grand-moune et tente un sourire à dix francs.

«C'est moi, Jiliane! Tu ne vas plus m'aimer, monsieur, hein?»

3 mai 1935

Vous êtes fort surpris à la lecture de l'*Epistre chagrine*, texte peu connu de Scarron, d'y trouver une sorte d'hymne à la beauté noire, cela en 1652, au moment même où, les autochtones caraïbes exterminés et les paysans « engagés » blancs se révélant inaptes à pratiquer l'agriculture en climat tropical, les colons des « isles françoises de l'Amérique » s'apprêtent à importer massivement des esclaves africains .

Leur teint poli d'ébène noire
Vaut bien un teint blanc comme yvoire
Qui, de blanc fade frelaté,
Devant qu'estre vieil est gasté.

Mais rien ne parvient à vous distraire vraiment de l'écriture de votre roman et des affres que cette entreprise provoque en vous. Tant de héros, tant de figures de légende. Louis Delgrès, dont vous n'éluciderez sans doute jamais la frappante ressemblance qu'il entretient avec votre oncle maternel et vous-même. Ignace, le bel et fier Ignace, ce Nègre inébranlable qui, dès le début, bien qu'il fût dépourvu d'instruction et n'eût jamais voyagé hors de sa Guadeloupe natale, avait tout de suite compris les sombres desseins de Lacrosse et de Bonaparte. Qui avait deviné en Magloire Pélage un pleutre et bientôt un traître à sa race. La Mulâtresse Solitude, Gédéon, Massoteau et tous ceux dont l'histoire n'a conservé que le nom et parfois une parole, un geste.

Comment les faire parler ? Avec quels mots ? Eux qui eurent la chance de vivre cette période de l'histoire où le genre humain s'est dépassé, cette Révolution française dont tous les opprimés du monde n'ont eu de cesse qu'ils ne se réclament. Vous ne craignez rien tant que la grandiloquence, or leurs paroles de tribuns ne firent que se hisser à hauteur des événements, exactement comme celles de Saint-Just ou de Robespierre en France. Il est des périodes de l'humanité où les mots se parent de plus de prestance, se gonflent de plus d'emphase, se font soudainement plus tragiques sans jamais sombrer dans le ridicule. Sans doute faudrait-il inventer un terme qui, pour définir cela, puisse remplacer « grandiloquence », par trop négatif. « Grandiosité » peut-être…

Marthe Rose est celle qui vous fascine le plus parce que, final de compte, on sait fort peu de choses d'elle, hormis le fait qu'elle est née dans l'île de Sainte-Lucie. Avant même de connaître son existence, par un hasard extraordinaire vous l'aviez évoquée dans vos *Cahiers de l'Échappée-belle.* Ce nom de Marthe Rose, vous l'aviez, en fait, cueilli dans un chanter plein de douleur avec lequel Da Ernestine avait bercé votre enfance. S'agissait-il de la même jeune femme ?

Sa présence aux côtés de Delgrès, tout en discrétion, vous le supposez, ajoute une touche antillaise à l'épopée de ce Martiniquais qui a élu la Guadeloupe comme patrie mais qui aurait tout aussi bien pu choisir Saint-Vincent si l'expédition qu'il y avait conduite, à l'instigation de Victor Hugues, avait été un succès.

Vous l'imaginez, mi-caraïbesse mi négresse avec

une teinture de blanc, femme qui charrie en elle tous les sangs de l'archipel, les rêves fous de fraternité universelle que l'onde de choc de la Révolution française y avait fait lever.

Car, à l'évidence, l'humanité a raté une marche en 1794. Sur les trois continents, en même temps, avec la même ferveur, les peuples se sont soulevés pour jeter bas l'oppression : raz-de-marée des sans-culottes français, révolte des esclaves africains à Gorée et dans d'autres comptoirs négriers, révolution antiesclavagiste à Saint-Domingue et en Guadeloupe. L'Univers entier, selon la belle formule de Delgrès, unissait ses forces contre l'oppression. Hélas !

16 mai 1935

Vous ne ressentez que trop l'étriqué de cette année 1935 au cours de laquelle tout cela semble oublié, effacé à jamais. L'étriqué de votre propre existence. Vos rêves dérisoires d'écriture. La passion sans doute malsaine qui vous habite à l'endroit d'Ida, cette vidangeuse tout en mystères, qui appartient, sans même le savoir, au camp des vaincus et de leurs descendants. Votre camp à vous n'est-il pas au fond celui du félon Magloire Pélage ? Le camp de ceux qui ont survécu à force d'agenouillements, de démissions, de compromissions, de lâchetés, d'infamies cent fois répétées.

L'Historien soutient une autre thèse : avant les deux abolitions, prétend-il, il y avait les Nègres révoltés et les Nègres soumis. Aujourd'hui, la révolte et la soumission cohabitent en chacun d'entre nous en proportions inégales, certes, suivant les individus. Nous sommes, affirme-t-il, tout à la fois Pélage et Delgrès, à la fois Prud'Homme, cet aide de camp de Pélage, lui aussi traître à la cause de son peuple, et Ignace, le Révolté fondamental.

Cette explication, subtile comme de coutume, ne vous satisfait pas tout à fait. Vous croyez plutôt qu'en nous seuls Pélage, Prud'Homme et les autres félons du même acabit ont perduré. Dès lors se pose la terrible, la redoutable question.

Comment, avec une si odieuse filiation, oser redonner vie à ceux qui combattirent l'infamie jusqu'au sacrifice de leur vie ? Faire réentendre à sa juste mesure cette harangue d'Ignace au peuple rassemblé aux Abymes, un jour de mai 1802 :

« Je vous somme de vous réunir à moi pour renvoyer les brigands de Français qui sont venus troubler votre repos et votre tranquillité. »

Livrer tant de souffle à la sécheresse d'une page de cahier, n'est-ce pas pure futilité ?

CAHIER IGNACE

> « Plus les colonies diffèrent du royaume par leurs productions, plus elles sont parfaites ; et telles sont nos isles à sucre. Elles n'ont aucun de nos objets de commerce. Elles en ont d'autres qui nous manquent et que nous ne saurions avoir.

C'est par cette rigoureuse différence que les fruits de notre sol trouvent un débouché avantageux et toujours certain. C'est par l'échange de ces mêmes fruits qu'affranchis de la servitude que nous imposeroît autrement la nécessité d'acheter les denrées des isles nécessaires à notre consommation, nous obtenons encore de l'étranger un tribut considérable et qui seul décide de la balance du commerce en faveur du royaume. »

Mémoire du Roi
pour servir d'instructions
à messieurs de Clugny
et Foulquier,
intendants à la Guadeloupe,
1784

Mesdames-messieurs, si nous levons devant vous tout ce lot de paroles et de paraboles, c'est que la lune brille au mitan du jour et que les feuilles des arbres parlent au vent et que nous, Ignace, nous n'avons pas peur de mensonger, de billeveser, de mécréancer toute la sainte journée, oui, car s'il existe une seule chose à laquelle ils ne pourront jamais mettre des chaînes, c'est ce souffle de voix qui monte depuis le tréfonds de notre corps, invisible, puissant, dévastateur, terrifiant parfois, qui s'empare de notre poitrine, s'élance dans la calebasse de notre tête et redescend à grand ballant dans notre gorge avant de s'élancer à travers notre bouche pour incendier la tranquille claireté du jour.

Yé Krik !

Nous avons pour mission de surveiller les voiles qui peuvent surgir des quatre coins de l'horizon, des portes d'Enfer où l'océan fait rage même quand les vents se taisent, de la rade de la Pointe-à-Pitre, de derrière le dos bossu des Saintes et plus en bas, dans les eaux étales de la paroisse de Basse-Terre. Nos maîtres ne semblent pas s'en réjouir. Ils vont le jour faire leurs salutations aux détachements d'Anglais qui passent au ras des habitations, précédés de tambours chamarrés et de flûtistes dont la figure est si rouge sous le soleil, si ruisselante qu'ils donnent l'impression de pouvoir tomber dans le mal-caduc à tout instant. Le soir, ils conciliabulent jusqu'à fort tard, évitant de mener leurs montures à grand trot, se privant même de la lueur des torches. Le jour, ils disent aimer l'Anglais, le soir, ils véhémentent toutes qualités de reproches à leur endroit. À nous, ils ont affirmé : « Ne vous avisez point de troubler l'ordre du monde ! Une nouvelle nation de Blancs a pris en charge les destinées de la Guadeloupe mais tout demeure en l'état : la canne doit être plantée et les distilleries doivent fumer. Sinon… »

Nos maîtres possèdent, depuis le commencement des temps, de vastes étendues de bonnes terres où lèvent, outre la canne, le café, le cacao et le pétun. Leurs noms sont des titres : Lavier de Gonzague, De Maizancourt, Bazin d'Auberville, Cassien de Linveau. À nous, ils n'autorisent que les prénoms du calendrier (« Qu'avez-vous à vous plaindre ? se moquaient-ils. Le roi de France lui même se contente d'un simple Louis ! ») ou encore des sobriquets qui dérisionnent notre race. Votre sort, hélas triste, nous en convenons bien, n'est que mérité depuis le jour où votre ancêtre Cham a cru bon de se moquer de la nudité de notre père à tous, Noé. De ce jour, il vous a maudits à jamais. C'est écrit dans la Bible et, si vous saviez lire, vous y entendriez tonner la prophétie de Noé : « Va-t'en au désert d'Afrique ! Je te chasse de ma maison et de la Palestine tout entière. Toi et toutes les générations qui seront engendrées par les tiens, vous porterez comme une marque d'infamie éternelle cette couleur noire qui est celle des ténèbres et de la mort. »

Alors quand nous cessons de courber l'échine, ils déploient d'ingénieux supplices qui nous lacèrent la figure, nous arrachent la peau, nous brûlent les yeux, nous déchiquettent les membres. Ils répètent à l'envi qu'Ignace, c'est de la mauvaise qualité de bois d'ébène. Sans doute est-il mandingue et donc rétif, voire rebelle, et seule la chicote peut dompter sa nature. Pourtant, il est habile de ses doigts et fait un bon charpentier qui sait dresser l'armature des cases plus vite qu'un battement d'yeux. Quand besoin s'en fait sentir, nous pouvons, en toute confiance, l'envoyer à la ville dix ou quinze jours durant pour aider à la réparation des bateaux. Ignace ne brise ni perd jamais les outils. Ignace sait commander à la perfection ceux qui s'affairent à la tâche à ses côtés. Il refuse de vivre dans les cases à

Nègres. Le bougre se tient à l'écart. À la lisière de la plantation. Moitié enchaîné moitié vagabond en dépit de nos efforts pour lui imposer le sort commun. C'est tout de même une belle pièce d'Inde, oui !

Mesdames-messieurs, écoutez-moi car si je dis la vérité, c'est que je mens et, si je mens, c'est que je ne crains pas la mort et, si je ne crains pas la mort, c'est qu'elle n'arbore point ce masque grimacier que l'on voit dans leurs livres de messe. Ma parole de Nègre grandiseur se déroule à l'envers du temps, oui, et il est tout-à-faitement inutile d'essayer de vous précautionner contre ses enrageaisons subites, contre son doux délire qui peut parfois bercer vos oreilles. Au contraire, ouvrez celles-ci de dix-sept largeurs, foutre !

Nos maîtres feignent d'être impavides mais nous savons qu'ils mentent. Leurs voix se sont fêlées et, quand ils baillent leurs ordres, leurs mots ne possèdent point ce tranchant qui faisait tressauter d'ordinaire les plus faibles d'entre nous. Les Négresses qui travaillent dans leurs maisons et leurs favorites — ces chiennes qui enfantent des petits mulâtres dans l'espoir d'être affranchies — nous rapportent d'étranges litanies. Le pays de France est en proie à une boulversade qui n'a pas de fin, les gueux, armés de piques et de fourches, assiègent les bourgs et les villes, jettent à bas les châteaux, dérespectent les églises et les statues de la Sainte Vierge Marie, mère de Dieu. Le roi lui-même est prisonnier et une bande de créatures dépourvues de toute noblesse s'est arrogé le droit de diriger Paris et ses provinces. Parfois, les femmes de nos maîtres pleurent à l'insu de ces derniers. Elles évoquent un frère ou un fils parti faire leur éducation loin de cette terre incivilisée qu'est la Guadeloupe et qui doivent présentement errer par les rues des grandes villes. Nous répétons à l'envi ces noms magiques et cruels, Nantes, Bordeaux, La Rochelle, Le Havre. Nous les imaginons comme des lieux de froide lumière et d'infinies richesses où chacun peut vivre plus vieux que ce qu'il n'est permis. Ici, nous savons que notre séjour terrestre est bref. Chaque matin, à l'hôpital de la plantation, on nous mande pour enlever le cadavre d'un des nôtres qui a succombé, sans le moindre cheveu blanc sur son crâne, qui de la dysenterie qui de la fièvre typhoïde qui d'une blessure insuffisamment soignée qui d'autres maux dont nous ne connaissons pas ou ne comprenons pas les noms. Qui d'immense fatigue tout bonnement.

Il nous est désormais interdit de sortir des limites des plantations où nous sommes attachés. Avant, c'est-à-dire avant que l'Anglais ne débarque (mais nous n'avons pas vu la guerre car elle s'est déroulée en ville et n'a duré que quelques jours), nous pouvions, munis d'un billet, aller vendre au bord des chemins les racines et les fruits de nos jardins à condition de leur rapporter la moitié de nos gains. Nos maîtres les évaluaient au jugé avant notre départ en claironnant : « S'il est dans ton intention de partir marronner, sache que tout le monde a été averti de ton déplacement à trente lieues aux alentours et surtout n'essaie pas d'emprunter les chemins des corsaires car la milice veille ! »

Nos femmes, elles, pouvaient se rendre jusqu'à l'orée des bourgs ou sur les places des marchés car nos maîtres retenaient leur marmaille en otage et c'est d'elles le plus souvent que nous venaient les nouvelles. Elles racontaient parfois les arrivées des bateaux venus d'Afrique, les hommes hébétés et nus que l'on nettoyait à grandes boquittes d'eau et que l'on brossait comme des chevaux avant de les jeter au plus offrant sur les places publiques. La vermine qui leur poussait sur le corps et jusque dans leurs cheveux, leurs yeux que démangeaient des fièvres sans doute assassines. Leurs plaintes étouffées dans des idiomes qui nous étaient inconnus. Elles décrivaient tout cela pour nous, incrédules, et lorsque nos maîtres arrivaient avec quelques-uns de ces êtres-là, au début nous en avions peur. Ils s'enfermaient dans leur rage, refusaient d'aller dans les champs, se complaisaient dans leurs excréments avec des rires niais qui viraient au ricanement plein de sauvagerie lorsque nous, les Nègres créoles, tentions de les approcher.

À l'Habitation De Maupuis, notre maître avait coutume de décréter : « Ignace est de la même trempe que ces Nègres bossales, qu'il s'occupe de les acclimater, foutre ! »

Ignace le furieux. Ignace le scélérat. Ignace qui ne répondait pas aux bonjours des commandeurs et des géreurs. Ignace qui menaçait ceux qu'il accusait d'être trop obséquieux ou trop zélés durant la récolte de la canne. Ignace qu'on soupçonnait d'aider les marrons à incendier les champs. Ignace qui n'éprouvait nulle crainte du fouet et du cachot.

Mais quand l'Anglais s'empara de la Grande-Terre puis de la Basse-Terre, tout arrivage de Nègres bossales cessa. Le monde était en guerre, s'indignaient nos maîtres, parce que là-bas, en France, le bas peuple s'était donné pour mission de fouler les valeurs du christianisme et de jeter bas toutes les royautés. L'apocalypse n'était pas loin. Déjà de faux prophètes rôdaient, le verbe flamboyant, l'œil implacable, qui plantaient de prétendus arbres de la Liberté et brocantaient les noms des mois de notre saint calendrier.

« L'Antéchrist est en train d'établir son règne sur terre, maugréaient nos maîtres. Robespierre ? Antéchrist ? Danton ? Antéchrist ? Saint-Just ? Peut-être le Diable lui-même, oui. Quant à cet abbé Grégoire qui complote en faveur de la libération des Nègres, que penser de lui sinon qu'il est l'incarnation même du Mal revêtu d'habits sacerdotaux ? »

C'est pourquoi, en dépit de la sourde haine qu'ils leur portaient, nos maîtres accueillirent, final de compte, l'Anglais à bras ouverts. Dans les bourgs et les villes, on dit que de petits Blancs, se proclamant révolutionnaires, moururent les armes à la main, l'étendard bleu-blanc-rouge brandi à la face de l'ennemi. On prétend que quelques mulâtres leur emboîtèrent le pas et subirent un sort similaire. Et même deux-trois Nègres libres qu'on disait fréquenter une association de Pointe-à-Pitre qui avait pour nom le Club des Jacobins. Jacobins, hon ! Ce mot-là s'était propagé dans nos cases nauséabondes comme un parfum discret et entêtant, comme celui de la fleur d'ylang-ylang qui n'ouvre sa corolle qu'aux premières fraîcheurs du soir et qui pourtant surpasse toutes les senteurs environnantes. Nous entendions souvent ce mot comme une insulte dans la bouche de nos maîtres. Ignace, espèce de sale jacobin ! Nègre vermineux qui devrait toujours aller les fers aux pieds, tu as bien de la chance d'être doué pour la charpenterie car tu mériterais de couper la canne dans le soleil de midi et à chacune de tes récriminations on ferait parler le fouet sur ton dos ! C'est d'ailleurs pourquoi nous n'avons point voulu que te soit dispensé le moindre enseignement religieux comme à tes congénères. Toi, tu en sais déjà bien assez puisque tu sais signer ton nom et d'ailleurs tu as trop mauvais esprit et tu risquerais d'interpréter de travers nos Saintes Écritures. Ignace ne doit même pas recevoir le sacrement du baptême. Ainsi il ira tout droit en enfer car telle est la destinée qui convient à son tempérament de câpre enragé ! D'ordinaire, les câpres sont plus doux mais sans doute doit-il cet irréfrénable tempérament à quelque ascendant caraïbe. Cette race-là a longtemps perduré en l'île de Marie-Galante, nous causant moult ennuis avec nos Nègres qu'ils venaient débaucher en secret et, plus au sud, la Dominique, aussi incroyable que cela puisse paraître, est encore sous le joug des derniers d'entre eux.

Nos maîtres ne se trompent guère en ces matières. Ils savent qu'en Ignace ne cesse de bouillonner le sang d'Afrique miganné à celui des Caraïbes et c'est pourquoi, d'aussi loin qu'il nous en souvienne, ils nous ont toujours tenus en piètre estime tout en craignant fort ce qu'ils appellent notre « méchantise naturelle ». Ils détestent qu'Ignace parle de lui en disant non pas « moi » mais « Ignace » ou bien « nous », cela avec une superbe qui frôle la hautaineté.

Mesdames-messieurs les Nègres, si nous, Ignace, vous baillons ces titres grandioses jusqu'ici réservés aux seuls Blancs, sachez que nous n'extravaguons point, c'est tout bonnement que vous n'êtes, nous ne sommes ni des bêtes ni des marchandises. Notre parole ne connaît ni le cachot ni la geôle même quand on nous y enterre. Permettez que nous, Ignace, vous complimentions bien bas pour votre infinie patience ! Un jour viendra où nul d'entre les nôtres ne sera plus à la merci du vouloir et du dévouloir de ces hommes à l'étrange pâleur.

Alors, partie de notre labeur quotidien consiste désormais à surveiller des voiles à l'horizon. Il n'est bruit dans nos cases que de la liberté qu'elles doivent nous apporter car d'En-Ville est accourue une incroyable nouvelle : en France, le gouvernement a décidé d'abolir l'esclavage. Nos maîtres, devenus plus doucereux, nous prennent à part pour nous expliquer qu'il s'agit là de racontages issus de l'imagination des hommes de couleur libres. Ces derniers sont inutiles à notre société. Ils ne servent ni à planter la canne comme vous autres, ni à distiller le rhum, ni à récolter le café, ni à rien du tout et passent le plus clair de leur temps à de louches trafics avec les îles d'alentour. Ou à boissonner dans les tripots de la Pointe-à-Pitre et de Basse-Terre grâce à la complicité de certains fonctionnaires du Roy. Seul Dieu peut décider de la liberté des hommes et, s'agissant de vos nations qui vivaient dans l'idolâtrie en Afrique, il a estimé qu'une longue, très longue période, de servitude vous était indispensable. Nous, les Blancs, n'avons pas établi l'esclavage par pure volonté de vous faire souffrir mais bien pour accomplir la volonté du Tout-Puissant. Amen !

À la moindre tache blanche sur les paupières de la mer, et selon la forme des voiles, nous avons ordre de sonner le tocsin. Branle-bas de combat, les hérétiques qui dirigent la France sont là ! Mais, à part nous, nous nous jurons de clore notre bouche si jamais une telle chose se produisait car, à la vérité, elle nous paraît bien improbable. Quel profit des Blancs trouveraient-ils à nous ôter les fers et à miner ainsi la grandipotence d'autres Blancs comme eux-mêmes ? De scruter en vain le bleu féroce du large, le scepticisme nous pénètre peu à peu, le découragеment aussi chez ceux qui avaient le plus espéré retrouver un proche parent charroyé depuis des siècles de temps dans une autre partie du pays. Nous épuisons nos yeux d'espérer. Nous damons la terre de nos talons comme des taureaux enfermés dans un parc trop étroit. Ignace ne partage pas cette fébrilité. Que les annonciateurs de l'Affranchissement viennent ou pas, il sait qu'il ne mourra pas les chaînes aux pieds. L'esclavage, c'est bon pour les Nègres-moutons, pour les dociles, les ahuris, les pleutres ! Ignace n'est rien de tout cela. Soit il choisira de prendre le chemin des grands bois à la rencontre de ceux qui ont défié les maîtres et s'emploient à les terroriser, soit au contraire il enjambera la mer sur du bois flotté pour atteindre cette terre d'innombrables montagnes que l'on peut apercevoir à flanc de morne, là-bas, au sud, cette Dominique irrédentiste, même si c'est de là que vient souventes fois le vent et que la traversée risque d'être une épreuve fatale pour Ignace. Ignace, Nègre-Caraïbe, câpre si vous préférez, fera trembler les assises du monde, oui !

Mesdames-messieurs, ce récit n'a pas pris fin, non ! Écoutez toujours et encore ! Notre parole n'a pas de longueur mesurable et d'ailleurs nous en avons oublié le commencement (si commencement il y a) car bien sûr qu'il ne faut point oublier la Guinée, d'où nos pères furent arrachés, bien sûr qu'il faut vénérer nos dieux que l'on a contraints, par la force des armes à feu, à s'embusquer dans les recoins de notre mémoire, mais sachez qu'il est désormais temps pour nous de faire nôtre, de nous emparer pour de vrai, de cette terre de Guadeloupe que nous avons depuis tant et tellement de temps arrosée de notre sang et de notre sueur.

Yé Mistikrik!

*

Dans la cour de la mairie pavoisée de drapeaux tricolores comme tous les bâtiments officiels, Amédée reconnut Bec-en-Or dans la masse de guenilleux qui se pressait depuis plusieurs jours devant la porte du Service des indigents. Il n'y avait pas que la nuit pour faire étinceler sa denture, d'autant qu'il était de ceux qui y tenaient discours et plaidoiries grandiloquentes à seule fin de prouver que leur amour pour la mère patrie était rien moins qu'incommensurable. Les autres, Nègres descendus des plantations du Nord tout de kaki vêtus, femmes girondes ou maigres-zoklettes, pimpantes avec trois fois rien — un madras jaune safran artistement calendé sur la tête — ou au contraire à la je-m'en-fous-ben, jeunes coiffés à l'embusqué-méchant grâce à des arrivages massifs de gomina à bon marché dont la notice était écrite en anglais, tout ce monde-là attendait son tour sans bousculade. Depuis l'annonce de la Marche sur la Faim qui devait déferler sur Fort-de-France, les autorités avaient tenté de parer au plus pressé en multipliant les bons d'aide médicale gratuite et les tickets pour acquérir de la morue séchée ou du riz rouge chez certains commerçants.

« Tout ça, c'est encore un complot de ces satanés communistes ! Il n'y a qu'eux pour chercher à troubler les festivités du Tricentenaire », grommelait maître Mauville chaque fois qu'il croisait son fils à la maison, chose qui se faisait de plus en plus rare depuis que le notaire avait tenté de réunir une espèce de conseil de famille pour intimer à Amédée l'ordre de cesser toute fréquentation des « voyous » des Terres-Sainvilles et surtout de l'Historien.

Maître Mauville non plus n'appelait pas ce dernier par son nom de famille. Il disait, avec une rage à peine contenue, « le moscoutaire » ou parfois, quand il était d'humeur plus égale, « le bolchevique ». Devant la grand-mère, les oncles, les tantes et même les cousins germains et éloignés, il l'avait accusé d'endoctriner Amédée dans la seule intention d'introduire le ver du communisme dans le fruit de la société libre et républicaine que la France, seule de toutes nations d'Europe, avait réussi à bâtir, au prix d'extraordinaires sacrifices. Tour à tour, chaque membre de sa parentèle s'était dévoué pour ramener le jeune sorbonnard sur le droit chemin et lui, stoïque, légèrement moqueur, avait laissé passer l'orage. Untel avait évoqué son sens des responsabilités, tel autre l'honneur de tous les Mauville et de leurs alliés, honneur soigneusement égratigné depuis qu'il se faisait bruit des frasques d'Amédée ainsi que de ses fréquentations douteuses. Ce dernier observait les visages jaunâtres d'obséquiosité de ceux qui avaient à peu près son âge et avec lesquels il avait pourtant passé, enfant, d'agréables vacances dans la villa que possédait son père aux Anses d'Arlets, à deux pas d'une mer bleue et chaude que ne ridait jamais aucune vague. Maintenant, il avait en face de lui des étrangers, des êtres sans consistance avec qui il ne se sentait aucun lien. Ils avaient tous réussi dans la vie, trouvé un emploi qui ne salissait pas les mains, éclairci la race en épousant quelqu'un de moins coloré qu'eux, acheté une maison sur la route de Balata pour fuir la fournaise de l'En-Ville et désormais ils affectaient de ne plus entendre le créole, du moins les femmes. Chez eux, Amédée n'avait lu que feinte compassion et incrédulité mêlées.

Il les avait écoutés tous à tour de rôle, faisant montre d'une patience qui poussa sa mère à croire qu'enfin le bougre était en train de revenir à de meilleurs sentiments. D'ailleurs, il souriait d'un air équanime, croisant et décroisant les jambes pour se tourner vers chacun de ses interlocuteurs, qu'il regardait droit dans les yeux mais sans un brin d'insolence. Lorsque le cercle de famille eut vidé son sac, Amédée garda le silence. Il sirotait le verre de vermouth que la petite servante coulie avait offert aux hommes, les femmes se contentant d'une orangeade-madou. Maître Mauville bouillonnait intérieurement mais faisait des efforts surhumains pour n'en rien laisser paraître. Il tenait à sauvegarder sa dignité de notaire devant des parents dont beaucoup le jalousaient et n'attendaient qu'une glissade de sa part pour l'évincer du rôle de patriarche qu'il était amené à jouer année après année, par tacite reconduction, sans être pourtant le plus âgé.

« Amédée… finit-il par articuler avec peine, tu veux bien nous donner une date, s'il te plaît ?

— Une date ! Mais de quoi parlez-vous, père ? » cria presque le jeune homme qui se leva de son siège.

Un nouveau silence s'abattit sur la petite assemblée. Les cousins lançaient des regards entendus aux cousines. Les belles-filles étouffaient des soupirs en direction des belles-mères.

« Une date pour… pour ton mariage… », fit, d'une voix à la fois timide et angoissée, sa mère.

Amédée eût laissé éclater sa colère si cette phrase avait été prononcée par son père, mais il éprouvait de la pitié pour sa mère. Qu'elle vécût quasi cloîtrée dans cette bâtisse, certes confortable mais ennuyeuse à la longue, depuis des décennies, forçait l'admiration du jeune homme. Il aurait tout donné pour savoir quel était le secret d'une telle abnégation, quel était l'élixir qui lui permettait de supporter sans broncher les mille et une avanies de son existence. Il l'avait admirée lorsque, lui posant habilement la question un jour, elle avait écarquillé les yeux : « Avanie ? C'est un bien grand mot, Amédée ! Je suis chrétienne moi et jamais je n'oserais me plaindre de mon sort quand je sais dans quelle misère croupissent les gens des Terres-Sainvilles ou du Bord de Canal. Ce serait… comment dire ? Indécent ! »

Maître Mauville alluma un havane qu'il dut éteindre aussitôt devant les protestations des dames. Toujours en position de force dans l'exercice de son métier, il n'avait guère l'expérience des situations embarrassantes et, en l'espèce, même s'il se refusait à l'avouer, il était bel et bien fier de son fils aîné. Certes, son refus d'enseigner au lycée Schoelcher, ses fréquentations malplaisantes, cette fascination morbide devant ce tableau d'officier napoléonien et son refus de discuter avec lui, Maximilien Mauville, tout cela l'agaçait au plus haut point mais il enviait la folle liberté qui habitait Amédée. Il avait le sentiment que chaque jour de la vie de son fils était une aventure tandis que lui, son destin était tracé jusqu'à la tombe comme une morne ligne droite encadrée de grillages impossibles à franchir qui avaient pour nom Irma Mauville, son épouse légitime, Clémence Belfond, sa maîtresse, son étude de notaire, le Cercle martiniquais et le conseil municipal de Fort-de-France. Une bien petite vie au fond ! Débarrassée certes du souci du lendemain, des problèmes financiers ou des peines de cœur mais d'une si épuisante monotonie. Une vie de notaire mulâtre en 1935 dans la capitale, aux allures de sous-préfecture de campagne, de cette lointaine colonie américaine de l'Empire français qu'était la Martinique.

C'est d'ailleurs pourquoi il s'était investi à fond dans les festivités du Tricentenaire : l'amour de la mère patrie n'y comptait que pour moitié, l'autre partie avait trait au désennui que ne manquerait pas de lui procurer cette activité.

Maximilien Mauville regretta d'avoir convoqué ce conclave d'hypocrites et d'obséquieux, dont la plupart espéraient qu'il les coucherait sur son testament et qui n'avaient pas le moindre souci de ce qui pourrait bien advenir à Amédée.

« Tu n'es pas obligé de nous la donner tout de suite, cette date. Rien ne presse après tout… », balbutia-t-il en faisant un geste qui signifiait que la séance était levée.

Amédée se rassit et, l'air énigmatique, lança à la cantonade :

« Non-non, mes chers parents, vous partez trop tôt ! Restez, je vous en prie ! J'ai une surprise pour vous. »

Cousins, cousines, tantes et oncles, beaux-frères et belles-sœurs, aïeuls vénérables, tous interrogèrent le maître des lieux du regard mais ce dernier garda les yeux obstinément baissés, comme abattu.

« Mon père vous autorise à vous rasseoir, reprit Amédée, hilare. Cela ne va pas être long, je sais que vous êtes tous préoccupés par la bonne marche de vos affaires et je m'en voudrais de vous faire gaspiller ne serait-ce qu'une demi-minute de votre précieux temps… Vous connaissez la revue *L'Étudiant noir*, je suppose ?… Elle est publiée à Paris et ce sont les plus beaux fleurons de la jeunesse martiniquaise qui la rédigent.

— *L'Étudiant noir*? fit un oncle dont les lèvres étaient agitées par un tic nerveux comme s'il venait de recevoir une insulte personnelle. Pourquoi "noir" ? On n'est quand même pas tous noirs dans cette île, hein ? Ah, je vois où tu veux en venir. À la Négritude, c'est ça ? Tu veux nous rabaisser à l'état des macaques africains ?

— On est civilisés, nous ! » ajouta une belle-sœur au bord de l'hystérie.

Amédée sortit un petit journal froissé de la poche de sa veste et l'ouvrit lentement, comme s'il n'avait pas entendu ces récriminations. Ou du moins deviné la réprobation muette des autres. Ayant trouvé l'article qui l'intéressait, il jeta un regard circulaire sur l'assemblée avant de déclarer :

« Bien ! Je vois que tout un chacun est suspendu à mes lèvres. Vous avez raison : les lignes que je vais vous lire maintenant valent leur... comment dit-on déjà en bon français ?... leur pesant d'or, voilà ! C'est un article que nous devons à la plume alerte d'un jeune et brillant poète martiniquais dont le nom commence à vous être à tous familier, je suppose... Je veux parler d'Aimé Césaire, bien entendu, pas de Daniel Thaly... Venons-en au fait ! Cela s'intitule *Nègreries,* sous-titré *Jeunesse noire et assimilation.* Tout un programme, comme vous le constatez ! »

Maître Mauville donnant des signes d'impatience, sa femme s'approcha de lui et, lui prenant les mains, lui chuchota quelque chose. Un oncle, mulâtre au teint très blanc qui frisait la cinquantaine et arborait moustache et favoris très fournis, s'énerva .

« Nous n'étions pas venus pour ça ! J'ai autre chose à faire, moi, que d'entendre les élucubrations littéraires d'un petit Nègre à qui on n'aurait jamais dû enseigner le français. Au lieu d'être reconnaissants, ces gens-là veulent vous manger la main une fois parvenus à ce qu'ils croient être le sommet. Hon ! »

D'un geste impérial, maître Mauville imposa à tous le silence. Il était curieux de savoir où son fils voulait en venir. Ce gamin-là ne manquerait jamais de l'étonner !

« Vas-y, Amédée, nous t'écoutons ! fit-il en se rasseyant.

— Merci, cher père, mille fois merci !... Voici le texte.

Un jour, le Nègre s'empara de la cravate du Blanc, se saisit d'un chapeau melon, s'en affubla, et partit en riant...

Ce n'était qu'un jeu, mais le Nègre se laissa prendre au jeu : il s'habitua si bien à la cravate et au chapeau melon qu'il finit par croire qu'il les avait toujours portés ; il se moqua de ceux qui n'en portaient point et renia son père qui a nom Esprit de Brousse... C'est un peu l'histoire du Nègre d'avant guerre qui n'est que le Nègre d'avant-raison. Il s'est mis à l'école des Blancs ; il a voulu devenir "autre" ; il a voulu être "assimilé". Ça va, je ne vous ennuie pas trop ?

— Continue..., lâcha maître Mauville, les sourcils froncés.

— Merci, père ! *Je dirais volontiers que c'est folie, si je ne me souvenais que le fou est toujours, en un certain sens, "l'homme qui a foi en soi". Mais le Nègre qui tue en lui le Nègre n'a point foi en soi, et c'est par là qu'il se sauve de la folie.*

Si l'assimilation n'est pas folie, c'est à coup sûr sottise, car vouloir être assimilé, c'est oublier que l'on ne peut changer de peau ; c'est méconnaître "attente" qui est loi de Nature.

Cela est si vrai que le Peuple, fils aîné de Nature, nous en avertit tous les jours.

Un décret dit aux Nègres : "Vous êtes semblables aux Blancs ; vous êtes assimilés."

Le Peuple...

— C'en est assez ! fulmina soudain l'oncle aux belles bacchantes dont la main gauche tremblotait sur le pommeau de sa canne. C'est l'auteur de cet article qui est un fou, pas nous ! Ah ! il est bien content de savoir lire et écrire, le bougre ! Lire et écrire notre magnifique langue française évidemment. Que n'écrit-il en bamboula ou en zoulou, ce monsieur Césaire ? Il serait plus en accord avec ses idées, me semble-t-il. »

Dans un brouhaha, le cercle de famille repoussa chaises et fauteuils et se prépara à partir. Les dames couvraient Man Mauville de baisers compatissants en lui murmurant en créole « *A, machè, tjenbé rèd, wi !* » (Ah, ma chère, garde courage !). Les messieurs rectifiaient le col de leur chemise ou se recoiffaient d'un geste empressé. La scène ressemblait à s'y méprendre à une cérémonie de condoléances à la porte d'un cimetière, juste après la mise en terre du défunt.

« Je ne suis pas encore mort ! s'écria Amédée, rigolard. Restez ! Restez, mes chers parents ! De quoi avez-vous donc peur, hein ? »

Et le jeune homme de bloquer la porte de tout son corps en continuant sa lecture à très haute voix cette fois-ci :

« *Le Peuple, plus sage que les décrets, parce qu'il suit Nature, nous crie : "Hors d'ici ; vous êtes différents de nous ; vous n'êtes que des métèques et des Nègres", et il se moque du "moricaud à melon", houspille le "mal blanchi", matraque le "négroïde".*

J'avoue que c'est justice...

— Maximilien, ton fils nous injurie, nous traite de Nègres et toi, tu restes planté là, la bouche ouverte et tu ne dis rien. Tu ne fais rien ! » hurla l'oncle au visage mangé par sa moustache et ses favoris.

Repoussant violemment Amédée, il ouvrit une brèche qui permit aux autres de s'infiltrer au-dehors dans un désordre qui fit pousser à Da Ernestine et à la petite servante indienne un « Aaah ! » de stupéfaction. Ils connaissaient les membres de la famille

Mauville et alliés pour des gens de grand maintien et chez qui le quant-à-soi était presque une règle de vie. Surtout Da Ernestine qui fanfaronnait chaque fois qu'il y avait un visiteur : « Vous ne pouvez pas savoir quelle chance vous avez d'être reçu dans cette maison ! On dirait que ce sont les Mauville qui ont inventé les bonnes manières. Depuis quarante-deux ans que je suis à leur service, j'en apprends encore tous les jours sur le sujet, oui… »

Amédée revivait cette scène comique au mitan de la foule d'indigents qui se pressait dans la cour principale de la mairie, mesurant une fois de plus le gouffre qui séparait ces gens de sa chère parentèle. Cette dernière lui faisait de plus en plus horreur et il sentait, au plus profond de lui, que le moment viendrait où il serait amené à prendre une décision capitale. Et cela quel qu'en serait le prix à payer. Bec-en-Or lui tendit un sandwich à la morue dégoulinant d'huile qu'il se surprit à dévorer avec grand appétit. D'ordinaire, il ne pensait à déjeuner que sur les trois-quatre heures de l'après-midi, à l'heure où les dockers de la Transat et les djobeurs du Bord de Mer, leur labeur achevé, se précipitaient Chez Sosso pour accorer leur estomac, comme ils disaient, avec du migan de fruit à pain fortement pimenté ou, plus rarement, du chèlou, ce plat indien à base de poumon de bœuf ou de mouton agrémenté de poudre à colombo qu'Amédée avait hésité longtemps à goûter. Il n'avait franchi le pas que lorsque Laurent de Sénéchal l'avait convaincu que ce « manger couli » possédait d'éminentes vertus énergétiques, terme que, de toute évidence, le béké voyou et dénué d'éducation scolaire utilisait faute de connaître « aphrodisiaque ». Car ce qu'il insinuait par là ne souffrait pas la moindre ambiguïté : « Quand j'ai pris du chèlou, vantardisait-il en esquissant un geste obscène, je peux turbiner deux-trois-quatre mamzelles de la rue Lazare-Carnot. »

Il avait entraîné le jeune mulâtre dans l'un de ces boxons d'apparence infâme qui ne se trouvait qu'à un pâté de maisons de la place de La Savane et ce dernier avait été sincèrement étonné par le luxe qui y régnait. Dans une atmosphère tamisée, des femmes dans leur trentaine, fraîches et pimpantes, toutes mulâtresses ou chabines, sauf une Espagnole originaire de Carthagène-des-Indes qui connaissait un succès fou, lovées dans d'immenses fauteuils recouverts de toile colorée, faisaient la conversation, une flûte à champagne entre leurs mains aux ongles démesurés et outrageusement peints, à des messieurs de la bonne bourgeoisie de Foyal. Amédée fit la connaissance d'une gentille brunette, au pseudonyme un peu ronflant d'Iphigénie, auprès de laquelle il s'accoutuma à venir satisfaire les besoins de ses sens. Il lui était reconnaissant non seulement de ne pas jacasser à ses oreilles comme le faisaient ses consœurs mais, en plus, de ne jamais lui poser la moindre question sur sa personne ou sa vie. D'ailleurs, chaque fois qu'il se rendait au boxon, elle était toujours disponible, comme si elle n'attendait que lui, Amédée, client pourtant fort irrégulier.

Bec-en-Or, ayant obtenu le bon qui lui permettrait de s'approvisionner en riz et en morue séchée chez Chine, à Terres-Sainvilles, réveilla le jeune homme de ses pensées d'un violent coup de coude dans les côtes.

« Hé, Poète Fol, arrête de toujours partir dans tes rêves, foutre ! On est dans la cour de la mairie, mon bougre, au mitan d'une grappe d'indigents, pas dans les jardins du château du roi de Pologne. »

Ce dernier pays était, à part la France, le seul dont le fier-à-bras eût quelque idée à cause d'un vieil amateur de gallodrome dont il avait été longtemps l'élève, à Rivière-Pilote, dans le sud du pays. À cette époque-là, Bec-en-Or ne portait pas ce surnom pour la simple raison qu'il ne s'était pas encore fait aurifier la plupart de ses dents et surtout qu'il était un parfait néophyte dans l'art du combat-damier. Il vagabondait de commune en commune, vivant d'amours éphémères, d'eau fraîche et de rapines jusqu'au jour où les yeux gris-bleu de maître Slovesky l'arrêtèrent dans sa course sans raison ni direction. L'homme, blanc de peau, les cheveux lisses mais complètement Nègre dans l'allure et les intonations, lui intima l'ordre de travailler à ses côtés dans l'entretien de son gallodrome, ne commençant à lui verser deux francs-quatre sous de salaire qu'au bout de trois semaines d'assiduité. Il demeura presque une année et demie auprès de celui qu'il en vint à considérer comme ce père qu'il n'avait jamais eu. Tous les jours, maître Slovesky lui parlait de son père à lui, un de ces nombreux soldats polonais de l'armée de Napoléon II dont la flotte avait fait escale deux mois durant dans la rade de Fort-de-France sur la route du Mexique que les Français se préparaient à conquérir, cela en l'an 1853. Mercenaire mal payé et méprisé, le père de maître Slovesky, comme bon nombre d'autres Polonais, s'acoquina avec une Négresse qui lavait le linge de son régiment et s'enfuit avec elle dans la campagne de Rivière-Pilote au moment où la flotte s'apprêtait à faire voile à nouveau. Toute sa vie, il évoqua, dans un créole parfait sauf que les *r* y roulaient, son pays qui était à-quoi-dire le contraire d'ici : des terres plates et noires à l'infini, des fleuves dont les eaux argentées ne se distinguaient pas du ciel très bas, la course des chevaux sauvages, les champs de blé qui encerclaient des villages où des paysannes aux longues nattes blondes semblaient danser dans le vent. Un jour, j'irai visiter le pays de mon père ! lui avait assuré maître Slovesky, et pour de bon la guerre de 14-18 le charroya en Europe, d'où il ne revint pas. Son nom était désormais inscrit en lettres d'or sur le monument aux morts de Rivière-Pilote. Souvent, Bec-en-Or, près d'un quart de siècle plus tard, se demandait s'il avait pu réaliser son rêve ou au contraire si la mort l'avait saisi en route.

« Eh ben, moi, j'irai là-bas..., marmonna-t-il.

— Ah ! Ah ! Ah ! C'est toi qui t'embarques dans tes rêves à présent ! » le goguenarda Amédée.

De bonne humeur à cause de son bon si aisément obtenu (d'ordinaire, il devait faire tout un cirque), Bec-en-Or prit le jeune mulâtre par le bras, geste pour le moins insolite, et lui déclara : « Je vais te présenter à deux amis à moi. En fait, tu vois... c'est comme si on avait fait un portrait de nous deux...

— Comment ça ?

— Excuse-moi, Amédée, le français est lourd dans ma bouche ce matin... *Sé dé boug tala, yonn sé an grangrèk kon'w, lôt la, sé chapantyé i ka fè* (De ces deux types, l'un est un savant comme toi tandis que l'autre est un charpentier). »

Un vent charroyeur de saletés courait entre les amandiers-pays et les manguiers. La lumière arborait de vilaines teintes jaune sale. La laideur brutale de cette journée frappa d'un seul coup Amédée alors qu'il suivait son compère Bec-en-Or, qui ruisselait déjà d'une sueur âcre et qui pestait contre les trottoirs défoncés, les chiens errants qui lâchaient leurs excréments à l'aveuglette, les marchandes de légumes et les djobeurs qui s'accaparaient les rues comme si le reste du monde n'avait pas la moindre valeur. Le soleil, haut levé, imposait son règne à Foyal, angoissant maints regards. Le jeune mulâtre ressentit une furieuse envie de partir, de fuir cette vie, ce trottoir, cette rue, ce pays-là, oui, de s'escamper en un battement d'yeux. De disparaître net pour se retrouver jusque derrière le dos du Bon Dieu. Pourquoi pas à Bénézuèle ou alors, plus au sud encore, à Bahia-de-Tous-les-Saints où il avait l'obscure certitude que chaque instant avait plus d'intensité, plus d'ardente tendresse. Il sursauta quand Bec-en-Or lui cogna à nouveau les côtes avec son coude, selon sa vilaine habitude, et lui déclara, usant d'une formulation qu'il avait sans doute apprise par cœur et qu'il sortait dans les grandes occasions :

« Vous êtes, cher monsieur, chez le plus grand, le plus illustre, le plus vénérable ébéniste de tout l'archipel des Antilles, je veux parler de monsieur Léopold Bissol. Applaudissez, Amédée ! Allons ! »

L'endroit fleurait bon le bois fraîchement raboté et le vernis. Un grand homme noir au visage avenant tendit la main au jeune homme et l'invita à s'asseoir sur un tabouret. Il ne disait mot mais, dans ses gestes, on sentait à quel point l'ébéniste éprouvait le plus profond respect pour autrui. Sa moustache poivre et sel humanisait un sourire qui eût pu passer pour carnassier chez tout autre individu que lui.

« Bonjour, camarade ! » claironna une voix qui provenait du fond de l'atelier.

Là, dans la semi-pénombre, Amédée découvrit un élégant mulâtre, légèrement plus âgé que lui, qui tenait une revue sur ses jambes croisées. L'homme portait un costume et une cravate gris clair qu'il avait dû, sans aucun doute possible, acheter dans un grand magasin de Paris.

« Camarade, bonjour-bonjour ! répéta-t-il, vaguement ironique. Votre nom, s'il vous plaît ?

— Amé... Amédée Mauville...

— Aaah ! Enfin, j'ai l'insigne honneur de vous rencontrer ! Figurez-vous qu'au lycée Schoelcher, vous êtes sans arrêt au centre de nos conciliabules les plus secrets. Chaque mois, on nous annonce votre venue et puis, déception, point d'Amédée Mauville ! Permettez-moi de me présenter : je suis Gilbert Gratiant, professeur d'anglais pour vous servir.

— Et grand poète à ses heures ! » ajouta l'ébéniste dont le fort accent créole surprit Amédée.

De ce jour, le jeune homme eut ses habitudes à l'atelier de maître Bissol (le bougre insistait pour qu'on accolât ce titre à son nom, fier qu'il était d'avoir reçu par deux fois le diplôme officiel de meilleur artisan de la Martinique). Gilbert Gratiant devint également l'ami d'Amédée. Ce dernier était fasciné par sa prestance d'hidalgo, ses phrases tranchantes et surtout son immense savoir. Il avait, semblait-il, tout lu et, communiste dans l'âme, il expliquait Marx et Engels, le matérialisme dialectique, la lutte des classes et la dictature du prolétariat à un Amédée à la fois ébahi et enthousiasmé. Bissol rigolait, tout en maniant sans cesse ses rabots et ses scies :

« Moi, j'ai rien lu de tout ça. Ha-Ha-Ha ! Je suis communiste de naissance. Lorsque ma manman m'a accouché, c'était au beau mitan d'un champ de canne. Hé oui ! À Rivière-Lézarde, vers onze heures du matin à ce qu'il paraît. Malgré son gros ventre, le béké l'avait obligée à travailler jusqu'à la dernière minute. »

Ce que l'ébéniste omettait de préciser et qu'Amédée découvrit au fil du temps, c'est que sa mère décéda à cet instant-là, foudroyée par la chaleur effroyable du carême, l'éreintant amarrage de la canne et une grossesse qu'elle portait mal. Il y avait, avant Léopold, huit bouches à nourrir et il n'était donc pas question de baisser les bras. Alors, devenu grand, il avait d'emblée participé à toutes les grèves sur les plantations de la région jusqu'à ce qu'un commandeur plus scélérat que les autres lui remette son billet-ce-n'est-plus-la-peine et qu'il se décidât à descendre en ville avec pour seul viatique la photo écornée de sa mère et l'adresse d'un ébéniste qui était une lointaine connaissance de cette dernière.

Il avait réussi à faire d'Amédée un lecteur assez régulier de *Justice*, l'hebdomadaire communiste, première étape qui devait, dans l'esprit de l'ébéniste, le conduire bientôt à y publier des articles. S'il avait su qu'Amédée avait, au dernier moment, refusé de signer le manifeste *Légitime défense* qu'un groupe d'étudiants, pour beaucoup mulâtres, avait jeté au visage de leur classe trois ans auparavant, depuis les berges de la Seine, sans doute se serait-il fait moins d'espoir. Gilbert Gratiant, qui était pour sa part plus proche de la réalité, n'avait de cesse qu'il n'opposât aux injonctions voilées de l'ébéniste la même phrase :

« Oh, laisse-le tranquille ! Ce jeune bougre est anarchiste dans l'âme. Enfin de naissance, je veux dire, un peu comme toi, Léopold, tu es communiste. Hon ! Pour l'heure, je préfère causer littérature avec lui mais j'ai la certitude qu'un jour il se rangera aux côtés de la classe ouvrière martiniquaise. »

Amédée se contentait de hocher la tête, énigmatique. Il se sentait viscéralement plus proche des idées de Gilbert Gratiant sur le métissage créole que de la Négritude d'Aimé Césaire, tout en ressentant la profonde ambiguïté desdites idées et en considérant Césaire comme un poète autrement plus considérable que le premier. Il sentait confusément que la vérité se situait quelque part entre la radicalité un peu irréaliste des thèses négristes et l'œcuménisme, lui aussi peu praticable, des défenseurs de la « petite patrie martiniquaise » et de la « grande patrie française ». Mais comment nommer cet entre-deux ? Quel vocable lui assigner ?

CAHIER DELGRÈS

> « Le Domaine du Roi dans les Isles consiste dans le droit de Capitation que tous les hommes blancs ou noirs libres, engagez ou esclaves, payent depuis l'âge de quatorze ans jusques à soixante. Ce droit est de cent livres de sucre brut effectif par an, pour ceux qui en font, ou de six francs pour ceux qui n'en font point. Ce sont les

maîtres qui payent pour leurs domestiques engagez ou esclaves. On paye encore un pour cent de tout le sucre qu'on livre pour avoir le droit de le peser chez soi. Chaque cabaret paye deux mille livres de sucre par an. Toutes les marchandises qui arrivent aux Isles payent un pour cent en espèce, ce qui se doit entendre seulement des provisions de bouche ; outre cela le tiers des confiscations et des amendes entre dans le Domaine du Roi. »

Révérend père Labat,
Nouveau Voyage aux Isles de l'Amérique,
1694

Le vieillard contemplait d'un œil morne la baie de Saint-Pierre, agitée par tout un aller-venir de goélettes, certaines arborant le drapeau blanc frappé de la fleur de lys, d'autres, plus nombreuses, les trois couleurs flamboyantes de la Révolution. De si loin, c'est-à-dire à l'en-haut du Morne-aux-Bœufs, on aurait juré un combat de fourmis-manioc. Seules les épaisses fumées grisâtres des canonnades accompagnées du renversement de quelque mât indiquaient qu'il ne s'agissait point d'un jeu.

« La vie est une chose bien curieuse, soliloquait-il tout en maintenant une main ferme sur le poignet de Delgrès. Bien curieuse, oui ! Quand on la regarde de près, elle n'a plus le même sens que quand on la regarde de loin. »

Le jeune mulâtre ne dit mot. Il avait grand-faim,

ayant arpenté deux jours durant la route des grands bois depuis les Trois-Îlets où il avait débarqué en clandestin de l'île de Sainte-Lucie.

« Lorsque j'ai quitté l'Habitation Grand-Feuilles, continua le vieillard, le monde n'était pas encore tombé dans cette déraison-là. Toi, tu n'étais même pas encore né. Hon ! »

Un vent joueur s'infiltra entre les pieds de bambous et les fougères pour venir attiser le feu qui, entre quatre roches, faisait bouillir l'eau d'un canari pansu en terre cuite. Le vieillard profita de ce qu'il appela une embellie et y jeta des carreaux de fruit à pain qu'il négligea d'éplucher. Il semblait sourire depuis l'arrivée impromptue de ce jeune homme à peau jaune qui n'avait pourtant point l'arrogance des mulâtres qu'il avait pu rencontrer à l'époque révolue où il arrimait les tombereaux de canne à sucre. Au premier abord, il avait cru qu'on venait l'arrêter. Quelque chien avait dû déceler son odeur et, bien qu'il changeât constamment de chemin pour ne pas tracer de sentier dans la forêt, il savait, pour le voir depuis son poste d'observation, que la canne ne cessait d'avancer, d'avancer, d'avancer. Elle avait quitté depuis longtemps le plat des savanes, s'était accrochée aux pentes des campagnes du Carbet et de Saint-Pierre et menaçait à présent les hauteurs. La canne était sans pitié. Alors, rassemblant ses dernières forces, il lui arrivait certaines nuits de descendre à la frontière qui séparait la forêt des cannaies et d'allumer un incendie dans les champs à l'aide d'un tison de charbon de bois. Il gagnait ainsi des jours et des nuits de tranquillité car les maîtres n'avaient plus qu'une idée en tête : faire couper le maximum de cannes brûlées afin de les transporter à la sucrerie avant qu'elles ne se dessèchent et ne pourrissent. Pour cela, on rameutait des esclaves de partout, des plantations du Morne Rouge, voire de plus loin, et l'ermite prenait un intense plaisir à contempler le ballet insensé des mulets, des tombereaux et des commandeurs à cheval. Longtemps, il espéra que les Nègres que l'on malmenait plus que de coutume finiraient par se révolter mais les années s'écoulaient sans que jamais le grand événement dont il rêvait ne se produisît. Il se réfugia alors dans sa vieillesse, fabriqua une pipe en terre avec laquelle il se mit à fumer tout ce qui était à sa portée. Tabac sauvage, champignons, feuilles d'eucalyptus et une incroyable herbe à rêver dont il ne connaissait pas le nom.

« Quand tu l'aspires, fit-il à Delgrès, tu as l'impression de rentrer dans ton corps, oui. De sentir chaque partie de ton corps. Tu veux essayer ? »

Le jeune homme fit un geste de dénégation, les yeux rivés sur la rade en arc de cercle de Saint-Pierre, où la bataille navale venait de prendre fin. Seul le rouge triomphant sous le soleil des drapeaux tricolores permettait de désigner les vainqueurs. Une brusque bouffée de joie l'envahit et, se dégageant de l'emprise de l'ermite, il déclara d'une voix qui se voulait ferme :

« Moi aussi, j'ai été forcé de partir mais à présent me voici de retour dans ma ville. Personne n'entravera plus mes desseins. Personne ! »

Le vieillard l'observa d'un air faussement admiratif, essaya de se mettre au garde-à-vous mais trébucha sur ses jambes cannies, couvertes de plaies purulentes.

« Tu parles comme un chef, mon petit monsieur ! Va-t'en puisque le monde a changé… Attends ! Laisse-moi lire dans ton regard. Ne remue pas tes poils d'yeux ! Le destin d'un homme est inscrit au plus profond de son regard. Ne bouge plus ! »

Détournant soudain la tête, le vieillard partit en direction de sa case, plantant là un Delgrès stupéfait. Il s'y barricada à l'aide des feuilles sèches de palmier qui servaient, à l'époque de l'hivernage, à le protéger des averses traîtresses venues de la tête du volcan. L'après-midi courait à sa fin et bientôt il ne serait plus guère possible de mettre un pied devant l'autre. Le ventre creux, Delgrès se mit à dévaler les flancs de Morne-aux-Bœufs comme un fou, insensible aux morsures des lianes et aux crocs-en-jambe des souches. Se perdant parfois, il rebroussait chemin pour repartir de plus belle comme s'il faisait une course-poursuite avec la lumière qui n'avait de cesse qu'elle ne baissât, noyant des pans entiers de forêt dans une inquiétante obscurité. Le point de mire du jeune homme était la mer. Elle avait viré au gris-bleu désormais et semblait comme morte. Un œil mort ! Cette idée bouleversa Delgrès qui, changeant sans arrêt son baluchon d'épaule, finit par atteindre les premières cases du quartier de l'anse à la Touche, entre la ville du Carbet et celle de Saint-Pierre.

« *Milat, vini fè dé pa banboula épi nou !* » (Mulâtre, viens faire deux pas de bamboula avec nous !) lui lança une voix joviale de Négresse.

Partout, dans la cour des cases, hommes et femmes sautillaient au son des tambours, voltigeant ces cris d'allégresse dans une sorte de défi à l'implacable noireté de la nuit qui venait de s'affaisser sur la terre. Des flambeaux, dispersés dans les basses branches des manguiers, trouaient celle-ci, la pointillant d'étincelles vives que le vent charroyait.

« *Vini'w, gason, tonnè di dyé !* » (Viens donc, mon garçon, tonnère de Dieu !) reprit la même voix.

Sans qu'il pût opposer la moindre résistance, un corps plantureux, couvert de sueur, lascif, l'étreignit. Un visage joufflu se colla contre le sien, un visage à la peau si douce qu'il aurait pu être celui d'un nouveau-né. Le corps de la danseuse l'entraîna dans une sarabande folle qui lui tourna l'esprit. Seul le martèlement du tambour lui parvenait encore, comme accompagnant celui du sang dans ses tempes et la chamade de son cœur. Il lui sembla prendre son envol à chaque déhanchement de sa partenaire, dont le ventre se frottait contre le sien dans une calinda frénétique. Quand il retombait sur le plat de ses pieds, il apercevait une enfilade de cases illuminées au-devant desquelles des dizaines de corps enlacés virevoltaient, la bouche largement ouverte, béate d'enthousiasme. Parfois, leurs cris couvraient le rouler des tambours :

« *Lalibèté rivé, manmay! Annou dansé ba lalibèté!* » (La liberté est arrivée, les amis! Dansons en son honneur!)

La danseuse, d'un noir parfait, emporta Delgrès dans la touffeur des halliers, là où les ténèbres étaient les plus épaisses. Le jeune homme ne pouvait plus détacher sa bouche de son épaule dénudée. Il aspirait sa sueur fauve avec délectation, lui mordillant les chairs, haletant de désir, lui qui n'avait jamais encore goûté à la chair d'une femme. Elle se tint fermement debout sur ses cuisses qu'elle écarta le plus largement possible et, ôtant avec sûreté le pantalon du jeune mulâtre, elle le souleva légèrement de terre avant de s'empaler sur son sexe. Mais, ô miracle, elle continuait à danser, à suivre la cadence des tambours-bel-air dont le bruit leur parvenait feutré à présent. Les lèvres de Delgrès déchirèrent la fine toile de calicot du corsage de la Négresse et happèrent tour à tour ses seins, déclenchant de petits rires nerveux chez la femme, qui ployait en arrière mais ne tombait pas. C'est comme si le jeune homme n'avait pas pesé plus lourd qu'une feuille de canne à sucre. Brusquement, une échappée de lune éclaira la terre, dévoilant la sublime noirceur du corps nu de la danseuse, chose qui accentua la soif qui habitait Delgrès. Il parvint à la renverser à demi contre le tronc d'un arbre foudroyé, bien qu'elle se débattît furieusement, et se perdit dans sa chair durant un siècle de temps. Lorsqu'il reprit ses esprits, elle était assise à ses côtés, légèrement moqueuse.

« Quand je fais l'amour, je veux être l'égale de mon homme, déclara-t-elle, toujours goguenarde. Debout, aucun ne domine l'autre. Ha-Ha-Ha ! »

Elle posa la tête de Delgrès sur ses cuisses et se mit à lui caresser la tempe. Elle voulut tout savoir de lui, d'où il venait, pourquoi cette hâte qui l'habitait, et surtout comment il se faisait qu'il touchait à une femme pour la première fois, lui qui à vue d'œil avait déjà dépassé la vingtaine d'années. Il lui répondit par bribes, non pas seulement à cause de l'immense fatigue qui s'était emparée de son corps, mais parce qu'il avait appris la prudence. Sa mère et sa sœur n'avaient-elles pas été trahies, au théâtre de Saint-Pierre, par quelque vantardise de la seconde ? Nous nous ferons passer pour des Blanches, avait dû claironner celle-ci à quelque amie-ma-cocotte qui, jalouse, s'en était allée les vendre à la milice.

« Dors ton compte de dormir, lui murmura la Négresse en le blottissant tendrement contre sa poitrine. Dors, mon petit bougre, va ! »

Le lendemain, Delgrès était en route pour Saint-Pierre avec pour viatique un étrange et minuscule carré de toile noire sur lequel étaient gravés, avec du fil doré, des signes qui lui étaient inconnus.

« Cadeau de ma part ! lui avait lancé son amante de la veille qu'au grand jour il eut l'immense surprise de découvrir sous son vrai visage, celui d'une puissante bougresse d'une cinquantaine d'années. Ce sera ton protègement dans le temps qui te reste à passer sur cette terre. »

Les nouvelles qu'il glanait de quartier en quartier le plongeaient dans un ravissement sans nom : le gouverneur Béhague, suppôt des esclavagistes et des royalistes, était en fuite ; le vicomte de Rochambeau, libérateur de la Guadeloupe, venait de débarquer, portant un appui décisif aux patriotes de la Martinique. La République était instaurée ! D'immenses cocardes tricolores décoraient les frontons des maisons en pierre de taille et des magasins de commerce. Une foule mélangée, petits Blancs braillards, esclaves domestiques en grande tenue, mulâtres pomponnés, déambulait au Bord de Mer tandis que la milice défilait sans discontinuer au Mouillage malgré l'ardeur du soleil. Delgrès se présenta spontanément à un homme blanc qui portait des épaulettes de colonel et qui, à ses manières, n'avait pas l'air d'être créole. Arrangeant maladroitement ses hardes, le jeune mulâtre esquissa un sourire et déclara :

« Je me mets de ce jour au service de la patrie, mon colonel ! »

La solennité de sa voix de gringalet amusa l'officier. Sans mot dire, il lui tâta les côtes, lui redressa les épaules et, faisant le tour de sa personne, rétorqua :

« Pour défendre la patrie, il faudra me rembourrer tout cela, mon ami. Mais c'est bien, je t'accepte ! Il n'y a pas tant de jeunes gens de ton âge qui sont prêts à sacrifier leur vie pour des mots... enfin, des principes, je veux dire. Au fait, sais-tu ce qu'est un principe, toi ? »

L'homme, qui avait demandé à sa troupe de prendre position sur les quais, l'entraîna à l'ombre d'un tamarinier.

« Un principe, jeune homme, c'est... comment dire... tu as eu un précepteur, toi ?

— Ma sœur aînée savait lire et écrire, elle m'a appris...

— Bon ! Eh bien, je disais qu'un principe, c'est presque comme une idée, c'est impalpable, invisible, mais sa force est là, bien présente en vous, dans votre tête, dans votre cœur. La nuit, vos rêves se peuplent de principes. Grâce aux principes, on peut oublier la faim et la soif. Tu me comprends ?... »

Delgrès fit un oui timide du menton. Il écouta l'officier raconter le siège de Toulon, auquel il avait pris part sous les ordres du général Dugommier, un Blanc créole de la Guadeloupe acquis aux idéaux révolutionnaires.

« Sans lui, nos troupes n'auraient jamais pu balayer l'Anglais. À cette époque, Bonaparte n'était que capitaine, un petit berger au teint olivâtre qui parlait le français dans le nez. Les caniveaux de la ville étaient rouges de sang. Je n'ai jamais vu semblable carnage auparavant. »

Une sorte de sentiment filial s'instaura peu à peu entre le colonel et Delgrès, lequel dévorait des yeux ses épaulettes. Le soir même, le jeune mulâtre fut enrôlé dans la milice avec le grade de sous-lieutenant, ce qui provoqua l'ire d'un groupe de soldats blancs. Ses quelques connaissances livresques le plaçaient d'emblée au-dessus de ces paysans dont beaucoup n'avaient pas trop l'air de savoir ce qu'ils étaient venus faire à la Martinique. Il fut très étonné de constater que la plupart d'entre eux étaient incapables de lire une carte et, lorsqu'il leur désigna les emplacements respectifs de l'île et de la France, plusieurs d'entre eux sifflèrent de stupeur. Ils croyaient que les Antilles se trouvaient quelque part au sud de l'Italie. Là où il fait chaleur tout au long du jour, précisa un boutonneux.

Delgrès était si fier de porter l'uniforme qu'il ne le quittait jamais, même lorsque sa garnison avait quartier libre. Sur son passage, les catins mulâtresses de la rue Monte-au-Ciel, la bien nommée, lui lançaient des paroles égrillardes, s'extasiant sur son allure prestancieuse. Parfois même, des Blanches à la promenade, environnées de tout une tralée de valets et de servantes noires, posaient sur sa personne des regards pleins d'ambiguïté. Le jeune homme ne réagissait à aucune de ces tentations, pas même à celle du rhum qui coulait à flots dans les tavernes du quartier La Galère où les malandrins, les détrousseurs d'honnêtes citoyens et autres bandits de grand chemin élisaient domicile. S'il s'était aventuré là-bas, c'était pour retrouver la case où Amandine, cinq années auparavant, l'avait protégé des fureurs des Blancs. Il ignorait ce qu'il allait chercher là mais il voulait revoir les lieux, toucher le bois pourri des parois, entendre le chant profond de la rivière Roxelane qui charroyait dans ses eaux diaphanes tout le mystère du volcan. Il se souvint que sa mère avait pour habitude, les jours de mauvais temps, de se camper sur le pas de sa porte, de se mettre les poings sur les hanches telle une femme-matador et de lancer à la montagne Pelée :

« J'espère que tu ne vas pas te réveiller aujourd'hui, compère ! J'ai pas encore vu tout ce que je dois voir, non ! Ha-Ha-Ha ! »

Il n'osa se rendre au cimetière, devinant que les deux femmes avaient dû être jetées dans quelque fosse commune. C'était là l'ultime punition que l'on réservait aux gens de couleur qui avaient eu l'impudence de se faire passer pour blancs. À l'endroit où se dressait la coquette maison en bois de sa mère, l'armée avait installé à présent une batterie d'artillerie pointée en direction de la partie est de la rade. Deux soldats blancs sommeillaient à l'ombre d'une casemate telles des statues désarticulées. Instinctivement, Delgrès redressa le col de son uniforme : il avait trop de respect pour lui pour ne pas s'offusquer de l'attitude désinvolte de ces deux artilleurs. Il eut un bref instant la tentation de les rappeler à l'ordre, son grade de sous-lieutenant l'y autorisant, mais un restant d'appréhension l'en empêcha. Il avait beau se répéter, depuis son départ de Sainte-Lucie, que « Tous les hommes naissent libres et égaux en droits », il se sentait encore prisonnier de sa couleur.

Plusieurs nuits d'affilée, le branle-bas de combat fut sonné. Saint-Pierre se réveillait dans l'affolement. Des guetteurs, arrivés de Sainte-Philomène, en direction du quartier du Prêcheur, annonçaient régulièrement le débarquement de troupes d'émigrés aidés par l'armée britannique. Tout un chacun n'avait plus que ce mot honni à la bouche : « émigré ». Ces bougres-là haïssaient la Révolution, vouaient Robespierre et Saint-Just aux gémonies, réclamaient le renforcement de l'esclavage pour les Nègres et la suppression des nouveaux droits accordés aux mulâtres et autres sang-mêlé. Aux premières nouvelles du chambardement qui s'était produit en France, ils avaient fui dans l'île voisine de la Dominique où régnait l'Anglais, abandonnant leurs plantations malgré la récolte inachevée. Un soir, l'alerte fut réelle mais elle ne venait point du Prêcheur mais bien du sud, de la plage du Carbet, où un groupe de Blancs créoles enragés avait massacré quelques esclaves et pris position sur une éminence d'où il tenait la seule route praticable en joue.

« C'est ton affaire cette fois-ci ! dit le colonel à Delgrès. Tu connais bien cet endroit à ce qu'on m'en a dit. »

Au même moment, le jeune mulâtre essayait un violon un peu abîmé qu'il s'était acheté au marché aux voleurs du Mouillage. Il en tirait des sons grêles, quoique non désagréables, au dire des quelques camarades qui l'entouraient, à cause du mauvais état de l'archet. Le colonel contempla la scène, abasourdi. Il n'avait jamais vu un homme de couleur jouer de cet instrument et Delgrès faisait montre d'une telle aisance qu'il ne put s'empêcher de laisser échapper un léger sifflement d'admiration.

« C'est aussi ta sœur qui t'a appris à jouer du violon ? demanda-t-il.

— Non, mon colonel. J'ai habité dans une famille de musiciens à Castries…

— Si tu ne perds pas la vie ce soir, mon cher Louis, je suis prêt à parier mille écus que tu deviendras quelqu'un. N'oublie jamais l'exemple du général Dugommier ! Désormais, on jugera les hommes non sur leur couleur, pas même sur leur naissance mais sur leur valeur… sur leur bravoure, je veux dire. »

Louis Delgrès, à la tête d'un petit détachement de vingt-cinq soldats, ne fit pas de quartier. Il connaissait chaque trace, chaque recoin du Carbet. Il savait comment contourner l'éminence où s'était posté l'ennemi sans attirer son attention et surtout il fut le premier à monter à l'assaut, peu après minuit, recevant des éclats d'obus au bras gauche et à la hanche. En réalité, les royalistes avaient cherché à tromper le monde. Ils n'étaient qu'une poignée de quinquagénaires bedonnants, mal armés et surtout à moitié ivres de rhum de contrebande.

Delgrès avait reçu l'ordre de ramener vivant leur chef, le sieur De Percin, ce qu'il fit, supportant sans broncher, tout au long du chemin du retour vers Saint-Pierre, les insultes toutes plus ignobles les unes que les autres de celui-ci. On lui avait attaché une corde au cou avec laquelle on lui avait aussi entravé les bras derrière le dos.

« Je ne suis pas un Nègre ! gueulait De Percin, la bouche pleine de bave. Vous me devez les honneurs. Je ne me suis pas rendu ! Toi, le mulâtre, je te ferai pendre par les génitoires lorsque le nouveau roi de France remontera sur le trône. Tu ne perds rien pour attendre. Hé, vous, soldats, vous n'avez pas de respect pour votre race, tonnère de Brest ! Vous vous laissez commander par un Nègre. Que dis-je ? Un demi-Nègre. Ceux-là sont pires que les vrais, vous apprendrez à les connaître... Détachez-moi, je suis un soldat, je ne m'enfuirai pas, foutre ! »

Delgrès obtint son grade de lieutenant de la milice de Saint-Pierre sans coup férir. La cérémonie, quoique brève, lui parut grandiose. Un détachement de soldats et de marins lui rendit les honneurs tandis que le commandant lui agrafait ses épaulettes. Il n'eut qu'un regret, celui de ne point distinguer les visages aimés de sa mère et de sa sœur dans la foule de gens de couleur qui s'était rassemblée sur la place Bertin pour assister à sa gloire toute neuve. Il ferma les yeux pour ne pas lâcher de larmes et réussit à articuler, la gorge soudainement asséchée :

« Pour la France et pour la République une et indivisible, toujours je combattrai ! »

Le soir, une bamboche fut organisée dans l'arrière-salle de l'auberge des Quatre-Chemins, à deux pas du jardin Botanique. Quelques Grands Blancs, convertis au républicanisme et curieux de voir de leurs propres yeux ce jeune mulâtre dont toute la ville de Saint-Pierre parlait désormais, honorèrent l'événement de leur présence. Delgrès, qui n'avait guère fréquenté le monde, craignait qu'on ne s'aperçoive de sa gaucherie lorsque quelque cavalière hardie viendrait lui demander une valse. Il se tenait donc un peu à l'écart, feignant de s'intéresser à la conversation fort animée d'un groupe de grognards métropolitains qui vantaient leurs exploits passés sur les champs de bataille de l'Europe. Au mitan de la salle, des gandins mulâtres pomponnés, certains portant perruque et brodequins, faisaient admirer leur virtuosité au bras de femmes de petite vertu. De temps à autre fusait un « Vive la République ! » ou quelques couplets solennels de *La Marseillaise* qui détonnaient dans cette atmosphère de licence créole. Un homme d'âge avancé, visiblement un planteur, à sa tenue uniformément blanche, porta un toast en l'honneur du nouveau promu.

« Qui sait ? Je pourrais fort bien être votre père, jeune homme, fit-il à Delgrès. On me prête, hum... comment dire ?... une bonne vingtaine de petits mulâtres mais toutes les mères ne se sont pas révélées à moi. »

Delgrès eut envie de rétorquer que sa mère était une Blanche venue de France mais il jugea préférable de garder le silence.

« Je suis Pierre-Marie De la Vigerie, reprit l'homme. Serrons-nous la main, lieutenant ! Bon, je l'avoue, j'ai été longtemps hostile aux mulâtres. Il y a beaucoup trop de fats et d'ambitieux au sein de votre classe mais j'ai quelque peu changé d'idée car j'en ai vu certains à l'œuvre lorsqu'il m'a été donné l'occasion de faire la guerre… »

Delgrès, essayant de dissimuler son malaise, but coup sur coup deux verres d'absinthe qui lui coupèrent presque le souffle.

« Vous ne me demandez pas de quelle guerre il s'agit ? continua De la Vigerie. Hum ! Vous êtes encore bien jeune… Eh bien, j'ai participé à la guerre d'Amérique, oui, j'ai aidé les *Insurgents* à se débarrasser de ces maudits Anglais, et là j'ai vu à l'œuvre des soldats mulâtres et une poignée de Noirs. C'étaient de formidables combattants !… Vous n'êtes guère bavard à ce que je vois… Laissez-moi vous dire quelque chose, ne le répétez point car cela risquerait de provoquer l'ire de ces messieurs mes pairs ! Voilà : les treize colonies nous ont ouvert la voie.

— Comment cela ? fit Delgrès, interloqué.

— Ha-Ha-Ha ! Eh bien… nos amis américains se sont séparés de leur métropole qui les pressurait comme le fait la nôtre d'ailleurs. Trop d'impôts, trop de limitations dans le commerce et ces fainéants d'armateurs de Bordeaux et de Nantes qui s'enrichissent sur notre dos. Hon ! »

C'en était trop pour Delgrès. Il se raidit, regarda fixement son interlocuteur avant de se perdre parmi les bambocheurs. Comment osait-il comparer cette Angleterre vorace et méprisante à la France qui venait de donner au monde la Déclaration universelle des droits de l'homme et du citoyen ? À moins que De la Vigerie n'ait voulu soupeser son attachement à la patrie. Les troubles, qui avaient commencé à Saint-Domingue, troubles fomentés par les colons, semblaient à Delgrès une menace pour la Révolution. Il sortit de l'arrière-cour de l'auberge sans se faire remarquer. La nuit avait commencé à voiler la face rassurante de la montagne Pelée qu'il avait contemplée durant toute sa prime enfance et qu'il avait emportée, gravée dans son esprit, dans son périple en direction de Sainte-Lucie. Il contempla les frondaisons des grands arbres qui faisaient une sorte d'entrée monumentale au jardin Botanique, lieu de rendez-vous nocturne des amoureux de Saint-Pierre, du moins ceux et celles qui se devaient de dissimuler leur liaison à la malignité publique car les autres se pavanaient au contraire sur la place Bertin, fiers de l'intérêt qu'ils pouvaient susciter. Louis Delgrès, le cœur encore gonflé par les honneurs qu'il avait reçus, l'esprit empli de rêves de gloire militaire, s'avança, dans son bel uniforme flambant neuf de lieutenant de la milice, dans l'allée centrale du jardin bordé par l'éventail renouvelé que constituaient les arbres-du-voyageur. À leur pied, sur des bancs de pierre, des couples enlacés se murmuraient des paroles sucrées que le vent de la nuit transformait en une musique doucereuse et imprévisible. Delgrès ne distinguait pas les visages ni les yeux mais simplement le glissement furtif d'une main le long d'une hanche ou la croupière excitante d'une bougresse assise à califourchon sur les jambes de son amoureux.

Il était, pourtant, à mille lieues de ces joutes de l'âme et de la chair qui se terminaient parfois par des culbutes dans les halliers où des fleurs semblaient se reposer de la splendeur qu'elles avaient déployée pendant le jour, des fleurs rares qui d'ordinaire faisaient l'admiration du jeune homme mais qui là, pantelantes, à demi fermées ou presque flétries, lui inspiraient des sentiments mitigés. Il prit un chemin de traverse pour rejoindre la cascade, au fond du jardin, et s'arrêta un bref instant pour caresser un bouquet d'alamandas dont le jaune continuait à luire, quoique faiblement, sous la pâle claireté de la lune. Il songea à la fierté qu'aurait éprouvée sa mère si elle avait pu le contempler dans son bel uniforme de lieutenant. Désormais, tout ce qu'il entreprendrait, il le ferait en son nom, il ferait briller sur tous les champs de bataille à venir l'étendard des Delgrès et s'il venait à périr au combat, sans doute en Europe, cette contrée qu'il imaginait froide et couverte de terres plates jusqu'à l'infini, ce serait encore lui rendre hommage puisqu'elle était de là-bas et que tous ses aïeux y reposaient. Pourquoi était-elle venue aux isles ? Qu'est-ce qui l'avait toujours poussée à dissimuler ses véritables origines et à se faire passer pour quarteronne ? Tout cela resterait probablement un pur mystère. Il comprenait pourquoi, confusément, il ne s'était jamais senti la moindre connivence naturelle avec ces mulâtres arrogants qui, dès l'annonce des premiers troubles révolutionnaires à Paris, avaient mené grand bruit pour obtenir des droits pour leur classe, oubliant celle des esclaves. Leurs géniteurs étaient tous des Blancs créoles qui s'étaient acoquinés, l'espace d'une furtive étreinte, avec quelque Négresse domestique ou bien quelque amarreuse de canne à sucre. Lui, son père, qu'il n'avait point connu était en revanche un Nègre. Un Nègre de la Guadeloupe probablement, lui avait révélé Amandine. Là résidait toute la différence.

La cascade traçait un filet d'argent sur une vulve de mousse et de fougères, répétant une sorte de chanter nostalgique qui n'était audible qu'à la nuit close. Le jour, il était couvert par le babillage de petites marmailles en drivaille et le volettement frénétique d'oiseaux-mouches en quête d'absolu. S'approchant du bassin, Louis mima les gestes d'un violoniste et ferma les yeux, puis il plongea ses mains dans l'eau glaciale et, à l'instant où il s'apprêtait à s'asperger le visage, une figure se découpa sur la surface plissée de l'eau. Un visage de femme empreint de gravité et de tendresse tout à la fois.

Delgrès fit un bond en arrière, tremblant de tous ses membres. Venait-il de faire rencontre avec la fameuse Manman d'Eau, cette sirène diabolique qui grâce à sa belleté faisait chavirer le cœur des hommes les plus aguerris avant de les entraîner dans la mort ? Un petit rire dans son dos mit fin à son angoisse. Blottie dans une anfractuosité du rocher qui surplombait la cascade, une câpresse famélique et haillonneuse, les yeux dévorés par la fièvre, l'observait, les sourcils froncés. Honteux du désarroi qui l'avait saisi, Delgrès s'approcha du rocher et lui tendit la main pour l'aider à descendre. La créature, repliée sur elle-même, fit un signe de dénégation.

« Vous... vous ne devez pas rester là, mademoiselle, fit le jeune mulâtre. Plus la nuit avance, plus vous...

— Allez-vous-en ! Laissez-moi seule !

— Si vous êtes malade, je peux vous emmener auprès du chirurgien de ma compagnie. Descendez, je vous en prie !

— Je ne suis pas malade ! Qu'on me baille ma paix et ma tranquillité, foutre ! »

Mais tout en prononçant ces paroles d'un ton menaçant, la créature se laissa glisser lentement le long du rocher et, lorsqu'elle fut tout à fait sur ses jambes, le cœur de Delgrès vacilla une nouvelle fois. La première étoile du soir éclaira la chevelure de la jeune femme qui, se redressant soudain, déclara :

« Personne ne reprendra plus ma liberté, vous m'entendez ? Personne ! »

QUATRIÈME CERCLE

« L'esclave qui aura été en fuite pendant un mois à compter du jour que son maître l'aura dénoncé en justice aura les oreilles coupées et sera marqué d'une fleur de lys sur l'épaule ; s'il récidive un autre mois à compter pareillement du jour de la dénonciation, il aura le jarret coupé, et il sera marqué d'une fleur de lys sur l'autre épaule ; et, la troisième fois, il sera puni de mort. »

Le Code noir,
article 38
(1685)

Amédée était passé et repassé plusieurs fois devant le petit immeuble de la rue Britmer où habitait l'Historien. Il ne se résolvait pas à actionner la sonnette bruyante de l'entrée, non par peur de se faire houspiller par la logeuse de son vieil ami mais parce qu'il voulait retarder au maximum le moment où ce dernier prononcerait son verdict. À vrai dire, Amédée le fuyait depuis un bon paquet de jours, depuis ce fameux mercredi où il lui avait confié, Chez Sosso, une liasse de feuilles couvertes de lignes compactes qui peinaient à respecter la marge. Il les avait enroulées, puis attachées avec un morceau de fil rouge qu'il avait happé dans la corbeille à couture de Da Ernestine. L'Historien avait enfoui le précieux document dans le sac de maître d'école qu'il trimballait toujours avec lui et avait continué à deviser tranquillement avec Bec-en-Or et Bel Bougre comme si de rien n'était. Ceux-là n'avaient d'ailleurs même pas remarqué la manœuvre. Ils étaient bien trop préoccupés par les premiers bals du Tricentenaire qui enflammaient le Select-Tango et par les kermesses organisées par diverses associations patriotiques dans les quartiers plébéiens. Le bon peuple y trouvait là à la fois matière à ripailler et à exalter son amour pour la mère patrie. Bel Bougre s'était juré de circonvenir une certaine dame mulâtresse qui se montrait particulièrement active dans les festivités du Tricentenaire. Elle n'était autre que la maîtresse de Ti Coca, le négociant hâbleur et biberonneur de rhum, dont les comptes en banque faisaient pâlir d'envie ses concurrents. Jusque-là, la dame s'était montrée discrète, voire effacée, et d'aucuns, en la découvrant pour la première fois, s'étonnèrent qu'elle fût si jeune : à peine la trentaine alors que son barbon, lui, courait allègrement vers la soixantaine. Son nom était peu connu et presque tout le monde la désignait sous le sobriquet de mamzelle Ti Coca bien qu'elle surplombât le négociant d'au moins deux têtes. Elle avait commencé à fréquenter le monde lorsque les services du gouverneur avaient demandé que des jeunes filles de bonne famille se dévouent pour distribuer une timbale de lait et un gâteau aux enfants des écoles à l'heure du goûter. De la bouche de Bel Bougre Amédée avait appris que cette idée était le fruit de l'imagination fertile de son père, chose qui avait accentué l'ire du jeune homme à l'endroit du notaire. Il se souvenait vaguement d'avoir entendu ce dernier lancer à ses amis du Cercle martiniquais qui venaient parfois lui rendre visite :

« Il ne faut pas que les envoyés du gouvernement ni le ministre des Colonies aient le spectacle de tous ces enfants morveux aux joues creuses que l'on voit aux abords des écoles. »

Mamzelle Ti Coca s'était spontanément portée au secours des écoliers pauvres et n'hésitait pas à fréquenter les Terres-Sainvilles, où la municipalité avait affecté un local à la préparation des goûters patriotiques. Là, sur les quatre heures de l'après-midi, des personnes de la bonne société foyalaise, des commerçants levantins, parfois même des dames patronnesses békées de la route de Didier, venaient porter leur offrande pour que le Tricentenaire soit une réussite. Boîtes de lait en poudre, bouteilles de jus de pomme-France, cartons de biscuits secs, friandises de toute nature s'accumulaient sous le regard émerveillé des négrillons du quartier, dont on devinait qu'ils étaient devenus soudain des élèves assidus juste pour bénéficier, à l'heure de la récréation, de ces largesses inespérées. Mamzelle Ti Coca était au four et au moulin, un tablier à carreaux autour des reins, les cheveux noués à l'aide d'un madras sobre. Elle tenait la liste des récipiendaires à jour, morigénant avec gentillesse mais fermeté ceux qui tentaient de passer deux fois leur tour. Bel Bougre, qui était l'homme à tout faire d'un important conseiller municipal et qui, grâce à cette position, bénéficiait de jobs épisodiques et généralement fort bien rémunérés, était préposé au déchargement des timbales et des plats en fer-blanc qu'une camionnette de la mairie déposait tous les après-midi devant le local. Il fut stupéfait de l'indifférence absolue que lui voua mamzelle Ti Coca. Il avait beau se vêtir comme un prince charmant, se calamistrer les cheveux, battre ses cils de manière langoureuse sur ses yeux verts et parler le français le plus académique qu'on pût espérer si loin de la Touraine, rien n'y faisait. La dame demeurait de marbre tant que les enfants n'étaient pas arrivés. Elle installait sans mot dire les timbales et les plats sur les longues planches posées sur des tréteaux de fortune qui faisaient office de tables, les comptant et recomptant au fur et à mesure. De guerre lasse, Bel Bougre tenta un chanter de Tino Rossi, puis de Luis Mariano, sans le moindre succès. Il prit la voix grave d'un bluesman, s'exerça aux vocalises de chanteur sud-américain, fit le bateleur à la manière de Maurice Chevalier.

« *Nothing for you !* » s'exclamait-il, partagé entre l'incrédulité et la fureur, devant l'Historien et Bec-en-Or, hilares.

Laurent de Sénéchal lui avait promis de lui trouver une tactique infaillible pour vaincre ce que le Blanc créole, gigolo invétéré, qualifiait de « macaquerie de drôlesse ». Du coup, charmé par l'expression, Bel Bougre ne se mit plus à appeler la jeune dame que « ma drôlesse ». Mais aucune des formules amphigouriques que lui proposa Sénéchal — poème de Ronsard, refrain égrillard de chanson d'amour du Saint-Pierre d'avant l'éruption, phrase magique et tutti quanti — n'eut le moindre effet sur la maîtresse de Ti Coca.

« Eh ben Bondieu, peut-être qu'elle l'aime vraiment, son négociant, oui ! répétait Bel Bougre, tentant de se convaincre lui-même.

— Ou peut-être que c'est ta tête d'esbroufeur qui ne lui revient pas. Qui sait ? » le taquina Amédée.

Le jeune mulâtre n'avait plus dormi depuis ce jour-là. La conversation s'était fort heureusement animée sur le sujet qui préoccupait l'enjôleur de jeunes filles en fleur et la chose qu'il avait crainte au plus haut point ne s'était pas produite : que l'Historien ne détache la liasse de feuillets et ne se mette à les lire, là, Chez Sosso, devant ces zigotos de Bel Bougre et Bec-en-Or, lesquels avaient autant d'accointances avec la littérature que lui, Amédée, avec la course à pied. Il pensait à cette discipline sportive parce que chaque année Bec-en-Or s'alignait au départ de la Course du Souvenir et qu'il s'était vanté d'être un patriote bien avant tous ces bourgeois qui s'agitaient autour du Tricentenaire. Le souvenir que célébrait cette course, dont le parcours longeait la côte nord-caraïbe de l'île, n'était, en effet, autre que celui du rattachement de la Martinique au royaume de France, en l'an de grâce 1635, opéré par un gentilhomme nommé Pierre Beslain d'Esnambuc. Le Nègre-major entonnait, lorsqu'il était fin saoul, l'hymne de la Course du Souvenir dont le titre était pour le moins éloquent : *Semper Francia.*

Si l'Historien s'était saisi des feuillets d'un geste

qui frisait la désinvolture, Amédée ne doutait point qu'une fois rentré chez lui il se jetterait dessus. D'ailleurs, en le quittant ce jour-là, il avait lancé au jeune homme :

« Bon, alors on se voit ici samedi prochain mais passe d'abord chez moi, on aura à causer tous les deux. »

Entre-temps, la Marche sur la Faim des travailleurs des plantations de canne à sucre s'était emparée des rues de Fort-de-France. Trois jours durant, il fut impossible aux citadins de circuler, certains comme le père d'Amédée se terrant chez eux, terrifiés à l'idée de se faire agresser par quelque coupeur de canne dont aucun ne s'était séparé de son coutelas. Il gardait même son pistolet à portée de main, sur la table du salon, et jetait des coups d'œil inquiets à la rue Victor-Hugo, d'où montaient des slogans vengeurs :

« Békés exploiteurs, augmentez nos salaires ! Békés ex-ploi-teurs ! »

Amédée s'était sans crainte mêlé à la foule des manifestants qui l'avaient accueilli avec bienveillance et, lorsqu'un incident faillit dégénérer devant le Cercle des Blancs, il se surprit à espérer que ces Nègres aux pieds couverts de boue incendieraient l'En-Ville. Sa surprise fut grande de constater que les fiers-à-bras des Terres-Sainvilles et du Bord de Canal se tenaient soigneusement à l'écart de cette agitation. Fils-du-Diable-en-Personne, dont celle-ci gênait les traficotages, maugréait :

« Nègres d'En-Ville et Nègres-campagne, c'est pas du tout la même chose, foutre ! »

Quant à Bec-en-Or, il montrait un souverain mépris à l'endroit de ces bougres qui s'esquintaient en plein soleil pour vingt francs de salaire hebdomadaire alors qu'il lui suffisait, lui, d'élever un peu la voix pour que Sidonise Vincent, la pacotilleuse, monsieur Chine, l'épicier, Jojo Coiffeur ou Wadi Abdallah, le Syrien vendeur de toile de la rue François-Arago, lui allongent dix francs là même sans rechigner. Amédée avait été donc contraint de différer son entretien avec l'Historien.

CAHIER IGNACE

> « Il n'est pas un seul colon, il n'est pas un seul partisan de l'esclavage, qui n'ait annoncé, avec une conviction profonde, que l'émancipation produirait trois résultats :
>
> la cessation du travail et la ruine complète des colonies ;
>
> le retour des Noirs à la barbarie par la paresse ;
>
> le pillage et le meurtre. »
>
> Augustin Cochin,
> *L'Abolition de l'esclavage*,
> 1861

Citoyens-citoyennes, ne trouvez nul péril à notre langage mais sachez qu'il nous faut tournevirer notre langue sept fois dans notre bouche, comme qui dirait le serpent-fer-de-lance autour du pied d'acoma-franc, pour continuer à dérouler notre parole qui désormais va courir-monter-descendre-repartir à la venvole pour dire les sept vérités, délivrer les sept sacrements, ordonner les sept commandements.

Ô parole nôtre !

La liberté déferla sur nos têtes tel un cyclone fou échappé des rets de septembre. Nous étions seulement au mois de mai, les pieds de mombins n'avaient pas encore fleuri et, dans les savanes à bœufs, l'herbe-Guinée tardait à lever. D'un seul coup, la superbe de nos maîtres s'affaissa et dans leurs voix nous ne décelâmes plus qu'un mélange d'amertume et d'angoisse. Dans leurs gestes, un fatalisme qui nous déconcerta. Ils recevaient des nouvelles écrites, des journaux ou des libelles tandis que nous autres, Nègres, devions nous contenter de lambeaux d'espérance que nous mettions bout à bout pour fabriquer tout ce lot de parler et de déparler qui nous aidait à supporter l'affreuseté de chaque jour. Tantôt, nous y donnions créance et alors aucune peur du fouet ne pouvait nous empêcher d'allumer une fièvre dans les tambours-ka. Les corps, pourtant épuisés, des femmes soubresautaient telles des offrandes jetées à la face de la nuit. Les femmes riaient de rires muets. Dans leurs yeux, il y avait des lucioles, des visions forcenées, des rages tendres et parfois comme la promesse des promesses. Celle qui les faisait s'allonger, jambes écartées, ventre en feu, toujours agitant leurs hanches au rythme des batteurs de tambour-ka, sur la terre qui semblait transpirer de rosée. Et dans une ivre mêlée, nous mariions nos chairs sans chercher à connaître la figure de quiconque. Nous profondions nos sexes dans les leurs jusqu'à ne plus éprouver que la seule plénitude du monde. La nuit hurlait sa joie. Des maisons de nos maîtres nous parvenait une sourde agitation. Des lampes s'allumaient, timides, pour s'éteindre aussitôt. Ou bien un coup de feu solitaire, tiré en l'air, zébrait la noirceur avant de bailler encore plus de poids à notre frénésie. Au matin, nul reproche ne nous était adressé mais, à leurs mines défaites, nous savions qu'ils avaient veillé jusqu'à l'épuisement. Nos maîtres maugréaient contre la fin des temps. Contre l'inéluctable, ils n'invoquaient même plus leur dieu. Ils tentaient, une fois que la lumière du grand-jour leur avait insufflé un brin d'assurance, de nous amadouer. Ils feignaient de plaisants propos ou s'épuisaient en menaces vaines.

Nous les laissions babiller. Nous ne réagissions point à leurs enrageaisons. Par des esclaves rescapés de Saint-Domingue avec leurs maîtres, nous savions que là-bas un Nègre commandait à tout le pays. Sa gloire avait dépassé la surface de la terre et qui l'Anglais qui l'Espagnol lui vouaient du respect. Il ne tarderait pas à nous aider à briser nos chaînes et déjà nous chantions sa venue. Les vieilles femmes édentées proclamaient à la barbe de nos maîtres : « Après Christ, c'est Toussaint-Louverture, oui ! »

Mais d'autres fois, ne voyant point les voiles tant attendues, nous désespérions. Chaque semaine, certains d'entre nous, surtout ceux qui n'étaient pas natals de la Guadeloupe et qui parlaient tout seuls en langages d'Afrique, se tuaient. Ils avaient cette faculté inouïe de s'étouffer en avalant leur langue retournée, chose qui nous effrayait tout autant que nos oppresseurs. Sans doute y avait-il là quelque enchanterie car les Nègres créoles n'y parvenaient jamais, préférant se pendre aux basses branches des arbres ou se briser le cou du haut d'un morne. Le père Bernard, impuissant, nous répétait que tuer son corps, c'est péché. Et péché, c'est l'enfer, et l'enfer, ce sont des flammes éternelles. Il ignorait que, aussitôt l'ultime souffle de vie exhalé de nos poitrines, nos âmes redévireraient vitement-pressé dans le pays d'Avant et que là, nous recommencerions à vivre des existences paisibles.

Citoyennes-citoyens, si vous prêtez créance à nos propos qui ont le don de déchouquer les miasmes de la nuit, qui déboulinent depuis le faîte des arbres tutélaires, ne croyez point qu'il s'agisse de jactance vaine ! Nous, Ignace, arpentons un sol sans terre où poussent des hommes sans racines qui regardent avec des yeux sans pupilles des horizons sans tracé.

Yé Mistikrik !

Entre espérance et découragement, la liberté fondit sur nous plus vite qu'un battement d'yeux.

Nous, Ignace, nous nous trouvâmes dans la foule qui acclama, Noirs et Blancs pour une fois mêlés, le bateau qui, en deux coups de canon, fit détaler les royalistes. Entre les éclaboussures de sang, les cris d'épouvante des blessés, les râles, les clameurs d'allégresse et les « Vive la République ! », descendit le premier un homme au visage transfiguré, qui avançait tout en raideur, dans son habit de général. Il venait à terre les mains nues, indifférent aux balles et à la poudre, acceptant les accolades, les compliments, les baisers des Négresses. Ignace, pour la première fois de son existence, aima un homme blanc. En ce dernier, il n'y avait ni flagornerie ni outrecuidance mais simplement de l'humanité. Il était beau d'accomplir une telle mission, il était grand de déplier le décret d'abolition et de déclamer, couvrant le tonnerre :

« Au nom du peuple français et de la Déclaration universelle des droits de l'homme et du citoyen, nous, Victor Hugues, envoyé de la Convention, déclarons aboli l'esclavage dans nos colonies d'Amérique. Vive le genre humain ! »

Nous ne comprenions pas l'entièreté de ce qu'il lisait mais la force de conviction qui émanait de sa personne nous cloua sur place. Ignace décida immédiatement de s'enrôler lorsque Hugues sollicita des bras pour défendre la patrie en danger. Lorsqu'on demanda à Ignace de décliner ses qualifications, il déclara, torse bombé :

« Charpentier au temps de l'esclavage, grenadier au temps de maintenant ! »

Très vite, Victor Hugues voulut connaître ce Nègre qui parlait de lui à la première personne du pluriel. Nous, Ignace, fûmes en effet aux premiers rangs des combattants qui boutèrent hors de la Guadeloupe les dernières troupes fidèles au roi de France. Celles-ci avaient trouvé refuge dans les mangroves de la rivière Salée, bloquant tout passage en direction de la Basse-Terre et menaient d'incessantes attaques contre les soldats de la Convention, épuisés par six semaines de mer. Alors l'envoyé de la République exigea qu'aux Nègres et aux mulâtres fût faite la place qu'ils méritaient. Que des armes en nombre leur fussent distribuées. Qu'on les entraînât comme une vraie armée au lieu de leur offrir, comme au début des affrontements, des simulacres de fusils. Les petits Blancs de la ville, pourtant favorables à la cause de la Révolution, furent pris de panique mais, lorsqu'ils constatèrent avec quelle bravoure les anciens esclaves montaient à l'assaut de l'ennemi, ils fraternisèrent avec ces derniers. On proclamait partout : « Le monde a changé tout bonnement. Ce matin un Blanc m'a embrassé et m'a appelé citoyen ! »

Ignace gagna en deux blessures ses galons de caporal. Ignace ne faisait pas de quartier. Ni de prisonniers. Nous savions haranguer les hommes et les convaincre de mépriser la mort. Notre panache époustoufla Victor Hugues. Ce dernier répétait à ses aides de camp : « Si Paris comptait dix personnes comme Ignace, la Révolution n'aurait plus rien à craindre. »

Citoyennes-citoyens, notre colère est fameusement belle. Que cela soit proclamé partout dans l'univers ! Nos mots-flèches, nos mots-flammes, nos mots-passion enjamberont la sérénité des grands fleuves, traverseront les mornes plaines où le vent tient refuge et nous irons, de conquête en conquête, venger le genre humain.

Dès la première heure de son débarquement, l'envoyé du nouveau régime fit exhiber sur la place de Sartines l'instrument de la colère du peuple français. Le beau mot de « guillotine » se mit à fleurir sur nos lèvres et nous venions tour à tour, en bousculades un peu craintives, admirer le fil de sa lame qui brillait de mille feux. En charpentier émérite, Ignace salua l'agencement parfait des différents membres de celle que le peuple appellerait bientôt madame Guillot, l'arrondi sublime de l'emplacement où quantité d'aristocrates avaient été contraints de poser leur cou. Car madame Guillot était une vieille ribaude ! À Paris, elle avait tranché tant de têtes qu'on avait jugé qu'elle méritait un juste repos aux colonies. On l'avait lavée de propre, reclouée, vernissée et lorsqu'elle fut fin prête elle arbora si fière figure qu'une manière de regret s'empara de ceux qui disposaient de son usage. Victor Hugues aimait raconter leur amertume quand on la fit monter dans une charrette tirée par huit chevaux, entourée d'une garde rapprochée d'un demi-bataillon et qu'elle parcourut au pas les avenues où se pressaient des sans-culottes anxieux. Le peuple applaudissait la guillotine et pleurait son départ pour l'au-delà des mers. Le peuple se sentait soudain orphelin. Il en réclama une autre, puis plusieurs autres et Robespierre dut satisfaire ses désirs. Justice continuerait à passer La noblesse ne redresserait jamais plus la tête.

De grands bals populaires s'organisaient autour de madame Guillot à Pointe-à-Pitre, rebaptisée dans l'enthousiasme Port-la-Liberté. Nègres fraîchement libérés, mulâtres sortant de leur habituelle réserve, petits Blancs cocardiers et braillards, tout ce monde-là lui faisait fête mais elle demeurait silencieuse. Nous, Ignace, galonné et couvert de pansements, Ignace le Nègre-caraïbe à forte tête, nous virevoltions au bras de bougresses vêtues de robes bleu-blanc-rouge, ivres de tafia, impudiques, rieuses, iconoclastes. Car le Dieu chrétien lui-même avait été mis en accusation. Il lui était reproché d'avoir, là-bas, en Europe, maintenu le peuple dans les ténèbres de l'ignorance ; ici, en Guadeloupe, d'avoir légitimé l'institution de l'esclavage. Victor Hugues en personne avait donné le signal de l'insurrection contre la croix en annonçant un nouveau culte, celui de la Raison. Il avait fait fermer les églises, la plupart d'ailleurs désertées par leurs officiants qui avaient rejoint l'Anglais dans sa déroute ou qui se cachaient dans les cirques impénétrables des Grands-Fonds, au beau mitan de la Grande-Terre. Alors, Ignace, qui mécroyait en Jésus-Christ depuis toujours, s'en vint danser le quadrille et la Carmagnole dans la nef de la cathédrale en compagnie d'anciens esclaves domestiques qui s'étaient grimés en maîtres, perruque sur la tête et visage poudré. La bamboche dura etcétéra de jours et de nuits et même les mauvaises nouvelles — « La Martinique s'est rendue à l'Anglais ! » — n'entamèrent point l'allégresse générale.

Une créature féminine, qui semblait avoir perdu toute raison, venait nous injurier, nous accusant de gaspiller notre temps en futilités. Ses cheveux de mulâtresse formaient une sorte de paillasse sur sa tête altière parce qu'elle ne les coiffait jamais mais, inexplicablement, cela n'avait pour effet que de décupler la suavité qui émanait de sa personne. Elle nous força à regagner la place de la Victoire et à continuer le guillotinement des ennemis du peuple. Chaque fois qu'une tête roulait dans le panier placé à l'en-bas de madame Guillot, elle se précipitait pour emporter celui-ci, crachant au visage du supplicié et, parfois oublieuse de toute pudeur, remontait ses jupes avant de s'accroupir et d'uriner sur lui. Sa colère, qui semblait éternelle, nous étonna si fort qu'un jour nous voulûmes en savoir davantage sur elle.

« Mon nom est Solitude que cela vous plaise ou pas, citoyen ! Je n'ai point de parents et ne suis de nulle part en particulier. Seule m'anime la soif de justice ! »

Puis, nous, Ignace, nous nous lassâmes de tant d'agitation. Nous quittâmes la ville et repartîmes vers la plantation où, vingt années durant, nous avions ployé sous le joug. Les routes n'étaient qu'un vaste désordre : on charroyait tout ce que les grandes demeures des maîtres comportaient de meubles précieux, de lingerie fine, d'argenterie. Parfois, une charibaudée embrassait les confins du ciel et c'était le château de monsieur De Mazincourt qui partait en fumée ou bien les ateliers de monsieur Dupin de Maubert qui n'étaient plus qu'un amas de cendres. La campagne brûlait. Il était désormais presque impossible de distinguer la claireté du jour de la noirceur de la nuit. L'air embaumait d'étranges odeurs de sang frais et de roussi. Ignace marcha son compte de marcher, insensible aux avances de ceux qui trouvaient qu'un bras supplémentaire ne serait pas inutile pour continuer l'œuvre de destruction en cours. À part les cases-à-Nègres, rien ne devait rester debout. Rien, foutre !

Nous, Ignace, découvrîmes nos maîtres, apeurés, dans une écurie qu'on avait abandonnée parce que deux fois la foudre s'y était abattue. On la disait maudite et monsieur de Maupuis en avait fait bâtir une autre plus près de la maison. Il adorait monter à cheval et, du temps de sa splendeur, c'était plaisir de le voir galoper dans le lointain, silhouette fantasmagorique qui se détachait sur l'arête même des mornes.

« Notre maître est un sacré cavalier, oui ! » vantardisaient certains Nègres-maquereaux qui avaient peur de leur ombre et s'échinaient dans les champs de canne sans bailler à leurs reins une once de pauser.

Les Colin de Maupuis crurent qu'Ignace allait les massacrer sans délai. Alors le maître s'avança, le visage livide, et proposa sa vie contre la vie sauve pour les siens. Il parla d'une jarre remplie de pièces d'or que son grand-père avait fait enterrer au pied d'un jacquier centenaire. Il balbutia qu'il avait toujours été d'accord avec les principes de la Révolution et que la métropole, cette scélérate, devait cesser de pressurer les colonies ainsi que leurs habitants, de quelque couleur qu'ils fussent. Il gratifia Ignace du titre de « Mon frère » et voulut le presser sur sa poitrine. Il était pathétique. Ignace ne dit mot. Nous nous contentâmes de les ligoter un à un et bientôt une file de créatures déchaussées emprunta l'étroit chemin de pierres qui conduisait à la route coloniale. La blancheur de leurs pieds stupéfia Ignace. Nous nous rendîmes compte que nous n'avions jusque-là jamais vu des pieds de maîtres et les trouvâmes fragiles. Leurs figures et leurs mains étaient, à vrai dire, plutôt rougeaudes ou cuites par le soleil et leur vraie blancheur se cachait sous leurs habits et dans leurs souliers. Les filles du maître se lamentaient chaque fois qu'elles trébuchaient et leur père, le premier de la cohorte, suppliait Ignace de leur délier les mains.

« Ce sont des innocentes qui ne connaissent point le monde, plaidait-il. Où pourraient-elles s'escamper ? »

Nous, Ignace, introublé, avancions droit devant nous, la corde qui liait nos maîtres solidement tenue par nos deux poignets où se lisaient les marques rosâtres des fers. En effet, presque chaque mois, nous étions jeté au cachot de la plantation. Pour une insulte à la mère du commandeur. Pour un refus d'obéissance. Parce que le maître, fort de son bon vouloir, décidait de faire de nous un exemple quand il pressentait quelque mouvement d'humeur parmi ses Nègres. Jamais Ignace n'avait une seule fois demandé grâce et aujourd'hui nous détestions le maître et ses pleurnicheries. Était-ce bien là l'homme qui gouvernait du haut de son étalon l'Habitation de Maupuis ? Était-ce bien lui qui, à la seule vue de madame Guillot, fut pris de tremblade jusqu'aux cheveux et se débattit comme un marmouset à qui on s'apprêtait à flanquer une raclée ? Il demanda à parler au nouveau chef de la Colonie.

« Victor Hugues vous a déjà jugés, vous et vos semblables ! » fit Ignace.

Il voulut recevoir les derniers sacrements.

« L'enfer est prêt à vous recevoir, déclara Ignace, imperturbable. D'ailleurs, vos soutaniers ont pris leurs jambes à leur cou sans même emporter leurs calices ! »

Il quémanda qu'au moins l'on bandât les yeux de ses filles et de sa femme. Cela lui fut refusé. Il n'y avait pas de temps à perdre. Hugues, le conventionnel, avait été très clair : « Que tous ceux qui céans s'enorgueillissent de titres de noblesse et de noms à particule rejoignent dans la mort leurs pairs de France ! »

Bientôt, madame Guillot ne sut plus où donner de la tête en cette année 1792. Pas un jour de repos. Pas le temps, comme au tout début, de la nettoyer du sang des condamnés à l'aide de boquittes d'eau salée puisées dans la darse. Seuls les paniers qui recevaient la roulade des têtes étaient régulièrement changés. Ignace voulut officier lui-même à la place du bourreau autodésigné au grand dam de ce dernier, un sans-culotte enragé qui semblait se lever, se coucher et manger au pied de madame Guillot comme s'il s'agissait d'une amante vénérée.

« J'étais égorgeur de bestiaux au marché des Halles, goguenardait-il devant la foule amassée. Personne ici ne saurait m'apprendre mon travail, tonnerre du sort ! »

Son instrument, il ne l'appelait curieusement que « la montjoie » et récitait des vers tout en officiant, des vers qu'il disait provenir d'un certain François Villon et de sa *Ballade des pendus* :

La pluie vous a debuez et lavez
Et le soleil dessechez et noirciz.

Lorsque le couperet s'abattit sur la dernière nuque de la famille Colin de Maupuis, Ignace fut surpris du calme qui l'habitait. Nous avions espéré être transporté de joie, imaginé l'intense satisfaction que nous ressentirions à la vue de notre maître baignant dans son sang, décapité, mais nous n'éprouvions que le sentiment de la fatalité. Nos gestes ne nous appartenaient pas. Une force supérieure les guidait, qui provenait de nous ne savions où, mais qui nous interdisait toute allégresse intempestive. Ignace n'avait point guillotiné ses anciens maîtres : la Révolution l'avait utilisé pour continuer sa marche inexorable. Alors le Nègre-caraïbe, stupéfait, demeura planté des heures durant devant l'effrayante machine qui, sur la place de Sartines, abrégeait l'existence de dizaines et de dizaines de Blancs créoles. Et pour de bon, quel spectacle cela faisait de voir un Blanc sans-culotte trancher, sans faillir, la tête d'un Blanc colonial sous les acclamations d'une grappe de Nègres en délire !

Encore sous le coup de l'abasourdissement, Ignace regagna le camp des Abymes où on nous fit sergent-major. Nous ne tardâmes pas à nous lier d'amicalité avec un certain François Aubin, natif de Rennes, qui arborait les mêmes épaulettes. Ce bougre-là avait créé une société de pensée à Port-la-Liberté qui avait pour nom Club de la Raison universelle, où tout un chacun pouvait venir discuter de philosophie car, répétait-il à Ignace, c'est désormais cette dernière qui gouvernerait le monde. Le temps de l'arbitraire et des superstitions religieuses était caduc. Chaque soir, Ignace lui emboîtait le pas et nous nous cheminions jusqu'à la ville, pourtant distante de six lieues, Aubin refusant que nous prenions nos chevaux.

« Le peuple va à pied, Ignace. Un jour viendra où tous pourront bénéficier d'une monture, mais pour l'heure la lutte ne fait que commencer. »

Le siège du Club de la Raison universelle se trouvait près des entrepôts qui séparaient la place de la Victoire du port de marchandises, dans une sorte de case abandonnée qui avait dû être autrefois un atelier de tailleur. Des pans de grosse toile jonchaient le sol et sur les cloisons on discernait des croquis un peu défraîchis de pantalons bouffants et de robes de mariée. À leur arrivée, tout un lot de bougres grandiloquents s'exerçait déjà à l'art de la parole. Des Nègres portant encore la trace du fouet sur le dos ou les bras s'écriaient :

« Frères et citoyens, la Révolution ne doit pas dormir. La Révolution ne dort jamais. Pas une seule seconde, pas une seule minute. L'ennemi veille car il croit sa défaite provisoire. Toute la Guadeloupe n'est pas encore libérée. À Vieux-Habitants, à Deshaies et même au Moule, il y a encore des Grands Blancs qui refusent de se plier à l'ordre nouveau ou qui, feignant de s'y soumettre, inventent de nouvelles formes de tyrannie. Frères, formons des colonnes de la liberté qui sillonneront les mornes de notre pays d'est en ouest, qui traqueront au nord et au sud ce qu'il reste d'adeptes de la fleur de lys ! »

Des mulâtres à la vêture soignée faisaient circuler des libelles. Libelle pour l'égalité des droits devant l'impôt. Libelle pour l'abolition définitive de la censure. Libelle pour la défense et illustration de la libre-pensée. Des petits Blancs, en proie le plus souvent à une saoulaison sans rime ni raison, applaudissaient à tout rompre, ponctuant leurs gestes de beuglements où l'on distinguait vaguement le mot « Révolution ».

Mais la plus virulente, la plus furibonde était cette Solitude, la mulâtresse qu'Ignace avait croisée chaque jour, telle une sentinelle inébranlable, au pied de la guillotine. Sa belleté, qui faisait honte au soleil lui-même, n'était pas pour rien dans l'espèce d'emprise qu'elle exerçait sur nos esprits. Elle terrifiait les Blancs qui avaient épousé notre cause car elle n'avait cesse de les vouer aux gémonies.

« Vous êtes la lie de l'humanité ! Vous êtes la honte de Dieu ! Là-bas, en Guinée, où les vôtres ont capturé ma mère, vous n'avez laissé que cendres et pleurs infinis. Sur le bateau négrier où vous l'avez embarquée de force, vos marins se sont complu à l'humilier, la dénudant pour la violenter à tour de rôle jusqu'à ce que son sexe ne soit plus qu'une plaie rougeâtre et purulente. Et ce n'en était pas fini de ses souffrances ! Dans la plantation où elle fut, vingt-cinq années durant, enchaînée comme esclave, elle n'a connu que l'ignominie, et moi, elle a refusé de me nommer. Elle a rejeté ce fruit infâme de ses entrailles parce que seuls des démons aux yeux bleus l'y avaient introduit. Je n'ai donc jamais su comment m'appeler. Autour de moi, on a toujours dit "elle" ou alors "la mulâtresse" et quand j'ai marronné, bien avant que les envoyés de la Convention ne viennent apporter en Guadeloupe l'acte d'abolition, j'ai pu enfin m'appartenir en propre et exiger de chacun qu'il m'appelle désormais Solitude. Viendra un temps où nous chasserons tous les Blancs de ce pays et où notre nation se gouvernera selon ses propres lois ! »

Nous étions fascinés par ses harangues qui nous laissaient sans voix. Sa peau, couleur de café mêlé à du lait, jurait pourtant, à cause de l'extrême douceur qui en émanait, avec l'inflexible de ses propos. Dans son regard, jamais nous ne lûmes la moindre lueur d'attendrissement, même lorsqu'elle nous permettait de profiter de son corps. Nous et tous les autres Nègres qui le voulaient car, affirmait-elle, « Je suis votre mère, votre sœur, votre amante, je suis tout cela à la fois. Si venir vous ressourcer en ma chair vous aide à garder la tête haute et à affronter l'ennemi, n'hésitez point à me saisir par la taille ! »

Yé-é-é Krik !

*

L'entrée de l'immeuble de la rue Britmer était d'une propreté rarissime pour le quartier et une forte odeur de Crésyl s'en dégageait. On devinait que la logeuse de l'Historien tenait à la réputation de son établissement au fronton duquel une enseigne plutôt modeste indiquait MEUBLÉS À LOUER AU MOIS, PRIX ABORDABLE. À l'instant où Amédée s'apprêtait à sonner, une fenêtre s'ouvrit brusquement au premier étage et une hétaïre fit son apparition, vêtue d'une nuisette extravagante de style Empire, coiffée de bigoudis multicolores qui lui torsadaient les cheveux, un fume-cigarette au bec.

« Man Régina n'est pas là. Vous cherchez qui ?... Ah, c'est vous ? Mais vous ne connaissez pas la nouvelle ! Votre ami a... il a fait une congestion ce matin, oui... »

Amédée demeura planté sur le trottoir, bouche bée. Il fixait avec stupeur Safia, Syrienne en rupture de ban avec sa communauté qui vivait de ses charmes et de quelques danses du ventre dans un casino huppé.

« On l'a transporté à l'Hôpital Colonial... », ajouta-t-elle.

En six-quatre-deux, Amédée se mit à traverser les Terres-Sainvilles au pas de course. Il ne répondit pas au « Bonjour ! » que lui lancèrent Chine et la pacotilleuse Sidonise Vincent, dont les établissements se faisaient face à la rue Britmer. Il ignora le « Hello ! » sonore de Jojo Coiffeur, le meilleur artiste capillaire de l'En-Ville, selon un titre qu'il s'était octroyé. Une congestion ! Ce mal terrible, il le savait, tuait à tour de bras dès la cinquantaine venue ou vous laissait paralysé à vie. Deux de ses oncles en avaient été frappés. Amédée grimpa le chemin de croix du Morne Calvaire, se surprenant à marmonner des bribes de prier-Dieu chrétiens. Deux vieilles, qui lisaient leur missel à haute voix, en avançant d'un pas pénible d'une station à l'autre, le regardèrent comme si elles avaient eu affaire à quelque zombie égaré au beau mitan du jour.

À l'Hôpital Colonial, on ne fit, contrairement à une habitude que rien ne motivait, aucune difficulté pour que le jeune homme pénètre dans la chambre de son ami. L'Historien esquissa un pâle sourire. Il avait des traces de saignée aux deux bras ainsi qu'un sac de glaçons posé sur le front. La chambre, mal éclairée, puait le médicament.

« Fichu ! » s'exclama l'Historien.

Puis il éclata de rire devant le blêmissement subit d'Amédée. Il lui serra la main avec deux doigts, l'index et le majeur, les autres semblant paralysés.

« Je ne parle pas de mon état de santé, mon petit monsieur. Ha-Ha-Ha !... j'ai survécu à bien pire que ça. Non-non, je te livre mon jugement sur tes cahiers, enfin, ton roman, je veux dire... comment pourrait-on le qualifier ?... ah ! ton roman historique... historique, ça te va ? Enfin, ton ébauche de roman plutôt. À balancer à la poubelle ! »

Une sueur mauvaise perla au front d'Amédée. L'Historien plaisantait-il ou pas ? Impossible de le savoir. Les feuillets étaient étalés sur le rebord du lit dans un grand désordre, certains comme rageusement froissés. Une infirmière entre deux âges entra et, sans mot dire, se mit à vider le pot de chambre à moitié plein qui trônait au pied du lit du malade.

« Hé, gamin, elle ressemble pas à ton Ida, celle-là, des fois ? Ha-Ha-Ha ! » s'esclaffa l'Historien.

L'infirmière leur fit de gros yeux réprobateurs et

tourna les talons en bousculant légèrement un Amédée statufié. Il eut l'envie de s'emparer de ses feuillets et de s'escamper loin de cette chambre où son vieil ami semblait se rire de tout. Lui qu'il avait toujours connu simplement caustique, voilà qu'il virait au cynisme.

« Bon ! Abordons les choses sérieuses, fit ce dernier, se redressant sur ses coudes. Si tu comptes nous faire de l'Alexandre Dumas ou du Tolstoï, à mon très humble avis, tu perds ton temps. Ton Delgrès n'a aucune épaisseur. On n'a que faire de son enfance ! Ce qu'on attend, c'est de te voir le planter de plain-pied dans la fureur révolutionnaire, c'est de mesurer l'agitation qui a saisi les esprits à l'époque, leurs rêves fous, leurs errements aussi... Mais dis quelque chose, tonnerre de Dieu ! Tu es debout là comme un grand pain. Je te fais peur ou quoi ? »

La gorge d'Amédée s'était complètement asséchée. Un léger tressautement, qu'il tentait en vain de dissimuler, agitait ses membres.

« L'Histoire... l'Histoire ne fait pas souvent bon ménage avec la littérature, lui fit, d'une voix plus neutre, son vieil ami. Du moins tant que cette dernière se laisse dominer par les faits historiques. Tu es trop prisonnier des quelques textes que tu as consultés à la bibliothèque Schoelcher. Cela se sent... À cause de ça, ton imagination est bridée, tes personnages ressemblent à des figurines et non à des êtres de chair et de sang. Au lieu de donner au lecteur l'illusion d'être des personnages de chair et de sang, je veux dire. Car c'est bien à cela que sert la littérature, en particulier le roman, à nous donner le sentiment de vivre ou de revivre une époque de l'intérieur. Pas de l'extérieur comme le font les manuels historiques. Tu me comprends ?

— Oui..., répondit Amédée, toujours figé.

— Ton Delgrès n'est qu'un petit soldat de plomb, merde ! Quant à ton Ignace, on jurerait un Spartacus d'opérette. Mais prends donc une chaise ! Tu me fatigues à rester debout là comme un spectre. C'est moi le malade ou toi ? »

Un employé de l'hôpital frappa à la porte et, sans attendre de réponse, déposa un plateau en fer-blanc contenant un bol de soupe sur la petite table où Amédée remarqua une Bible tout en reliure et en dorure.

« C'est pour la poésie qu'elle contient, s'empressa de déclarer l'Historien, soudain moins enjoué, pas pour les billevesées métaphysiques ! Amédée, écoute-moi, tu as deux solutions : ou bien tu quittes l'Histoire officielle et tu fais de ton Delgrès un mythe ou bien, pardonne-moi de revenir à mon dada, tu écris l'histoire de ton père ou de ta famille. Au fond, Delgrès est une exception, certes brillante, certes admirable, dans la tragédie que nous vivons depuis trois siècles. Ton père, par contre, est représentatif de dizaines, de centaines de Martiniquais qui ont vécu avant lui, qui vivent avec lui au présent et qui, je n'ai guère de doute là-dessus, continueront à peupler cette île demain. Pourquoi évoquer l'exception avant de portraiturer le commun des mortels ? Cela ne me semble pas très logique. Bon-bon, à la rigueur, tu pourrais tenter une tragédie autour du personnage de Delgrès. Pas dans le style de Corneille, ça ferait rire tout le monde. Quelque chose dans le style grec antique peut-être, encore que même là, hon !... Mais toi-même, tu avoues n'être doué ni pour le théâtre ni pour la poésie, n'est-ce pas ?... »

Accablé, Amédée rassembla un à un ses feuillets. Dans la cour de l'hôpital, deux aides-soignants racontaient à voix haute une blague salace.

« *Ou konnèt Chin, boug la ki ni boutik-la Tè-Senvil ? Misyé sé an chyen-fanm, i ni fanm toupatou. Enben, fidjiré'w ki lôt jou a, yonn di sé madanm déwô'y la vréyé gason'y pwan konmisyon lakay Chin épi an karné mé karné a té za foulbak. Alô ou sav sa Chin réponn timanmay la ? I di'y kon sa : "Di manman'w lè Chin bandé, tjè'y môl-môl-môl mé lè Chin jwi, tjè'y di-di-di." Ha-Ha-Ha !* » (Tu connais Chine, le type qui a une épicerie à Terres-Sainvilles ? Un sacré coureur de jupons, il a des maîtresses partout. Eh bien, l'autre jour, l'une d'elles a envoyé son fils prendre des courses chez lui avec un carnet de crédit qui était déjà rempli d'achats. Tu sais ce que Chine a répondu à l'enfant ? « Dis à ta mère que lorsque Chine est bandé, il a le cœur mou-mou-mou mais une fois que Chine a joui, il a le cœur dur-dur-dur. » Ha-Ha-Ha !)

L'Historien fut secoué d'une quinte de rires qui dérida à son tour Amédée. Une impulsion subite le poussa à se lever et à poser un baiser presque filial sur la joue de son ami.

« Merci d'être venu ! » fit-il.

L'Historien l'assura qu'il sortirait dans peu de temps et lui demanda de ne plus lui rendre visite.

« Et puis, zut ! Si tu veux écrire l'épopée de Delgrès, vas-y, mon vieux ! Toutes mes critiques n'avaient pour but que de t'inquiéter. Dans ton écriture, on sent trop de certitude, d'autorité même parfois. Ce n'est pas toujours bon pour un écrivain débutant. Le lecteur doit pouvoir sentir à travers chacun de tes mots tous les risques que tu prends. Écrire, c'est se risquer. Rien d'autre. Allez, retire tes pieds d'ici, gamin ! »

CAHIER DELGRÈS

> « C'est avec les sujets de l'Afrique que nous cultivons l'Amérique, et c'est avec les richesses de l'Amérique que nous trafiquons en Asie. L'univers n'offrit jamais tel spectacle. L'Europe surtout est parvenue à un si haut degré de puissance que l'histoire n'a rien à lui comparer : le nombre des capitales, la fréquence et la célérité des expéditions, les communications publiques et particulières, en ont fait une immense République... »
>
> Rivarol,
> *Discours sur l'universalité de la langue française*,
> 1784

J'attends chaque nouveau jour avec fièvre et passion. Dans Paris, je ne me désespère plus de la grisaille des jours de ventôse, je ne sens plus le froid me pénétrer les os et la fente de mes doigts n'a plus besoin d'être réchauffée. Le peuple des sans-culottes, enflammé, fraternel, ne cesse de proférer des déclarations à l'univers. Ce n'est point la seule France qui virera de bord mais toutes les nations d'Europe et du monde. On annonce la fin des rois d'Angleterre et d'Allemagne. On somme le tsar d'abolir le knout et le servage. Et il n'est même pas question d'épargner l'empereur de Chine et ses comparses d'Afrique. La liberté-l'égalité-la fraternité seront pour la terre entière ou ne seront pas.

Moi, Louis Delgrès, en uniforme de lieutenant, je suis porté en triomphe lorsque, profitant d'une permission, je m'autorise à vagabonder sur les quais de la Seine. Sabre au clair, citoyen-mulâtre ! L'esclavage doit être supprimé dans nos colonies. Les seigneurs du sucre doivent être pendus haut et court si, là-bas, vous ne disposez pas encore de guillotine. Nous ne voulons plus goûter de ce produit qui est souillé du sang de tes frères depuis tant et tellement de temps. Viens danser, citoyen-mulâtre ! Prends le bras de nos femmes dans les bals populaires et enseigne-nous des pas inconnus qui nous feront sentir la chaleur de vos nuits ! Nous sommes désormais parvenus à l'an 1 de l'humanité. Avant, tout n'était que ténèbres, obscurantisme, cruauté gratuite et injustice. Chante, ô chante, cette *Marseillaise* qui enfle nos cœurs d'allégresse !

On m'invite, s'arrachant presque ma personne, pour partager le pain de seigle et la soupe aux choux. On m'embrasse, me congratule. Et lorsqu'on apprend que j'ai passé huit mois de captivité dans les geôles de l'Anglais, dans cette froide et per fide Albion où le peuple est considéré comme de la lie, on se tient au garde-à-vous. Respect sur ta tête et sur tes galons, homme d'Amérique ! Alors on me presse de parler, de raconter l'horreur des chaînes et des fers, les tortures quotidiennes, le crachat au visage et la négation de l'humanité. On s'indigne, on jure de s'enrôler dans les troupes qui embarqueront au Havre ou à Bordeaux pour aller combattre l'infamie de l'autre côté de la mer Atlantique.

J'avoue ne pas bien comprendre ce tourbillon qui m'emporte dès que je franchis le seuil de ma garnison. Une fois en calèche ou en diligence, je n'ai même pas à indiquer ma route : elle m'est toute tracée. Ce sera le Champ-de-Mars, où des tribuns, cheveux dans le vent, les yeux habités par l'amour du genre humain, vont se succéder, délivrant des discours d'une grandeur inouïe. Ce sera la place de Grève, où Robespierre ou Danton viendront inaugurer un Arbre de la Liberté. Ce sera, à Notre-Dame, une impressionnante cathédrale rebaptisée Temple de la Raison, pour y entendre les harangues de citoyens anonymes venus des quatre coins de la France apporter leur soutien à la Révolution.

Bien que j'eusse souffert du froid dans la geôle, je devais admettre que les Anglais m'avaient plutôt bien traité. Ou du moins m'avaient traité avec autant de correction que l'on pouvait en accorder à un prisonnier qui avait rang d'officier. Ainsi n'avaient-ils fait aucune différence entre les autres Français et moi, n'avaient pas émis la moindre remarque désobligeante ni le plus petit propos à teinture raciale. Simplement revenait dans la bouche de mes gardiens cette injure, *Goddam Frenchie!*, somme toute naturelle en pareille circonstance. D'ailleurs mon courrier — les lettres pleines de tendresse rageuse que m'envoyait Marthe Rose — m'était remis dans un délai raisonnable et n'était point censuré. Une seule fois, un gros trait à l'encre de Chine avait barré deux phrases au mitan d'une missive qui évoquait, à mots pourtant couverts, les déroutes successives de la flotte anglaise face à la guerre de course menée par un certain Victor Hugues au large de la Guadeloupe.

Mais, à Paris, l'euphorie des premiers jours finit par s'estomper. Bientôt, on ne fit même plus cas de ma personne. Les regards étaient devenus fuyants, parfois hostiles. Je mesurais donc, dans cet estaminet du sud de la capitale, non loin de la caserne où j'avais été provisoirement affecté, à quel point les Français pouvaient se montrer rudes à l'endroit d'un homme de couleur. D'abord, la serveuse ne s'enquit pas de ce que je désirais lorsque je me fus assis à un coin de table déjà occupé par deux gaillards à moitié gris. Elle portait avec célérité des chopes de bière ou des cruchons de vin à tous ceux qui levaient la main dans sa direction, en braillant : « Buvons à la santé de la République, citoyens ! »

Je me déchaussai un peu, mes pieds ayant perdu l'habitude d'être enserrés de la sorte. Je jetai un regard à l'aubergiste, qui me toisa et feignit lui aussi de ne s'être point aperçu de ma présence. J'avais grand soif. La chaleur de l'été parisien me surprenait fort, chaleur beaucoup plus accablante que dans les îles, qui vous coupait presque le souffle quand vous pressiez le pas.

« Va donc voir c'qui veut, c'Nègre ! » finit par lancer l'aubergiste à la serveuse en continuant à rincer ses chopes derrière le comptoir.

Quelques clients levèrent alors la tête et me cherchèrent. L'un d'entre eux, sans doute boucher de son état car il se vantait depuis un moment d'assommer un bœuf d'un seul coup de poing, s'approcha presque à frotter son visage contre le mien et déclara, sincèrement surpris :

« Mais, ils z'ont pas mauvaise odeur, ces zouaves-là ! Je sens fichtre rien, moi. C'est-y qu'on nous aurait raconté des balourdises là-dessus, hein ?

— Ç'ui-là vient p't-être de s'laver, fit quelqu'un en rigolant.

— Hé, mais dis-moi, mon brave, continua le boucher, t'es capitaine, toi ? Salut, mon cap'taine ! Je peux faire quèque chose pour toi ? Des fois que tu voudrais une ribaude… Y en a grande foison qui battent le pavé juste dans la rue d'à côté. Ha-Ha-Ha!... Tu préfères une partie de cartes, cap'taine? J't'avertis, moi, je n'ouvre le jeu que sur de grosses mises.»

J'étouffai en moi un profond sentiment d'humiliation. Sous la table, ma main droite tremblota sur la paume de mon épée mais je parvins à garder bonne contenance et commandai un pot de vin rouge à la serveuse qui s'était plantée devant moi sans mot dire, l'air buté.

«Du rouge? Quel rouge? Y a rouge et rouge! grommela-t-elle.

— N'importe!» lâchai-je.

Je demeurai deux bonnes heures figé sur mon banc, incapable de soulever le cruchon de vin, n'entendant même plus le vacarme qui régnait dans la gargote où des groupes de sans-culottes entonnaient à intervalles réguliers des hymnes révolutionnaires. Lorsque enfin, je me décidai à partir, une main ferme se posa sur mon épaule, une main velue aux doigts ridiculement boudinés. L'homme, vêtu d'une redingote bleu foncé, ne me laissa pas le temps de payer. Il fit rouler deux écus sur la table et, d'une voix claironnante, lança aux clients :

«Tous les hommes naissent libres et égaux en droit!»

Dehors, le pavé était glissant à cause des barriques d'eau qu'y déversaient les nettoyeurs de rue. Des calèches se frayaient à grand-peine un passage à travers une foule qui semblait affairée mais qui arborait le sourire.

« Je viens de la part du citoyen Condorcet, fit l'homme à la redingote.

— Qui donc ? » demandai-je, de plus en plus surpris.

L'homme grogna quelque chose et m'entraîna en direction du jardin des Tuileries. Des roulements de tambour faisaient frissonner les frondaisons des grands arbres où voletaient des oiseaux inconnus de moi. J'eus la soudaine sensation que ce monde-là n'était pas le mien. L'air qu'on y respirait n'avait pas la même touffeur qu'aux Antilles bien qu'il fît très chaud. La sensation étrange de me trouver là, à côté de cet homme inconnu, dans une ville inconnue, aux portes d'un jardin à la végétation insolite où se déroulait une cérémonie insolite. En effet, une colonne de grenadiers en habits chamarrés défilait devant une sorte de trou autour duquel quelques hommes portant perruque et ceints de l'écharpe tricolore attendaient au garde-à-vous. Par-delà les grilles des Tuileries, une meute de gens du peuple hirsutes, en grande agitation, était contenue avec difficulté par des gardes républicains.

« Le citoyen Condorcet veut entendre votre témoignage…, finit par dire l'homme à la redingote.

— Mon témoignage ?

— N'êtes-vous point natif de la Guadeloupe ?

— De la Martinique… mais la Guadeloupe, c'est du pareil au même.

— Ben nous y voilà ! Le Club des Amis des Noirs a besoin de renseignements directs sur l'ignominie esclavagiste, citoyen Delgrès, et nous avons pensé que dans tout Paris vous étiez la personne la mieux indiquée pour nous les fournir. »

Soudain un silence s'imposa tant aux soldats qu'à la foule. Un silence qui m'interloqua à nouveau car il n'était pas, comme aux isles, ponctué de crissements d'insectes ou du chahut du vent. Un silence parfait, irréel. Total comme la mort. L'un des officiels à perruque s'avança, solennel, au bord du trou, une pelle à la main tandis qu'un gamin que sa petite taille avait dissimulé à ma vue lui tendait un plant d'arbre aux feuilles vernissées. L'homme à la redingote me tira par la manche :

« Pressons le pas, citoyen Delgrès ! Tout ceci est pure comédie… »

J'étais à nouveau stupéfait par la saleté de Paris. Partout ce n'étaient que crottins de chevaux, selles abandonnées, meubles hors d'usage et détritus. Des pourceaux et des lapins divaguaient dans les rues sans provoquer l'étonnement de quiconque. Les tombereaux, qui filaient à grand ballant dans une sorte de ronde perpétuelle, en renversaient parfois certains, chose qui provoquait de brusques cohues d'où fusaient jurons et braillements. Mais c'étaient les odeurs qui m'incommodaient le plus. Des odeurs rances, fétides, âcres, qui semblaient imprégner les auvents des maisons, auvents si grands qu'ils rognaient sur la chaussée déjà étroite et sinueuse. Qui semblait monter aussi depuis les dalots et les endroits qui s'étaient dépavés, véritables fondrières où l'on risquait de se briser la jambe.

« Le peuple a encore grand besoin d'être éduqué en matière de salubrité publique, fit l'homme à la redingote, constatant que je troussais les narines. La plupart des maisons disposent d'une fosse à retrait où chaque citoyen est censé déverser ses immondices mais, à l'évidence, rares sont ceux qui respectent cette consigne. »

Ce qui ne cessait jamais de m'étonner, c'était la quantité inumérable de Négrillons qui faisaient office de domestiques à des dames de la bonne société. Celles-ci, toujours en grand équipage, en avaient un pour tenir à bout de bras leur ombrelle, un autre pour porter leurs effets et enfin un troisième pour leur ouvrir le passage dans la foule ; quand il n'y avait pas un quatrième pour leur faire la conversation ou les distraire en faisant des pitreries qui amusaient aussi les badauds. Ils avaient l'air de petits singes guillerets.

Avant d'atteindre la rive gauche de la Seine, l'homme me fit admirer les six ponts qui enjambaient le fleuve. Je m'étonnai qu'ils fussent encombrés de maisons, tous hormis le Pont-Neuf, que nous empruntâmes. Nous atteignîmes bientôt le seuil d'une bâtisse en pierre de taille à trois étages dont la porte cloutée était gardée par un laquais muni d'un gourdin. Ce dernier, reconnaissant l'homme à la redingote, s'inclina avec déférence :

« Citoyen Grégoire, vous êtes déjà attendu... », fit-il en ouvrant l'un des battants de la porte.

Dans un salon plutôt cossu, trois hommes nous attendaient en fumant et en discutant avec vivacité. On me présenta au citoyen Condorcet, éminent juriste, puis à Saint-Just, un homme sec, au regard fiévreux, et au dernier, dont je ne compris pas le nom mais qui garda longuement ma main dans la sienne. On m'offrit un verre d'absinthe que je refusai et du tabac à chiquer que j'acceptai par politesse.

« Nous allons enfin pouvoir trancher notre différend, fit le citoyen Condorcet en m'examinant avec curiosité. Figurez-vous, citoyen Delgrès, que nous ne sommes pas du tout d'accord sur les modalités et les conditions de la suppression de cette ignoble institution qu'est l'esclavage… Vous suivez ma pensée ? Est-ce que notre langue française vous pose des problèmes, je veux dire ?

— Aucunement…

— Pardonnez-moi ! Je ne suis pas très au fait des conditions d'existence de vous autres, les hommes de couleur libres. Vous permet-on l'accès à quelque éducation ? »

L'abbé Grégoire semblait énervé. Il s'agitait sur son siège en se tapotant la cuisse.

« Bien sûr que non ! Mais beaucoup d'hommes de couleur libres ont désormais les moyens de se payer des précepteurs et le citoyen Delgrès parle le français aussi bien que moi. Venons-en plutôt au fait, citoyen Condorcet ! »

Soudain, le citoyen Saint-Just se leva et se mit à

arpenter la pièce comme un ours en cage. Ses yeux jetaient des sortes de flammes qui vous clouaient sur place. Je remarquai que ses compagnons lui témoignaient le plus vif respect.

« Citoyen Delgrès, dites-leur bien les raisons pour lesquelles il est impératif, je dis bien im-pé-ra-tif ! d'abolir sans délai l'esclavage ! s'écria-t-il en s'arrêtant à ma hauteur.

— Allons-allons, fit Condorcet. N'allons pas si vite en besogne ! Il importe que notre invité entende nos deux thèses et choisisse en toute connaissance de cause. La mienne soutient, citoyen Delgrès, qu'il convient de ne libérer les esclaves qu'à partir de l'âge de trente-cinq ans car...

— Ha-Ha-Ha ! Mais les trois quarts d'entre eux seront morts et enterrés avant d'atteindre cet âge-là ! fulmina Saint-Just. Ceci n'est guère sérieux !

— Saint-Just a raison, intervint l'abbé Grégoire. On ne vit pas longtemps aux colonies et les Nègres encore moins que les autres. »

J'éprouvai le même sentiment d'étrangeté et de solitude que sur le Champ-de-Mars quelques instants plus tôt. Ils sollicitaient mon avis mais ne me donnaient pas le temps de répondre et avaient l'air de prendre un extrême plaisir à cette joute intellectuelle dans laquelle les souffrances réelles des Nègres, leurs peurs, leur désespoir, leur rage n'entraient pour aucune part. Mais je me repris aussitôt : ces hommes-là n'avaient jamais vécu un seul jour sur une plantation de canne à sucre et cet esclavage dont ils débattaient ne pouvait être, en fait, qu'une abstraction pour eux.

« Vous oubliez, citoyen Saint-Just, reprit Condorcet, que l'esclave n'est qu'un meuble ! Il n'a même pas le statut de l'animal et, à force de vivre dans cet état, il a progressivement perdu les notions les plus élémentaires de la dignité humaine et, à plus forte raison, du libre arbitre. C'est pourquoi il me paraît plus judicieux d'envisager une assez longue période d'apprentissage au cours de laquelle l'esclave sortirait du néant dans lequel il est plongé, de la promiscuité et de l'immoralité dans lesquelles on l'a contraint à croupir pour, pas à pas, accéder à la pleine et entière jouissance de sa qualité d'être humain.

— Croyez-vous, s'indigna Saint-Just, qu'un seul instant un esclave ait jamais cru qu'il était réellement un meuble ou une bête de somme ? L'étincelle d'humanité qui luit en chacun d'entre nous ne saurait s'éteindre quel que soit l'état d'abaissement dans lequel des circonstances particulières ont pu nous plonger. Abolissons derechef cette injure permanente à nos idéaux ! »

L'homme dont je n'avais pas saisi le nom — Clermont-Tonnerre ou Fiermont-Tonnerre, je ne sais pas — se mit à vider les cendres de sa pipe en bois sculpté. Il se tourna vers moi et dit :

« Nous voici rassemblés pour entendre l'opinion d'un homme de couleur et voilà qu'il se tient coi ! Citoyen Delgrès, quelle est donc votre position en la matière ? »

J'étais paralysé de me retrouver face à de si brillants esprits et cherchais désespérément mes mots. L'abbé Grégoire m'encouragea du regard.

« Je… je suis d'avis que l'institution… l'institution de l'esclavage nécessite d'être abrogée sur-le-champ, mais je reconnais également que cela entraînera… entraînera nombre de difficultés. La première est que la famille est quelque chose d'inconnu pour l'esclave parce que…

— Nous y voilà ! Nous y voilà ! exulta Condorcet. Rappelez-vous, citoyen Saint-Just, que je ne suis point adepte de la tergiversation ! Ce qui me préoccupe est la simple question suivante : ces hommes sont-ils dignes qu'on leur confie le soin de leur bonheur et du gouvernement de leurs familles ? Le sont-ils ? »

L'abbé Grégoire se mit à causer en aparté avec le troisième homme tandis que Saint-Just, faisant mine de n'avoir rien entendu, regardait par la fenêtre, à travers les rideaux.

« Vous oubliez, explosa-t-il à nouveau, ce que vous écriviez il y a peu, citoyen Condorcet. Permettez que je vous cite puisque à l'évidence vous semblez posséder un sens inné de la formule : l'intérêt de puissance et de richesse d'une nation doit disparaître devant le droit d'un seul homme ; autrement, il n'y a plus de différence entre une société réglée et une horde de voleurs. »

La discussion continua pendant plus de deux heures, tantôt violente tantôt lyrique, sans qu'il me soit redemandé mon avis. L'abbé Grégoire fit remarquer que les cochers cessaient le travail sur les neuf heures du soir au début de l'été et qu'il me faudrait me hâter de regagner mon casernement avant qu'il ne fasse nuit noire. Tous me firent une accolade fraternelle et au moment de m'ouvrir la porte Condorcet, posant la main sur mon épaule, me déclara :

« Partez rassuré, citoyen Delgrès ! Que ce soit par étapes ou de façon immédiate, je vous promets que nous ferons tout pour abolir cette odieuse institution. »

Saint-Just tint à m'embrasser.

CINQUIÈME CERCLE

« Quelle terre que cette Afrique ! L'Asie a son histoire. L'Amérique a son histoire, l'Australie elle-même a son histoire qui date de son commencement dans la mémoire humaine ; l'Afrique n'a pas d'histoire. »

Victor Hugo,
Discours à la gloire de l'abolition de l'esclavage,
18 mai 1879

Maître Mauville jubilait depuis qu'une décision du conseil municipal de Fort-de-France, adoptée à l'unanimité, lui avait conféré l'insigne honneur de rédiger le discours d'inauguration de la statue du comte Beslain d'Esnambuc, découvreur de l'isle de la Martinique en l'an 1635. Il espérait en secret que, le moment venu, Victor Sévère, le premier édile, se déchargerait sur sa personne de ce qu'il considérait, à n'en point douter, comme une corvée. Alors Maximilien Mauville savait que là, devant la foule assemblée au Bord de Mer, il donnerait l'exacte mesure de son talent oratoire, les intonations chaudes de sa voix lui ayant été de tout temps un véritable atout. Irma, son épouse, Clémence Belfond, sa maîtresse, et quantité d'autres femmes de passage n'avaient pas su y résister et même avec la gent masculine, quand il avait à négocier quelque acte notarié délicat, il lui arrivait, en dernière instance, de faire jouer l'émotionnante force de conviction que contenait sa voix. En secret, il se comparait à l'abolitionniste Victor Schoelcher, dont il relisait souvent les discours. Il n'y avait guère que son fils aîné Amédée pour y être insensible. Mais le bougre n'était-il pas indifférent à tout ? À son avenir professionnel, à sa tenue vestimentaire, à ses fréquentations, toutes concentrées dans ce quartier pouilleux des Terres-Sainvilles. Ne s'adonnait-il pas, ces derniers temps, à de suspectes lectures ? Il avait surpris entre les mains de la petite servante coulie un livre que celle-ci tentait de ranger dans sa bibliothèque, parmi ses beaux livres de droit à reliure dorée, le *Manifeste du Parti communiste*. Ouvrage officieusement interdit à la vente dans la Colonie et que son fils s'était sans doute vu offrir par ce « moscoutaire » qu'Amédée se complaisait à désigner avec déférence comme l'Historien. Maximilien avait fort bien connu ce dernier au tout début des années 20. Il appartenait à cette petite bourgeoisie noire qui avait réussi à faire oublier sa couleur grâce à un effort immense pour se débarrasser des manières grosso-modo de sa race et de ce gros créole vulgaire qui était une insulte permanente aux oreilles de tout honnête homme. Et surtout ces gens-là passaient devant l'Église pour se marier, refusant le concubinage à vie si coutumièrement pratiqué par la négraille. L'une de ces familles s'était même fait une spécialité de la musique classique et, un temps, Amédée, vers l'âge de huit ou neuf ans, avait été l'élève d'une dame qui enseignait le piano à tout ce que Foyal comptait de gens de bien. Évidemment, le gamin rebelle n'avait pas tenu très longtemps !

Pourquoi l'Historien avait-il brusquement changé d'existence ? Maximilien Mauville n'avait pu recueillir que des bribes de ce petit événement car il s'était produit l'année même — 1922 — où il s'en était allé passer six mois à Paris avec Irma pour faire plaisir à cette dernière, laquelle commençait à se morfondre sérieusement des attentions que le notaire portait à Clémence Belfond. À son retour en Marti nique, l'affaire avait déjà cessé d'être le centre d'intérêt du Cercle martiniquais, simplement au détour d'une conversation, quelque joueur de poker, désabusé, lançait-il : « Je crois que je vais faire comme Untel. Je vais tout laisser tomber. Femme, enfants, maison, emploi, et je vais vivre ma vie, tonnerre de Dieu ! » Tout le monde évoquait l'Historien comme étant Untel, un peu comme s'il était devenu un pestiféré et, final de compte, Maximilien Mauville n'avait jamais pu savoir si sa décision brutale relevait d'un chagrin d'amour, d'une dette de jeu, d'un simple dégoût de l'existence ou alors de sa conversion aux sinistres idéaux des communistes du groupe Jean-Jaurès. Le notaire penchait toutefois pour cette ultime explication. D'ailleurs, le seul fait qu'il fournissait Amédée en ouvrages révolutionnaires en était la preuve. Ouvrages dont l'influence pernicieuse s'était fait récemment sentir à l'occasion d'un petit scandale qui avait failli ternir à tout jamais l'éclat du nom des Mauville. Pourtant, les choses avaient plutôt bien commencé. Le notaire s'était réjoui qu'Amédée eût accepté d'aider les jeunes filles du Pensionnat Colonial à écrire et à monter une pièce de théâtre évoquant l'arrivée des Français dans le pays et les guerres qu'ils avaient dû mener contre les indigènes caraïbes. La directrice de l'établissement, une habituée des réunions du Club des femmes foyalaises d'Irma Mauville, avait fini par convaincre Amédée en le titillant sur ses capacités littéraires chaque fois qu'il lui arrivait de le rencontrer. Le jeune homme y avait vu une sorte de défi et surtout un moyen de suspendre le tête-à-tête qu'il entretenait depuis bientôt quatre mois avec ce roman qu'il tentait d'écrire sur l'épopée de Louis Delgrès. Maximilien Mauville avait été passablement interloqué de constater que son fils n'avait pas pris de haut la directrice du Pensionnat Colonial comme il s'y était attendu. Sans doute ce petit miracle était-il dû à leur commune formation latin-grec et au fait que la dame éprouvait la même passion qu'Amédée pour Sénèque, qu'ils lisaient tous deux dans le texte. Le notaire et son épouse s'étaient tenus cois, presque de manière respectueuse, lors de l'entretien entre Amédée et la directrice qui s'était déroulé dans la cour intérieure, à la fin d'une réunion des femmes foyalaises. Les deux sorbonicoles s'étaient comportés comme s'il n'y avait pas âme qui vive autour d'eux.

« Votre mère me parle souvent d'un tableau que vous affectionnez beaucoup, entama la directrice.

Serait-ce faire preuve d'une trop grande indiscrétion que de vous demander à le voir, cher Amédée ? »

Femme de tête entre deux âges, élégamment vêtue mais sans cette outrance qui caractérisait les bourgeoises d'En-Ville, la directrice n'était point dénuée de charme. Elle savait en jouer quand cela se révélait nécessaire et avait maintes fois réussi à vaincre la pingrerie proverbiale du Conseil privé, organe qui dirigeait les affaires de la Colonie sous la houlette du gouverneur, afin d'obtenir des aides au profit de son pensionnat. Bien qu'y prônant les valeurs familiales et chrétiennes, elle menait une vie de célibatrice assez libre, quoique non dissolue, qui faisait grincer les dents de certains parents d'élèves très à cheval sur la morale mais qui ne déplaisait pas à Amédée.

« On m'a aussi dit qu'il représente le colonel Delgrès, est-ce bien vrai ?

— C'est exact... mais on ne parle guère de lui dans vos cours d'histoire, j'imagine. Ha-Ha-Ha !

— Ah ! Les programmes ne sont pas de notre ressort, mon cher Amédée, vous le savez pertinemment. Mais nous n'étudions guère non plus la révolte des chouans ou celle des cathares. Je suis sans doute trop curieuse mais votre mère m'a également révélé que vous êtes en train d'écrire quelque chose sur lui...

— Pas une étude historique, non. Il y a déjà pas mal de textes de ce genre. Peu connus, certes, mais ils existent. Je veux en faire un roman... »

Ignorant toujours ses hôtes, la directrice s'était resservi une tasse de café et s'était levée, s'approchant du petit bassin au rebord duquel s'accrochaient des plantes aquatiques et contre lequel Amédée était appuyé, un peu sur la défensive. À l'étage, on entendait Da Ernestine ronchonner tout en balayant une pièce à grand fracas :

« Les Dardanelles, hon ! C'est pas un pays où on aurait dû envoyer des Nègres faire la guerre, non ! »

Maximilien Mauville ne pouvait, en cet instant-là, s'empêcher d'éprouver une réelle admiration pour son fils en dépit de tout ce qui les séparait depuis le retour de ce dernier de France. Il regrettait de n'avoir pas été assez proche de lui au cours de son enfance, de s'être trop laissé embarquer dans son aventure avec Clémence Belfond dans les premiers temps de son mariage. Il est vrai qu'il s'était rattrapé avec son cadet Bertrand, quelques années plus tard. Le futur médecin lui vouait une déférence et une affection qui transparaissaient dans chacune des lettres bimensuelles qu'il lui envoyait de Bordeaux.

« En fait… en fait, tout mon problème vient de ce que je dois évoquer une période éminemment héroïque, celle de 1801-1802, peuplée de personnages hors du commun comme Victor Hugues, Delgrès ou Ignace, et que moi, je vis dans une période où l'ignoble le dispute au médiocre, reprit Amédée.

— Comme vous êtes sévère, mon cher ! L'année

1935 ne mérite pourtant pas tant d'opprobre. Le monde a tiré les enseignements de l'affreuse guerre de 1914, fit la directrice en souriant. N'oubliez pas les fastes de l'Exposition universelle de Paris il y a quelques années ! Les peuples du monde sont en train de se rapprocher. Ah, certes, il y a ce bravache de Mussolini mais, vous verrez, tout ça ne durera pas. Il n'est pas Jules César et n'a aucune chance de rebâtir l'Empire romain. »

Final de compte, Amédée, à la stupéfaction de Maximilien et de son épouse, avait accepté de diriger l'équipe théâtrale du Pensionnat Colonial et n'avait même pas discuté la modeste rémunération qui lui était proposée. Trois soirs par semaine, il se rendait au Théâtre municipal, où une douzaine d'adolescentes enthousiastes ainsi que quelques figurants adultes, qu'Amédée avait tenu à recruter lui-même, répétaient la pièce qui avait pour nom *En Madiana, c'est fou !* Ce titre, pour le moins burlesque, aurait pourtant dû alerter maître Mauville mais, en bon juriste, il considérait les littéraires comme de grands enfants avec lesquels il était parfois inutile de discuter rationnellement. Et puis, Madiana, n'était-ce pas le nom caraïbe de la Martinique ?

Lorsque le grand jour arriva, le Tout-Fort-de-France occupa les meilleures places du théâtre, à commencer par les parents des actrices en herbe. Le gouverneur, qui avait longtemps laissé planer un doute sur sa venue, fit une entrée sensationnelle une dizaine de minutes environ avant que les trois coups ne soient frappés. Madame le gouverneur, qui arborait un large chapeau anglais surmonté d'ornements en toile du plus beau jaune safran, se prêta volontiers au jeu du baisemain de la part des messieurs de Fort-de-France, eux aussi en tenue de soirée. La pièce avait pourtant commencé sous d'heureux auspices. Pierre Beslain d'Esnambuc, joué par Amédée en personne, avait planté d'un geste vigoureux un énorme drapeau blanc à fleurs de lys au mitan de la scène et avait déclamé l'acte de prise de possession de l'île par le royaume de France. Toute la salle s'était mise à applaudir à la suite du gouverneur et Maximilien avait cherché dans l'obscurité les mains d'Irma, qu'il avait serrées avec tendresse. Mais très vite les choses se gâtèrent : un chef caraïbe, en lequel maître Mauville reconnut l'un des voyous que son fils fréquentait aux Terres-Sainvilles, entreprit de lancer des bordées d'injures en créole à l'endroit des colons blancs, qu'il traita d'assassins, de voleurs de terre, de menteurs et d'impies. Puis le groupe des Caraïbes fondit sur celui des Blancs, qu'il roua de coups, les repoussant même hors de la scène, hormis une femme qu'ils gardèrent en guise de butin de guerre, et Bel Bougre, le chef des Sauvages, de hurler : « *Tè tala sé ta nou! Blan, viré lakay zôt, fout!*» (Cette terre est la nôtre! Blancs, rentrez chez vous!)

Des maugréments et des craquements de doigts nerveux s'élevèrent du parterre des notables. Maximilien Mauville, atterré, ne savait quoi faire et, en dépit de l'obscurité, il avait le sentiment que les regards accusateurs de ses pairs étaient concentrés sur sa personne et celle de sa femme. Sur la scène, les Caraïbes brisaient les miroirs, les bouteilles d'alcool et les autres babioles que leur avaient offerts les Européens, en éructant des propos incompréhensibles. C'en fut trop pour le gouverneur qui, dans sa loge, avait commencé à manifester son mécontentement en tapant du pied. Rassemblant son monde, il se leva rageusement et quitta le théâtre, provoquant un silence de mort. La pièce continua ainsi pendant une bonne demi-heure et, lorsque les acteurs vinrent saluer le public, la plus grande partie de celui-ci s'était déjà éclipsée et les rares à les acclamer ne furent autres que Bec-en-Or, l'Historien, Laurent de Sénéchal et quelques autres «échappés du bagne», comme les qualifiait Da Ernestine, expression favorite qu'elle avait retenue d'un soupirant guyanais qui, à la fin de la Grande Guerre, avait tenté en vain de lui faire oublier son cher et tendre Hector et les Dardanelles. Seuls Maximilien Mauville et son épouse n'avaient point bougé. Ils étaient comme pétrifiés sur leur siège. À cet instant-là, toutes sortes de sentiments confus avaient envahi le notaire. Il voulut tuer son fils, le chasser de sa maison, le déshériter, écrire un article vengeur dans la presse où il le désavouerait, mais un petit restant de fierté devant l'audace d'Amédée l'empêcha de mettre aucune de ces résolutions en pratique. Pendant trois jours, il s'enferma dans son étude de la rue Schoelcher, refusant de répondre aux supplications de son épouse et aux missives apaisantes que lui faisait tenir Clémence Belfond, sa maîtresse. À midi et à six heures du soir, la petite servante indienne lui portait un repas chaud dans une gamelle à la grande honte d'Irma Mauville, qui n'ignorait point que les mauvaises langues veillaient et ne manqueraient pas de déblatérer sur le comportement bizarre de son époux. Par bonheur et pour des raisons que le notaire ne parvenait toujours pas à déchiffrer, le gouverneur passa l'éponge. Ou du moins ne fit-il exercer aucune représaille à l'endroit de Maximilien Mauville. Le maire de Fort-de-France, Victor Sévère, lui aussi se montra clément et se contenta de lui glisser, à la fin d'un conseil municipal au cours duquel maître Mauville s'était efforcé, contrairement à ses habitudes, de se faire le plus invisible possible : « *Ou ka fè yich, ou pa ka fè santiman yo.* » (On met des enfants au monde mais on n'est pas maître de leurs sentiments.)

Cet incident lui avait toutefois laissé des séquelles et voici qu'au moment où il devait rédiger l'hommage à la statue du Découvreur de la Martinique il était proprement incapable de se souvenir des belles phrases ronflantes qu'il avait concoctées dans sa tête au cours des nuits où il éprouvait de la difficulté à trouver le sommeil. Il trempait et retrempait sa plume dans l'encrier, fébrile, jetant à intervalles réguliers des regards inquiets à sa montre à gousset. Puis il eut une brusque inspiration. Il ouvrit sa bibliothèque et en ôta un bel ouvrage intitulé *Nos Antilles*, qui avait été réalisé lors de l'Exposition coloniale internationale de Paris en 1931. Il tomba sur ce qu'il cherchait : le texte de Théodore Baude, commissaire de la Martinique pour ladite manifestation. Un texte dont il avait savouré chacun des termes à l'époque ! Dans un ultime scrupule, il referma le livre après avoir relu le passage qui l'intéressait avant de s'exclamer à haute voix : « *Sa ki fèt fèt !* » (Advienne que pourra !)

Et Maximilien Mauville de recopier mot pour mot le début du texte de Théodore Baude, certain que cela lui baillerait suffisamment de force pour continuer à rédiger sa propre intervention :

Corbeille de verdure au milieu des flots azurés de la mer des Caraïbes, la Martinique est l'escale attrayante, la sentinelle avancée qui montre fièrement le drapeau de la France et qui, depuis bientôt trois siècles, rappelle et personnifie le plus notre patrie dans ces contrées lointaines. Les mille huit cents lieues qui la séparent de sa métropole n'empêchent pas son cœur de battre à l'unisson de celui de la Grande Patrie.

Très satisfait de lui le notaire prit son élan et noircit trois pages entières d'une seule traite.

CAHIER IGNACE

« Comme d'autres mesures révolutionnaires, le décret du 4 février 1794 (abolissant l'esclavage), rendu dans des circonstances inopportunes, porta, lui aussi, son coup de marteau dans l'œuvre de démolition des richesses de la France. »

Auguste Lacour,
1855

Mesdames, messieurs, mesdemoiselles, nous allons vous conter un voyage que nous avons fait il y a longtemps dans l'Impossible. C'était un voyage dangereux. Un voyage à la fois malheureux, courageux, affreux, bilieux, tempétueux, bleu, en même temps que sérieux.

Oyez ! Oyez !

Depuis que madame Guillot s'est tue, notre joie est retombée. Nous n'éprouvons plus la moindre volupté à danser notre revanche. D'ailleurs, la plupart des arbres que Victor Hugues a plantés en l'honneur de la Liberté n'ont pas supporté l'ardeur du carême et ne sont plus que des moignons calcinés au beau mitan des bourgs. Seul le sablier de la place de la Victoire, à Port-la-Liberté, semble promu à un bel avenir. Tous les jours, des Négresses au visage démangé par l'anxiété viennent l'arroser de l'eau de leur toilette intime comme si de sa croissance dépendait le destin de notre chère Guadeloupe. À son entour, des mains anonymes ont déposé des ex-voto, des bracelets en argent, des dessins au tracé indéchiffrable ou, plus benoîtement, des bananes ou des mangues, offrandes des Nègres d'Afrique. L'arbre de la Liberté doit manger comme nous autres, les humains, expliquent-ils, car chez nous, dans le pays que vous ne connaîtrez sans doute jamais, celui où continue à vivre la moitié de notre nation, nous possédons aussi de ces géants tutélaires dont la mission est de nous protéger. Alors, les Nègres créoles, incrédules et riards comme à leur ordinaire, répliquent : si cela est bien vrai, pourquoi n'ont-ils pas empêché les hommes blancs de vous capturer et de vous entraîner ici, ligotés à-quoi-dire du méchant bétail, hein ? Des disputailleries éclatent, échauffées par le rhum, qui commence pourtant à se faire rare, et la garde républicaine doit charger à cheval, semant volées de trique et coups de baïonnette.

Au camp de Baimbridge, Victor Hugues est d'une humeur épouvantable. Il n'a de cesse qu'il ne rudoie ses aides de camp et chaque jour il prend un décret qu'il rédige de sa propre main, exigeant qu'il soit lu immédiatement à travers tout le pays, chose qu'il sait bien impossible. Rien n'échappe à sa vigilance. Ni la débauche de ses soldats métropolitains s'encanaillant avec ces femmes qui, tenant boutique et marchandises de garces, hantent les ruelles sombres du port. Ni les menus trafics auxquels se livrent, à la faveur de la nuit, certains propriétaires de canot. Ceux-ci brocantent notre café et notre cacao contre de la toile fine, des coutelas ou des colifichets dans les îles avoisinantes où règne l'Anglais. Puis ils revendent leur butin à des prix si exagérés qu'immanquablement la grogne s'est installée parmi ceux qui ne disposent plus de pièces de monnaie. Mais le plus grand danger provient des petits Blancs créoles qui, trois ans plus tôt, avaient approuvé les lois de la République et arboré ses armoiries sur le porche de leurs maisons, ce qui sauva plus d'une de l'incendie. Aujourd'hui, ils se plaignent de ce que certains appellent l'anarchie. Ils crient à la ruine inéluctable de la Colonie et recommencent à trousser leur nez sur le passage des Nègres. Plus de sucre, guère de rhum, café à moitié récolté, tabac en déshérence, se plaignent-ils, portant régulièrement des doléances à Victor Hugues. Ce dernier redoute les espions que les Blancs de la Martinique ont introduits chez nous. Des mulâtres traîtres à leur race, à ce qu'il paraît, mais parfaitement inidentifiables dans la masse de ceux qui continuent à se présenter pour défendre la patrie.

« Tout danger n'est pas écarté, tonne le chef de la Colonie, mais il n'est point besoin de tant de soldats. Que les citoyens nègres et mulâtres regagnent leurs anciennes plantations ! Ils y seront traités comme des êtres humains. »

Mesdames, messieurs, c'était un jour qu'il faisait nuit. Les éclairs obscurs annonçaient leur absence. Le tonnerre grondait en silence. Nous étions assis à l'en-bas d'un pied de tamarins, debout, couché, à plat ventre, sur le dos. Nous lisions un livre sans page et un tout jeune vieillard s'est approché de nous en reculant. Sans parler il nous dit : « C'était un treize, un vendredi treize du mois de janvier, propre jour de Noël. Treize jeunes Nègres d'Angole escaladaient en descendant une montagne sans sommet pour atteindre un pays où ils ne devaient jamais arriver. Krik !

Krak ! »

Victor Hugues n'est pas un homme de la terre. Il possède dans ses veines la fièvre de la mer et trépigne d'impatience chaque fois qu'il est contraint de demeurer trop longtemps parmi ses troupes. Alors il veut Ignace à portée de voix, même s'il lui adresse peu la parole. Il a beaucoup ri lorsque, ayant embarqué « ce Nègre qui parle de lui à la première personne du pluriel » à bord de son brick personnel, il était parti faire la course au large du canal houleux qui sépare la Guadeloupe de l'île d'Antigue. Ignace avait vomi, agrippé aux cordes du mât d'arrière, avant de se réfugier tout tremblant à fond de cale lorsqu'un coup de vent scélérat avait failli faire verser le navire. L'attente ne fut guère longue pourtant. Au deuxième jour, à l'approche de l'aube, le timonier repéra à bâbord l'ombre d'un Anglais. Hugues avait exigé qu'on ramène Ignace sur le pont en déclarant sur le ton de la plaisanterie : « Tant que je commanderai un bateau, il ne sera pas dit qu'un Nègre y voyagera à fond de cale. Et puis, nous n'avons même pas de chaînes pour t'y amarrer, citoyen Ignace. Ha-Ha-Ha ! »

Ignace n'a jamais eu peur de rien, mais Ignace est un homme de la terre. Sur l'eau, il est plus vulnérable qu'un nourrisson. Il ne sait plus où se lève et où se couche le soleil. Il ne sait plus deviner la venue de la pluie ni sentir la direction du vent. Dans sa tête, le roulis provoque un bourdonnement qui lui trouble la vue et il a beau serrer les dents pour ne pas se montrer capon, il n'arrive pas à rassembler ses forces. Mais il sait admirer Victor Hugues qui est un capitaine redoutable. Ses ordres claquent, secs et précis, provoquant changements de voilure et brusques embardées du navire, afin de poursuivre l'Anglais qui a compris qu'il avait un ennemi aux trousses. Longue-vue vissée sur l'œil gauche, il guide la manœuvre tout en égratignant Ignace : « Quelle chance que ta femme ne te voie pas en cet état, citoyen ! »

Ignace proteste qu'il est grenadier, pas marin. Mais au fond de lui-même, il accepte la leçon. La forfanterie qu'il affichait a dû finir par pousser hors de ses gonds Hugues, qui était homme à s'agacer de tout, lui qui estimait qu'on n'en faisait jamais assez pour le triomphe des idéaux de la Révolution. Dur avec sa propre personne, le conventionnel exigeait que ses hommes se dépassent en toute occasion, quasiment à tout instant et, à la vérité, peu d'entre nous, Blancs ou Nègres, y parvenaient. Il nous dépassait tous d'une tête et voulait que son nom reste à jamais gravé dans l'histoire du monde. Nous entendions résonner encore à nos oreilles cette phrase sublime qu'il avait prononcée lors d'un rassemblement sur la place de la Victoire, en réponse à certains citoyens qui trouvaient qu'il était fait un usage trop fréquent de la guillotine : « La Convention a mis entre mes mains le tonnerre de la vengeance et je ne l'abandonnerai que lorsque tous les ennemis seront foudroyés. »

Son regret était d'avoir été trop jeune pour rejoindre les combattants de la Liberté qui avaient aidé les treize colonies d'Amérique du Nord à bouter l'Anglais de leur territoire. À ses yeux, ce dernier représentait ce que l'espèce humaine avait produit de plus détestable : hypocrisie, fatuité, mépris des classes pauvres et volonté de bâtir un empire où le soleil ne se coucherait jamais.

L'attaque fut une boucherie. Il ne fut pas fait de prisonniers. Plusieurs marins anglais préférèrent se jeter à la mer plutôt que de périr sous l'épée de leurs assaillants. Hugues s'époumonait : « Sus ! Sus ! La République est invincible ! »

Lorsque les marchandises furent transbordées sur notre vaisseau, dûment comptabilisées par notre capitaine lui-même et rangées à la perfection dans la cale, il donna le signal du dépouillement des cadavres. C'était là le salaire de nos marins. Mais Hugues ne se servit point et profita de l'occasion pour prendre le gouvernail. On rentrait et la mer, comme complice, s'était faite d'huile, le vent léger mais constant. Arrangeant d'un geste mécanique sa mèche rebelle, il continuait à regarder Ignace d'un air goguenard.

« Sous-lieutenant, ce n'est pas en mer que tu gagneras des galons !

— C'est la première fois… la première… que je monte sur un bateau.

— Je le savais, citoyen Ignace. Je sais tout de chacun de mes hommes. Je connais vos faiblesses et vos grandeurs. »

Puis il se tut un long moment et posa sa main libre sur l'épaule d'Ignace. La forme oblongue de l'île de la Désirade apparut dans le lointain, ce qui rassura ce dernier. Bientôt la terre ferme.

« Citoyen Ignace, fit Hugues, je serai contraint de prendre certaines mesures qui vont déplaire aux tiens. Tu étais attaché à l'Habitation de Maupuis, à ce qu'il m'a été dit ?

— Pas attaché ! J'étais charpentier à mon propre compte.

— Que devient-elle aujourd'hui ? Il ne me semble pas avoir lu de rapport récent sur cette région.

— Elle est sans doute dirigée par un de vos séquestres, monsieur… »

Victor Hugues demeura à nouveau songeur. Il s'essuya les yeux à l'aide de sa manche et cracha de côté.

« Mes séquestres, hon ! Sache que je n'ai pas

confiance dans les trois quarts d'entre eux. Des parvenus, voilà ce qu'ils sont ! En France, ils n'étaient que des charretiers ou des portefaix mais, arrivés à la Guadeloupe, d'aucuns se sont déclarés fermiers. Tu as vu les paumes de leurs mains, citoyen Ignace ? Mais qu'y pouvais-je, hein ? »

Une question nous brûlait les lèvres, question que se posaient tous les officiers noirs et sang-mêlé et qui inquiétait fort Massoteau, celui d'entre nous qui faisait le moins confiance aux Blancs.

« Est-il vrai… demandâmes-nous avec hésitation, est-il vrai, citoyen Hugues, que vous comptez épouser une Blanche-pays ? »

Il eut un étrange rictus qui eût pu passer pour un sourire si ce n'avait été cette balafre qui lui décorait le bas du visage. À vrai dire, on ne la distinguait que lorsqu'il s'était fraîchement rasé.

« Je ne suis pas marié à la Révolution, que je sache, mon cher Ignace ! Et puis où voudriez-vous que je trouve une compagne sinon dans la classe des Blancs ? Des Blancs qui ont eu l'intelligence de rallier notre cause, je veux dire… »

Deux bateaux arborant haut le pavillon français vinrent escorter notre brick et leurs hommes lançaient de bruyantes félicitations aux nôtres juste à l'instant où la vigie s'écriait : « La pointe des Châteaux à trois miles nord-ouest ! »

Ce soir-là, Victor Hugues ne participa pas à la bamboche du retour. Tout Port-la-Liberté fêta la capture de l'Anglais, regrettant seulement qu'on n'ait point rapporté cette fois ces barriques de gin qui avaient le don de mettre en fête les esprits les plus chimériques.

Mesdames, messieurs, un jour, nous, Ignace, nous promenions sur la place de la Cathédrale de Bordeaux, rue principale de Gorée, les mains pendantes en l'air, la tête tournée derrière le dos, les deux pieds dans les poches. Nous avions si-tellement froidement chaud que nous attrapâmes un mal-tête dans les orteils, une colique-cacarelle dans la tête et une fièvre au nombril. À notre vue, les hippopotames qui peuplaient le jardin d'Acclimatation du Mont-Blanc sentirent leurs cheveux se dresser sur leur front chauve. Un soleil sans rayons nous ouvrit la porte du ciel sans serrure. Yé Krik !

*

Cette fois-ci Bel Bougre était persuadé d'avoir accompli de grands pas sur le chemin qui le menait au cœur de mamzelle Ti Coca, la maîtresse du très pécunieux commerçant de Fort-de-France. Un jour, sans crier gare, alors qu'elle l'avait toujours ignoré et ne semblait se préoccuper que des bambins criards qui se bousculaient pour s'attabler les premiers autour de leur timbale de lait Nestlé, elle le tira par la manche et lui souffla à l'oreille :

« J'ai deux mots de causer à faire avec vous. »

Le ton était sans réplique mais dénué de morgue. Elle attendit que la camionnette municipale s'en allât avec les bidons de lait, à présent vides, que Bel Bougre avait rincés sommairement à l'eau d'une fontaine proche. Elle distribua mille baisers sur le front des Négrillons ravis qu'une dame si claire de peau et si élégamment vêtue s'intéressât à leurs personnes. Quand ils se retrouvèrent tous les deux seuls, dans le local prêté par la mairie, qu'à cette heure-là le gandin avait la charge de fermer à double tour, elle se colla à lui et sans mot dire se mit à frotter son bassin contre le sien. Puis, sentant la dureté de son braquemart, elle l'empoigna d'une main ferme et se mit à le caresser tout en regardant un Bel Bougre interloqué dans le mitan des yeux. C'était bien la première fois de sa vie qu'une femme prenait l'initiative de l'attaquer et il en perdait ses moyens. Fallait-il l'embrasser goulûment sur la bouche comme il voyait les acteurs blancs le faire au Cinéma Gaumont ? À la vérité, une telle pratique lui répugnait. Ou bien devait-il lui susurrer deux mots et quatre paroles plus doux que du sucre qui a saucé dans du miel ? Ses mains s'aventurèrent sur la croupière de la jeune femme qui tressaillit mais ne perdit pas le contrôle d'elle-même. Au contraire, elle se détacha de lui tout en lui tenant les mains et, d'un ton enjoué, lui lança :

« Si tu me veux, tu devras obéir à mes ordres. À tous mes ordres ! »

Bel Bougre ne savait pas quoi répondre. Il n'avait jamais rencontré une femme aussi tranquillement dominatrice. Elle n'avait pas besoin de hausser le ton, de se caler, d'un air agressif, les mains sur les hanches et de prendre des poses de femme-matador pour le mettre sous son emprise. Tout son pouvoir semblait tenir à la lueur amusée qui parcourait son regard, à la légèreté de ses évolutions, là, dans cette pièce envahie par la brune du soir, à la voix charmeresse, envoûtante presque, qu'elle prenait soudain quand elle se frottait contre Bel Bougre, chose qu'elle fit à nouveau deux fois.

« Quel âge tu me donnes ? fit-elle du même ton badin.

— Deviner votre âge m'est une parfaite énigme », minauda Bel Bougre, répétant mot pour mot la réplique d'un film qu'il avait vu l'avant-veille au Cinéma Gaumont.

Le baliverneur ferma les deux battants de la fenêtre que le vent du soir avait commencé à faire claquer assez désagréablement. Puis, prenant soudain conscience de la noirceur totale dans laquelle ils se retrouvaient plongés, il entrouvrit l'un des battants pour laisser pénétrer la lumière des lampadaires.

« N'aie pas peur de me vexer, je ne suis pas de ces coquettes qui passent leur vie devant un miroir à chercher comment dissimuler leur âge. Allez, devine ! »

L'enjôleu. de jeunes filles en fleur savait d'instinct reconnaître « celles qui avaient l'odeur du gendarme » et celles qu'il pouvait trousser sans risquer d'être envoyé au bagne de Cayenne. Mais la splendide créature qui se trouvait présentement devant lui, à le narguer, n'avait pas d'âge ou plutôt à chacune de ses mimiques, aux différentes inflexions de sa voix, elle semblait changer d'âge. Si bien que Bel Bougre lui donnait tantôt dix-sept ou dix-huit ans tantôt la trentaine, voire davantage. Mais dans tous ces cas de figure, mamzelle Ti Coca demeurait une reine créole, une mulâtresse brune au corps ferme et souple, à la dentition resplendissante, dont chaque mouvement du corps transpirait d'une distinction naturelle.

« *Pè ou pè mwen ouben ki sa ?* (Tu as peur de moi ou quoi ?) reprit-elle en ricanant.

— Vous… vous avez dans les… dans les vingt-deux ans, mademoiselle, non ?

— Erreur ! Grave erreur, mon cher, mais bref… ce n'est pas le plus important. Je vous ai retenu parce que j'ai quelque chose à vous proposer. Ne vous inquiétez pas, je passe du "tu" au "vous" et inversement depuis que je suis enfant. J'ai jamais pu m'habituer à un seul pronom. Ha-Ha-Ha ! Ça agace au plus haut point Ti Coca. Chaque fois que je passe au "vous" avec lui, il pique une crise de rage et s'imagine que j'ai un amant. Hon !… Bon, voilà ! Je fais partie du Comité d'organisation des festivités du Tricentenaire comme vous le savez sans doute. Je suis chargée d'organiser des tableaux vivants pour une grande fête qui doit être donnée à Paris en novembre prochain en présence de monsieur Albert Lebrun et…

— Qui c'est ?

— Le président de la République, pardi ! Ce sera une nuit antillaise à l'Opéra avec des défilés de costumes créoles, des danses au son des tambours et surtout — et c'est là que vous m'intéressez — toute une partie théâtrale dans laquelle nous monterons ces fameux tableaux vivants dont je viens de vous parler. »

Confus, Bel Bougre déclara n'avoir aucun don pour la comédie. La jeune femme s'approcha à nouveau de lui et appuya sa poitrine contre la sienne. Il sentait la pointe durcie de ses tétons transpercer presque sa chemise. Elle entreprit alors de lui lécher une oreille, sa langue pénétrant même dans le trou de celle-ci et Bel Bougre se surprit à trouver agréable cette caresse pour le moins insolite.

« Dis oui ! Allons, accepte ! » le suppliait presque mamzelle Ti Coca.

Bel Bougre fit remonter la robe de la jeune fille jusqu'à son menton et, la déposant avec moult précautions sur la table où les gamins s'étaient délectés une heure plus tôt de lait gratuitement offert, il se mit à lui embrasser les cuisses puis le sexe en dépit de tout le falbala en dentelle qu'elle portait en guise de dessous. Elle gigotait, ahanant comme quelqu'un qui venait de grimper un morne à pic, mordillait les avant-bras et la poitrine de l'enjôleur, éructait à intervalles réguliers :

« *Isalôp ! Isalôp !* » (Salopard ! Salopard !)

Au moment où Bel Bougre s'apprêtait à plonger

son épée dans la fente frémissante de la jeune femme, un toc-toc-toc impérieux ébranla la porte puis la fenêtre du local qui donnait sur la place des Terres-Sainvilles. Se dégageant vivement, mamzelle Ti Coca se dissimula sous la table, y entraînant d'une poigne étonnamment ferme son nouvel amant. Elle ne tremblait pas, contrairement au gandin, qui était persuadé que Ti Coca le faisait espionner depuis plusieurs semaines et qu'accompagné d'une bande de majors il s'apprêtait à lui péter l'écale du dos. Le commerçant avait la réputation d'être à la fois un buveur invétéré et un amateur de bagarres, surtout lorsque ses sbires lui prêtaient main-forte.

Au-dehors, un étrange silence se fit. Puis une auto passa en pétaradant, chose qui déclencha une tralée d'aboiements à travers le quartier. La main cogna à nouveau à la porte et une voix difficile à reconnaître s'écria :

« Bel Bougre ! Ouvre-moi, je sais que tu dors ici la nuit. Allez, fais pas le couillon ! »

Mamzelle Ti Coca repoussa doucement l'enjôleur, qui en avait profité pour se pelotonner contre elle, et lui intima l'ordre d'aller répondre. En fait, Bel Bougre s'était effrayé pour rien : il s'agissait tout simplement d'Amédée. Ce dernier, peu soupçonneux, ne s'étonna même pas qu'il ne disposât pas d'une bougie pour s'éclairer. Le jeune homme entra d'un pas décidé et s'assit sur l'un des bancs qui bordaient la table.

« Tiens ! J'ai apporté du Courville, vieux frère.

Ce rhum-là, c'est le seul que ma santé accepte mais, rassure-toi, je sais que le Neisson est le meilleur de tous. Ha-Ha-Ha ! »

Bel Bougre lui tendit une timbale oubliée sur une étagère et les deux hommes se régalèrent à tour de rôle d'une bonne rasade. L'enjôleur trépignait d'envie de savoir ce que lui voulait, à cette heure tardive en plus, celui qu'il appelait par dérision tantôt l'Écriviste tantôt le Poète fol selon l'expression de Bec-en-Or. Amédée n'avait pas l'air pressé. Il philosophait sur l'air du temps, sur les dernières querelles politiciennes qui agitaient le Conseil général, sur l'absurdité de l'existence, sur Ida, sa vidangeuse adorée qui lui filait entre les doigts chaque fois qu'il croyait pouvoir l'approcher.

« Bon, parlons de choses sérieuses, fit-il au bout d'une demi-heure. Bel Bougre, tu es un acteur-né, tu sais ça, hein ? Tu n'as pas besoin de prendre des cours d'art dramatique pour tenir ton rôle dans la vie de tous les jours. Ha-Ha-Ha ! Tu es plus fort que Don Juan, que dis-je ? que Casanova ! Tout le monde admire l'habileté inouïe avec laquelle tu parviens à forcer les cœurs les plus… comment dire ?… les plus barricadés. Eh ben, mon vieux, je t'embauche comme acteur dans une pièce que je suis en train de monter pour le compte du Pensionnat Colonial. Le thème en est la guerre entre les Sauvages caraïbes et les premiers colons français au dix-septième siècle. Tu ferais un magnifique guerrier caraïbe avec ton regard si fier ! Le Pensionnat paye, rassure-toi. D'ailleurs, monsieur le gouverneur sera présent lors de la première représentation. Si jamais il te remarque, il t'offre un poste de valet de chambre à la Résidence. Ou de chauffeur à vie. Pourquoi pas ? »

Amédée se resservit une timbale de rhum. Allongeant le pied, il heurta le menton de mamzelle Ti Coca, qui ne put s'empêcher de pousser un petit cri.

« Tu as quelqu'un avec toi ? Excuse-moi, Bel Bougre ! Je… je ne savais pas…

— Ne vous excusez pas, cher monsieur, fit la jeune femme en se redressant. Bel Bougre, ouvre la fenêtre, s'il te plaît ! Au moins on aura un peu de lumière… Veuillez nous excuser, monsieur Mauville, pour le grotesque de la situation ! »

Amédée était la stupéfaction même. Il n'avait jamais vraiment fait attention à cette créature, qu'il s'imaginait frivole et un peu sotte, bien qu'il l'eût maintes fois rencontrée au bras de ce vantardiseur de Ti Coca. Le couple était pour le moins dépareillé : le négociant arrivait juste en dessous des seins de sa maîtresse et surtout leur énorme différence d'âge sautait aux yeux. À ce que racontait Radio-bois-patate, il entretenait la jeune fille depuis qu'elle avait fêté son seizième anniversaire, cela avec l'entière bénédiction des parents de celle-ci. À leurs yeux, une telle union, fût-elle clandestine ou plutôt non officielle, était un gage d'heureuseté pour leur benjamine car leurs deux aînées avaient mal tourné et vivotaient à présent avec des marmailles de plusieurs pères différents.

« Je m'en vais..., dit Amédée, surpris par l'extrême belleté de la demoiselle. Encore mille excuses !

— Ah non ! Vous ne partez pas ! Pas si vite en tout cas, s'opposa-t-elle, un large sourire aux lèvres. Alors, Bel Bougre, tu me sers du rhum à moi aussi ou quoi ? Eh ben bon Dieu, je ne suis pas une enfant de chœur que je sache... Figurez-vous, cher Amédée, que par un hasard extraordinaire vous et moi sommes venus à la rencontre de Bel Bougre pour lui faire la même proposition. Exac-te-ment la même proposition ! Incroyable, non ? »

La main sur la poignée de la porte, Amédée ressemblait à un spectre à cause de la lumière falote venue de la rue. Vexé, il crut à quelque plaisanterie salace en rapport avec cette rumeur stupide qui faisait parfois de lui un adepte de la pédérastie. D'aucuns s'étonnaient, en effet, qu'un jeune homme bien sous tous rapports tel que lui, mulâtre, diplômé de la Sorbonne et tout, n'ait point trouvé chaussure à son pied et se morfonde encore dans sa chambre d'adolescent.

« Proposition, dites-vous ? fit-il en grimaçant.

— Moi aussi, figurez-vous, je trouve que Bel Bougre possède des dons pour la comédie, répliqua mamzelle Ti Coca, toujours souriante.

— Attendez ! Moi, je ne suis pas..., intervint l'enjôleur.

— Tais-toi ! Laisse-moi causer à Amédée ! C'est

bien la première fois que nous engageons une conversation, cher Amédée, n'est-ce pas ?

— Je crois bien, oui…

— Je vous ai souvent observé… à votre insu, bien entendu. Vous êtes… vous êtes, hum ! particulier, disons. C'est pour ça que vous m'avez toujours intriguée, mais la chance ne m'avait jamais été donnée d'échanger quelques mots avec vous en privé. Vous voyez qui je suis, évidemment ?

— Évidemment…

— Venons-en au fait : je fais partie de la Commission culturelle des festivités du Tricentenaire, ah ! mais, c'est sous l'autorité de votre cher père, au fait, hein, Amédée ? Nous nous proposons d'organiser des tableaux vivants de scènes de l'Histoire et de la vie quotidienne martiniquaises et j'ai pensé que notre ami Bel Bougre ferait un bel et beau paysan martiniquais. Ha-Ha-Ha ! Vous, Amédée, vous le voyez plutôt grimé en Caraïbe, comme c'est drôle, n'est-ce pas ? »

Amédée était sous l'emprise des paroles de la jeune femme, dont il avait été à mille lieues de soupçonner qu'elle avait à la fois une telle maîtrise de la langue française et de ses propres idées. Pourtant, elle n'avait pas dû dépasser la classe de Fin d'Études. Seules quelques rares personnes de la gent féminine, appartenant pour la plupart à la bourgeoisie mulâtre de Fort-de-France, avaient la chance d'intégrer le Pensionnat Colonial, établissement dont la directrice venait justement de lui confier la création d'une pièce de théâtre en vue de commémorer les trois cents ans de rattachement de la Martinique à la mère patrie française. Elle n'avait qu'une exigence, celle que le sujet se déroule à l'époque des Caraïbes. Amédée savait bien pourquoi : la directrice ne voulait surtout pas qu'on évoquât la période de l'esclavage des Noirs car monsieur le gouverneur ne le supporterait pas.

« Bel Bougre ! Hé, bandit, où tu es ? s'écria soudain mamzelle Ti Coca.

— Il a dû filer..., lâcha Amédée.

— Ah ! le mal élevé ! Il a enjambé la fenêtre. Remarquez, ça doit être une habitude chez lui avec tous ces maris qu'il encornaille. Il mène une vie pleine de risques, notre bougre. Bon, eh bien, je constate que nous avons des... des préoccupations communes, cher Amédée. Après tout, tableau vivant ou pièce de théâtre, c'est un peu la même chose, non ? »

Elle s'approcha du jeune mulâtre et sans crier gare se mit à l'embrasser avec avidité sur la bouche. Surpris par l'estocade et par cette caresse si peu créole, il se laissa faire et se surprit à tressaillir de tous ses membres. Ce corps pulpeux qui tentait de fusionner avec le sien jetait bas toutes les résistances qu'il pouvait avoir contre les étreintes furtives et sans lendemain. Se dénudant tous deux sans précipitation aucune, ils firent l'amour jusqu'à ce que minuit sonne à l'église des Terres-Sainvilles. Au douzième coup, mamzelle Ti Coca se dégagea de lui, fourragea dans ses cheveux bouclés de mulâtresse pour tenter de les dompter, enfila sa robe trop serrée à la taille en pestant entre ses dents et, sans un regard tendre ou complice, sans même un au revoir, franchit le seuil d'un pas alerte en chantonnant :

France, ô grande Patrie !
Terre sacrée des vieux Gaulois
France, ô terre chérie !

Amédée demeura une bonne heure dans le local, comme cloué sur place, méditant sur le hasard. Au fond, tout son combat à lui ne revenait-il pas à s'opposer avec la dernière des énergies au caprice de ce que d'autres appelaient, plus élégamment croyaient-ils, le destin ? Cette vie toute tracée, cette naissance dans une famille aisée de Fort-de-France, ce poste de professeur de lettres au lycée Schoelcher qui semblait l'attendre de toute éternité, ce mariage avec une jeune fille de bonne famille le moins colorée possible qui lui pendait au nez, ces rejetons qu'il faudrait éduquer dans la vénération de la doulce France, de ses pompes et de ses œuvres, tout cela lui faisait horreur et c'est pourquoi il éprouvait paradoxalement un immense contentement d'avoir pu étreindre charnellement la maîtresse de ce vaniteux de gros commerçant qu'était Ti Coca. Rien, en effet, ne prévoyait qu'une telle chose pût jamais se produire.

CAHIER DELGRÈS

> « Pourquoi Napoléon ne mangeait-il pas de biscuits ?
>
> Parce qu'il avait perdu la bataille de Sedan (de ses dents). »
>
> Devinette créole

La Convention est morte, vive le Directoire ! La course de la glorieuse Révolution est inarrêtable. Je sais que je vais enfin pouvoir emplir à nouveau mes yeux du ciel des Antilles, qui semble si à portée de main, à portée de voix aussi. Quand j'exécutais une sonate là-bas, elle me répercutait ses notes avec une douceur qui m'insufflait encore plus d'allant. Ici, en Europe, la voûte céleste est bien trop éloignée des hommes, chose qui peut-être confère à leur esprit une volonté de grandeur sans commune mesure ailleurs. Napoléon est pour moi la quintessence même de l'homme européen : visionnaire, cruel, insatiable, avide de tout connaître et de tout comprendre, acharné surtout à conquérir le reste de la planète. Napoléon rêve de s'emparer de la Russie, de soumettre les pachas d'Égypte et rien ne dit que l'immodération de ses desseins n'embrasse pas aussi la Chine. Certains d'entre ses chefs se gaussent de ce petit homme brun à qui la méconduite de son épouse blanche créole ne semble inspirer nulle réprobation — cette Joséphine que j'ai croisée un jour au jardin des Tuileries et qui m'a observé longuement depuis sa chaise à porteurs, véhicule que la péronnelle a, paraît-il, remis à l'honneur.

« Ce n'est point un tricorne qu'il devrait arborer, me lançait l'agent Baco que j'accompagnerais bientôt en Guadeloupe comme aide de camp, c'est plutôt un millicorne. Ha-Ha-Ha ! »

Depuis le coup de force du 18 brumaire, beaucoup ont compris que l'ascension de Napoléon n'aurait pas de limites. Les ordres qu'il a donnés aux agents du Directoire pour la nouvelle administration de la Guadeloupe visent d'abord à démettre le citoyen Victor Hugues de ses fonctions de chef de la Colonie mais plus particulièrement à rétablir la prospérité de cette dernière. Or, chacun sait que, sans la canne à sucre et sans le labeur acharné des Nègres, ce grand dessein risque de demeurer à l'état de chimère. Pourtant, Magloire Pélage, soldat mulâtre brillant, qui a rang de chef de brigade et qui sert d'aide de camp à l'agent Jeannet, fait montre d'un optimisme sans bornes.

« Depuis la Guadeloupe redevenue forte, notre armée reconquérira nos îles perdues. L'Anglais sera contraint de nous rendre notre Martinique bien-aimée et puis Sainte-Lucie, Saint-Vincent, voire Tobago. Nous rebâtirons un grand empire français en Amérique », m'assure-t-il.

À notre arrivée dans l'île, nous y trouvâmes un grand désordre. Les plantations étaient à l'abandon, les caisses de l'administration presque vides et Victor Hugues n'avait pour toute préoccupation que d'organiser la guerre de course contre les navires étrangers. Le butin qu'il en ramenait servait à l'entretien de ses troupes mais ne profitait guère au reste du pays. L'agent Baco était stupéfait par l'arrogance des hommes de couleur et l'insouciance des Nègres. Il trépignait sans cesse, clamant à qui voulait l'entendre : « Les lois de la métropole sont inapplicables si loin d'elle. Je l'ai toujours pensé ! Ici la Révolution n'a apporté qu'anarchie et misère. Messieurs, notre mission est de rétablir au plus vite le goût du travail dans cette fraction de la population qui ne l'a plus. »

Le bruit courait que le Consulat avait nommé le citoyen Lacrosse capitaine général de la Colonie. Celui-ci avait laissé d'excellents souvenirs à l'immense majorité des Noirs lorsqu'en 1793, l'année de l'abolition de l'esclavage, il avait publiquement embrassé un mulâtre et l'avait présenté comme représentant le « vrai peuple guadeloupéen », selon ses propres termes. Si bien qu'on alla partout, exhibant bonnets phrygiens et cocardes tricolores, dansant et chantant dans les rues de Port-la-Liberté : « Papa Lacrosse est de retour. Vive la Révolution ! »

J'avais, quant à moi, d'autres préoccupations depuis que dans mon casernement j'avais remarqué une fort belle cantinière. Elle ne laissait personne indifférent. Ni les Blancs ni les Noirs. L'agent Jeannet avait jeté son dévolu sur elle et l'avait aussitôt attachée à l'entretien de sa garde-robe, qui était des plus fournies. Ce vieux beau, prétextant la chaleur et la sueur qui sévissaient sous les tropiques, changeait de vêtements trois ou quatre fois par jour, au grand amusement de ses collègues Baco et Laveaux. Il voulait attendrir le cœur de la cantinière sans avoir à la forcer, répugnant, affirmait-il, aux us et coutumes des soudards. Pourtant, la femme était une mulâtresse et Jeannet n'avait pas la moindre sympathie pour cette race. Il fut très étonné de constater que la majorité des soldats ainsi qu'un grand nombre d'officiers de l'armée de Guadeloupe faisaient partie de ceux qu'il nommait les moricauds. La prestance d'un grand Nègre, lieutenant des grenadiers, un certain Ignace, qui devint vite mon ami, l'insupportait tout spécialement.

« Tout cela est la faute de cet imbécile de Victor Hugues ! fulminait-il. Hon ! Distribuer épaulettes et médailles à des soldats qui n'ont jamais combattu est une injure à tous les nôtres qui ont péri sur les champs de bataille d'Europe. Vous au moins, Delgrès, vous avez eu votre baptême du feu ! Vous avez été fait prisonnier et avez croupi dans les geôles de l'Anglais. Pélage aussi mérite son grade. Mais cet Ignace et tous les autres, qui sont-ils ? Des macaques empanachés comme me disait le Premier Consul. Je remettrai bon ordre dans tout cela, croyez-moi ! »

Cela ne tarda point à la vérité. Trois semaines après notre arrivée en Guadeloupe, l'agent Laveaux fut embarqué de force sur un bateau en partance pour la France. Jeannet et Baco lui trouvaient trop de magnanimité envers les Nègres récalcitrants que des lois spéciales, instituées par les deux agents et eux seuls, voulaient contraindre à regagner les plantations.

« Nous n'avons pas de temps à perdre à convaincre ces masses oisives de la nécessité absolue qu'il y a à produire à nouveau du sucre et du rhum, tonnait l'agent Baco. Que veut Laveaux pour la Guadeloupe ? D'un autre Toussaint-Louverture, est-ce bien cela ? »

Les nouvelles qui nous parvenaient de Saint-Domingue étaient terribles. Pélage, disposant de sources de renseignement secrètes, affirmait que les généraux noirs qui dirigeaient la plus belle colonie française d'Amérique avaient perdu tout amour pour la patrie. D'ailleurs, ils n'en faisaient qu'à leur tête, se moquant des décrets du Consulat, foulant aux pieds la Constitution. Toussaint-Louverture ne venait-il pas d'ailleurs d'envahir la partie espagnole de Saint-Domingue, aggravant nos relations déjà tendues avec la couronne de Castille ? Par bonheur, Napoléon avait envoyé une armée de cinquante mille hommes, commandée par son propre beau-frère, le général Leclerc, pour ramener Toussaint et Pétion à la raison.

« Leclerc est un formidable guerrier, me confiait Pélage. Il ne fera qu'une bouchée de ces gueux armés de piques et de torches qui vénèrent des dieux vaudous. Et puis, n'oublions pas qu'il est le propre beau-frère de Bonaparte, il aura sans doute à cœur d'éblouir sa femme Pauline. »

Le temps semble flotter autour de moi. Ou alors c'est moi qui flotte au fil du temps. Comment le savoir ? Tout n'est qu'incertitude autour de ma personne. Je soupçonne Baco et son compère Jeannet d'avoir reçu des ordres de Napoléon pour rétablir progressivement l'esclavage dans la Colonie. Ces hypocrites protestent de leur bonne volonté quand je les interroge mais à leurs regards désormais fuyants, à leurs mimiques équivoques, je sais de quoi il retourne. Ils ont remis en usage la peine du fouet pour ceux d'entre les coupeurs de canne qui refusent de travailler jusqu'à la tombée du jour. Ils ont ordonné la réquisition de tous les Nègres vagabonds qui abondent dans les villes de Basse-Terre et de Port-la-Liberté afin de relever les plantations sur lesquelles sont revenus des émigrés. Ces derniers, grands Blancs qui avaient fui la terreur de Victor Hugues et la guillotine, nous arrivent maintenant de partout. Des îles anglaises avoisinantes, de Cuba, de la Louisiane même. Ils n'ont qu'un mot à la bouche, un mot effrayant : « Le Nègre doit obéir comme au temps où la France était gouvernée par des rois. »

Ces déclarations hostiles à la République n'émeuvent pas Baco et Jeannet. Lacrosse, quant à lui, n'est plus du tout le révolutionnaire qui avait jadis applaudi à l'abolition de l'esclavage. Il est devenu un homme irritable et plein de morgue qui, l'autre jour, a refusé tout net de recevoir une délégation de citoyens mulâtres venus lui faire des doléances.

« Si le général Bethencourt meurt, nous prévient Ignace, êtes-vous sûrs, chers Delgrès et Pélage, que Lacrosse acceptera de laisser le commandement de l'armée de la Guadeloupe à un mulâtre ? Magloire Pélage, ce poste te revient de droit, tu le sais ! »

Pélage ne rétorque rien. Je le sens fébrile et torturé par d'étranges pensées. En effet, le héros de la célèbre bataille du Vert-Pré, en Martinique, qui mit jadis en déroute l'Anglais, n'ignore pas comme tout un chacun que le général Bethencourt se consume de la fièvre jaune et que tôt ou tard il sera conduit à assumer cette tâche redoutable. Sur la fin des après-midi, il m'entraîne dans de longues promenades qui lui permettent de penser à haute voix, mais il sait demeurer vigilant puisque c'est lui qui me fait remarquer les regards à la dérobée que ne cesse de me jeter la cantinière de l'agent Jeannet.

Le destin est une chose bien curieuse. Ce qu'Ignace traduit par le proverbe créole qui affirme que ce qui doit vous revenir, aucune rivière ne peut le charroyer. En effet, par deux fois, cette jeune femme s'est trouvée sur ma route. Comme si une main invisible l'y avait placée. En effet, lors de notre tentative de reconquête de Sainte-Lucie sur l'Anglais, nous avions établi le contact avec un curieux groupe de Nègres marrons dans la forêt de Micoud. Il y avait là, en fait, de vrais esclaves en fuite mais aussi des mulâtres et surtout des soldats français qui, au lieu de se rendre à l'ennemi, avaient préféré rejoindre les premiers nommés. Cet assemblage hétéroclite avait établi, à notre grande surprise, des liens solides de convivialité et des alliances s'étaient même nouées entre des Négresses et certains Blancs. Ces dissidents harcelaient l'Anglais en divers points du pays aux cris de « Liberté-Égalité-Fraternité » et « Vive la République ! », sans parvenir à établir le moindre contact avec les gens de la Martinique ou de la Guadeloupe. Le succès, certes provisoire, de notre mission tint pour une large part à l'appui décisif qu'ils nous portèrent vers la fin de l'an 1794. Le drapeau tricolore se mit à flotter à nouveau sur tout le pays de Sainte-Lucie et Victor Hugues s'était réjoui d'être parvenu à placer la Martinique, encore sous le joug britannique, entre les tenailles de la Révolution.

« Tant que nous ne nous rendrons pas maîtres de Saint-Pierre, proclamait-il, notre cause vivra dans la fragilité et l'incertitude. »

Souvent, il me prenait à part et me demandait de lui décrire la capitale des Petites Antilles, ses rues soigneusement pavées, ses hautes demeures aux balcons ouvragés, son port qu'agitait une activité frénétique, ses journaux, ses joutes perpétuelles entre Blancs et mulâtres.

« Ah ! Si nous n'avions pas jeté bas le trône de France, citoyen Delgrès, rêvait-il tout en se gaussant de lui-même, je me proclamerais vice-roi des Indes occidentales une fois Saint-Pierre reconquise. »

Hugues m'avait confié la tâche délicate d'enrôler

tous les Nègres marrons et autres dissidents en âge de porter les armes dans l'armée de la République. Mais ceux-ci avaient gardé une forte méfiance envers tout ce qui pouvait ressembler de près ou de loin à une obligation venue d'en haut et bon nombre rechignèrent à endosser l'uniforme. J'avais remarqué en leur sein la présence d'une jeune femme mulâtresse à la belleté frappante, qui fuyait mon regard et se complaisait à aller vêtue de hardes sales, quand ce n'étaient pas de haillons. Lorsque j'essayai de l'entreprendre, la sauvageonne me lança des regards pleins de fureur et s'enferma dans un mutisme qui me désarçonna. Ses compagnons se moquaient d'elle à tout propos, faisaient mine de compter les poux qui gîtaient dans le désordre de ses cheveux tout en l'accablant de tâches domestiques qu'elle accomplissait sans maugréer. Petit à petit, elle s'apprivoisa d'elle-même en fréquentant les cantinières de notre régiment et, un beau jour, elle esquissa un sourire en me voyant approcher.

« Monsieur… monsieur…, me fit-elle.

— On ne dit plus "monsieur", jeune fille, on dit "citoyen"…

— Citoyen… j'ai un rêve…

— Je t'écoute, citoyenne.

— Voilà ! Je veux m'en aller vivre loin d'ici. J'étouffe à Sainte-Lucie. »

Cette bougresse avait dû recevoir quelque teinture d'éducation avant de partir marronner. Cela se ressentait à son accent et à sa manière d'appuyer ses propos avec de petits gestes de la main chargés de conviction.

« Mon nom est Marthe Rose mais… enfin, tout le monde m'appelle Toto.

— Et ton rêve est de partir où ? lui demandai-je, de plus en plus amusé.

— Je ne sais pas. Loin d'ici en tout cas ! À la Martinique, en Louisiane, en France, pourquoi pas ? J'entends de belles choses à propos de ces contrées-là…

— Pour la Martinique, permets-moi de te dissuader tout de suite, citoyenne Toto. L'esclavage n'y a jamais été aboli et tu y vivrais un enfer bien plus implacable que celui que tu as pu connaître ici. »

Soudain me revint le visage de la sauvageonne que j'avais découverte aux abords de la cascade du jardin Botanique de Saint-Pierre bien des années auparavant. Une étrange ressemblance réunissait les deux femmes dans mon esprit mais, déçue, Marthe Rose avait déjà tourné les talons, une bassine de linge à laver, qu'elle retenait d'une main, posée sur l'en-haut du crâne. À cet instant, je pus la détailler à loisir et m'émerveillai de la perfection de son corps. Mais je n'eus guère le temps de poursuivre mes relations avec elle : l'ennemi anglais était à nouveau aux portes de Sainte-Lucie. Une flotte impressionnante s'était postée dans les rades de Castries, Soufrière, Dennery et Vieux-Fort, nous acculant à Laborie. Notre armée, qui s'était laissé bercer par une victoire facile et que l'intégration des Nègres et Blancsmarrons avait quelque peu désorganisée, ne résista pas longtemps. Moi-même fus fait prisonnier, refusant de m'enfuir comme certains de mes camarades officiers vers l'île de Saint-Vincent, plus au sud, où des Caraïbes noirs nous étaient de fidèles alliés.

SIXIÈME CERCLE

« Pour dresser l'acte d'indépendance, il nous faut la peau d'un Blanc pour parchemin, son crâne pour écritoire, son sang pour encre et une baïonnette pour plume. »

Jean-Jacques Dessalines,
futur premier président
de la République d'Haïti,
1802

Les festivités du Tricentenaire battaient désormais leur plein. Amédée s'était laissé entraîner, un peu à contrecœur, dans la tournée des bals-paillote dont Bec-en-Or et Bel Bougre avaient concocté l'itinéraire avec un doigté qui le laissait pantois. En noceurs invétérés, ils savaient avec un flair quasi infaillible quand tel bal aurait de l'ambiance et où les bougresses les plus capiteuses décideraient d'aller se remuer la croupière. L'orchestre Ting-Bang, animé par le maestro Raoul Waterloo, composé de musiciens de fortune soi-disant experts en valses créoles et en mazurkas, avait la faveur de Bec-en-Or, ce qui faisait sourire l'Historien. Il était le seul de la bande à savoir lire le solfège et à déceler les fausses notes qui, à l'entendre, étaient plus nombreuses dans les prestations de Ting-Bang que les bonnes.

« *Tchip! Ou sé an titjap milat!* » (Pff! T'as un esprit de bourgeois mulâtre, toi!) s'indignait Bec-en-Or.

Bel Bougre, lui, faisait la fine bouche. Toujours

vêtu à quatre épingles de voyantes chemises en soie à manches longues, de pantalons à l'escampe parfaite et d'un feutre noir, il se tint au fond de la paillote quand Bec-en-Or les entraîna dans la commune du Robert, au quartier Catalogne. Assis à une table, une bouteille de Martini en face de lui, il regarda de haut la plèbe qui chavirait sous les coups de saxo et d'harmonica de Raoul Waterloo et de ses compagnons. Même Amédée, qui était loin d'être un foudre de guerre en matière de danse, se laissa emporter dans les bras d'une demoiselle aux cheveux défrisés au fer chaud, qui considéra comme un insigne honneur le fait que le jeune homme l'ait élue parmi tant de cavalières aux cheveux naturellement lisses. Bien qu'il redoublât les pas à contretemps, lui cognant au passage le genou, la Négressenoire serrait les dents de douleur tout en savourant son bonheur, la gloire éphémère qui l'auréolait ce soir-là et dont les langues à commérages feraient grand cas tout au long de la semaine à venir. Les yeux clos, Amédée était parti dans une rêverie sans fin dans laquelle le beau visage d'obsidienne d'Ida, la vidangeuse pleine de mystère, celle qu'il désespérait de rencontrer un jour, se collait contre sa joue. Il sentait sa bouche ourlée lui chatouiller le bout de l'oreille et son souffle, qui exhalait une odeur d'ylang-ylang, lui caresser le front. Cela provoquait en lui une manière d'excitation qui faisait sa cavalière se méprendre sur ses intentions. L'équivoque se renforça quand le jeune homme ne la lâcha point après le deuxième morceau et la tint pressée contre sa poitrine humectée de sueur près d'une heure durant. Bec-en-Or, lui aussi bluffé, lançait des œillades complices à la donzelle comme pour l'encourager à l'étreindre encore davantage. Ce qu'elle fit au point de pencher sa tête sur son épaule, les yeux également fermés, au comble de la pâmoison. Sentant qu'il lui fallait franchir un pas décisif, elle voulut lui murmurer une parole tendre mais le français était pesant dans sa bouche et il n'était pas question, dans une telle circonstance, d'employer le créole. Alors, elle chercha à se remémorer les quelques leçons de grammaire qu'elle avait pu apprendre au cours des quatre années d'école primaire qu'elle avait suivies, récita une ou deux listes de vocabulaire et petit à petit forma une phrase qui lui parut non seulement impeccable mais bellissime. Elle s'élança, encouragée par Bec-en-Or, qui, tournevirant sa cavalière non loin d'eux, désigna Amédée de l'annulaire, d'un geste qui se voulait discret, et lui jeta au passage :

« *I ta'w, mafi !* » (Il est à toi, ma vieille !)

Relevant la tête avec une brusquerie qui réveilla Amédée de sa torpeur, la jeune femme le regarda dans le mitan des yeux et lui fit sa déclaration en veillant à bien articuler :

« Mussieu, le printemps de mon cœur a fleuri sous le soleil de tes yeux et je suis devenue une jonquille qui enchante les berges de ton étang aux eaux translucides. »

Amédée, à cause de la musique assourdissante qui semblait rebondir sur la tôle ondulée du toit, ne perçut que les mots « printemps », « jonquille » et « étang », mots parfaitement insolites, voire incongrus dans la bouche d'une Négresse de campagne, et en demeura le bec coué. Il continua à la faire valser sur le morceau tout en se détachant peu à peu de sa personne. Mais comment pourrait-il l'abandonner à présent sans lui faire perdre la face à jamais aux yeux de toutes les marchandes en commérages, dévorées par la jalouseté, qui ne comprenaient pas pourquoi un mulâtre d'En-Ville, plein de gamme et de dièse tel que lui, s'était entiché d'un tel laideron ? Croyant son affaire faite, la jeune femme lui pressa le plat des mains et répéta à voix plus nette :

« Mussieu, le printemps de mon amour va clairer la prairie de ton cœur et... »

Elle ne s'était point rendu compte qu'au beau mitan de sa nouvelle déclaration l'orchestre s'était arrêté afin de faire son premier pauser-reins de la soirée. Tout le monde observait leur couple encore enlacé et des remarques vipérines ou salaces se mirent à fuser de partout.

« *Ga tètzoto-a, i sa palé bèl fwansé dapré'y, fout !* » (Regardez-moi cette guenon, elle croit connaître le beau français, foutre !) s'écria une voix féminine passablement imbibée d'alcool.

« Le-e-e prin-in-temps-temps de mon-on cœu-œur-r ! » chantonna un soiffard qui titubait entre les tables, secoué par de petits hoquets.

Un sacré modèle d'éclat de rire emplit la paillote surchauffée. Amédée, bras ballants, ne savait quelle posture adopter. Il jeta un regard de détresse à Bel Bougre, qui n'avait pas bougé de sa table de la soirée, les yeux cachés par des lunettes fumées. Un ricanement décorait sa bouche, ce qui ne laissait présager rien de bon. Il se leva avec une lenteur étudiée et se dirigea vers la piste de danse sous le regard admiratif des mamzelles du cru, plus habituées à des bougres grosso-modos. Posant une main paternelle sur l'épaule de son compère Amédée, il s'éclaircit la gorge et se lança dans une plaidoirie tonitruante :

« Citoyens, citoyens, en cette glorieuse année 1935 où nous fêtons le tricentenaire du rattachement de notre chère Martinique à la doulce France, sachons nous montrer dignes, oui, je dis bien dignes, de nos valeureux ancêtres, les Gaulois ! Que l'hymne de notre patrie résonne en ce lieu pour témoigner qu'il n'y a pas une seule minute de notre existence qui ne soit imprégnée de notre amour éternel, viscéral, pour la France ! »

Les Nègres du Robert, surtout ceux du quartier Catalogne, qui n'avaient l'occasion d'entendre tant de beau français qu'à l'occasion des joutes électorales, applaudirent avec fracas. Deux costauds hissèrent Bel Bougre sur leurs épaules et entonnèrent un vibrant « Allons z'enfants de la pa-trie-i-e ! ».

Amédée en profita pour retirer ses pieds avec le plus de discrétion possible, jetant à sa cavalière :

« À tout à l'heure, très chère ! »

Bec-en-Or et l'Historien prenaient déjà le frais dehors, se gaussant de la mésaventure du mulâtre. Les alentours de la paillote étaient plongés dans une noireté sans nom et, dans le lointain, on distinguait la masse fantomatique des mornes, brusquement dessinés par le tracé en zigzag des lucioles, âmes en peine à la recherche d'apaisement. Amédée, les mains engoncées dans les poches de son paletot, à cause de la freidure de la nuit, n'osait s'approcher d'eux. Il resongea soudain à son roman sur Delgrès et tous ces cahiers qu'il avait griffonnés des mois durant lui parurent relever de la dérisoireté la plus complète. Quel rapport y avait-il entre les ancêtres esclaves et tous ces gens qui bambochaient dans leur paillote ? Sa ressemblance avec le héros de l'Habitation Danglemont, ce colonel sans peur et sans reproche qui maniait avec autant d'aisance l'épée et l'archet, ne relevait-elle pas d'un pur fantasme ? Lui, Amédée Mauville, piètre écrivaillon se débattant dans une époque sans gloire, que pouvait-il espérer d'autre que le ridicule de situations dont il n'était même pas le maître ?

Bel Bougre jaillit à son tour de la paillote, apparemment en proie à une colère encore plus dévastatrice. Son enthousiasme patriotique était retombé tout net.

« Tu t'es bien amusé, toi ? cria-t-il, un doigt vengeur pointé en direction de l'Historien.

— Parfaitement ! rétorqua ce dernier, hilare.

— Eh ben, bravo ! On voit bien que tu ne

connais rien à la vraie musique. Pff! Et dire que ça se prétend un grand-grec! Bec-en-Or, pas la peine de jouer au saint-nitouche! C'est toi qui nous as entraînés ici dans ce bal-mal-z'oreilles.»

Puis, prenant à partie Amédée, il fulmina :

«Ha! Regardez-moi ce petit monsieur de la bonne mulâtraille de Foyal! Regardez-le-moi! Il s'est collé à une boniche plus noire qu'hier soir comme s'il s'agissait de madame de Pompadour. Ha-Ha-ha! Non mais vous êtes tous une bande d'inutiles! J'ai plus rien à foutre avec vous. Je m'en vais danser à la paillote Cœur Créole à Trinité. Là, au moins, y a du beau monde.»

Et de disparaître dans le sentier à pic qui conduisait jusqu'à la route Coloniale. Bec-en-Or, sans doute blessé dans sa susceptibilité, qu'il avait à fleur de peau, regagna le bal sans mot dire.

«Eh ben! Eh ben!» soliloquait l'Historien, toujours hilare.

Amédée, incrédule, le vit suivre le même chemin que le fier-à-bras. L'orchestre venait, il est vrai, d'entamer une rumba de tous les diables. Demeuré seul dans la nuit que des trouées de lune rendaient à présent moins opaque, le mulâtre serra les dents. De désarroi. De honte. De colère rentrée aussi. Pris d'une subite inspiration, il emprunta une large voie empierrée qui conduisait à une plantation de canne à sucre, à l'opposé de la route Coloniale. Plus il avançait, plus les bâtiments de l'Habitation, surtout l'économat et les écuries, situés au-devant de la maison du maître, semblaient s'éloigner. Une brume phosphorescente enveloppait le monde, accompagnée d'une rumeur lancinante mais doucereuse, semblable à celle d'une chute d'eau. Tout semblait dormir d'un sommeil irréfragable. Même les chiens d'Habitation, d'habitude hargneux, se tenaient tranquilles. Soudain, une riviérette limpide coupa le chemin de pierres, interloquant le jeune homme. Amédée eut la tentation de redévirer à la paillote lorsque ses yeux butèrent sur un peigne de taille démesurée, couleur d'argent, qui semblait avoir été posé là, sur une roche du mitan de l'onde, à-quoi-dire un signal au visiteur impromptu. Amédée ne parvenait pas à détacher son attention de l'objet qu'un rayon de lune illumina un bref instant. Une force contre laquelle il était vain de s'opposer le poussait vers le peigne. Il entra dans l'eau jusqu'aux chevilles, frissonnant parce qu'elle était glaciale et qu'elle lui traversa les chaussettes. Jamais il n'avait contemplé un peigne si merveilleusement taillé ! Sans doute était-il fait de nacre ou alors de carapace de tortue-carette. Amédée posa deux doigts tremblants sur lui et aussitôt une créature féminine jaillit du fond de la riviérette, complètement nue, ses longs cheveux-huile tournoyant au-dessus de ses épaules. Elle se contenta de sourire et de l'observer d'un air un peu moqueur. Le fil du cœur du jeune homme faillit se briser. Il recula de deux pas mais ne parvint pas à s'escamper.

« Tu me cherchais, tu m'as trouvée ! » fit la créature d'une voix rauque, presque désagréable.

Et de s'avancer vers lui et de l'envelopper entre ses bras. La puissance de son étreinte, fort peu féminine, terrorisa Amédée, dont le cri s'étouffa au fond de sa gorge asséchée.

« Je suis la mulâtresse Solitude. Gardienne de ces lieux, je suis. La prophétie de nos pères ne s'est pas réalisée. Hors de l'Afrique-Guinée, nous nous sommes perdus. Ah ! Nous avons bataillé contre nos oppresseurs. Avec nos épées. Avec nos mousquets. Avec nos canons. Avec nos poings. Avec nos pieds. Que de sang ! Que de haine ! Nous n'avons point démérité. Jusqu'à l'extermination totale, nous avons combattu. Serre-moi dans tes bras, ainsi seulement tu acquerras un peu de notre vaillantise. »

Au devant-jour, Bec-en-Or et l'Historien trouvèrent Amédée allongé dans l'herbe humectée de fine rosée. Il s'était tout simplement assoupi après leur départ d'avoir trop bu et sans doute trop dansé avec le laideron de la paillote. Telle était du moins l'opinion des deux compères, qui dérisionnèrent les tentatives de dénégations du jeune homme.

« Je n'ai ni dormi ni rêvé ! protesta-t-il en embarquant à bord de la Ford de l'Historien.

— Rêvé, ça, on l'ignore, rétorqua celui-ci, ironique, mais dormi, ça, je t'assure, mon bougre.

— Assurément et non pas peut-être... », fit Bec-en-Or pour enfoncer le clou.

Le fier-à-bras ramenait à Fort-de-France une gourgandine qu'il avait réussi à lever à force de pas de danse sublimes et de paroles mielleuses. Il avait dû lui promettre un job de serveuse dans quelque estaminet car la fille ne cessait de le remercier de l'avoir arrachée à cet enfer sur terre qu'était le travail de la canne. Elle empestait le sentir-bon à deux francs-quatre sous et ses larges hanches cognaient la personne d'Amédée à chacun des cahots qui secouaient l'auto. Le bougre s'endormit cette fois-ci pour de vrai, la tête appuyée contre la portière.

CAHIER DELGRÈS

> « Espérer que la religion civilisera le Nègre, c'est croire aux miracles, et nous ne sommes plus dans le temps où certains contes endormaient les hommes. La religion est admirable, elle seule peut établir les véritables relations sociales ; mais elle ne sera jamais comprise par une classe d'hommes qui tiendra toujours de la brute. »
>
> Pierre Dessales,
> *La Vie d'un colon à la Martinique au XIXe siècle,*
> 1785-1857

Je tournais et retournais la proclamation signée des propres mains du Premier Consul. Ignace m'observait, goguenard, se demandant cette fois-ci quel argument, quelle argutie plutôt, je trouverais pour nier la réalité : Napoléon Bonaparte avait bien dans l'esprit l'idée de rétablir l'esclavage dans les îles antillaises. Cela ne faisait pas l'ombre d'un doute.

Des bruits persistants affirmaient que des émigrés se rassemblaient dans les territoires sous contrôle britannique des alentours et se préparaient à rallier en masse la Guadeloupe, la soif de revanche au ventre.

« Si les parents de mes anciens maîtres se hasardent à revenir, tonnait Ignace, je quitte là même le corps des grenadiers et je me fais planteur, foutre ! Et sur l'Habitation de Maupuis, s'il vous plaît ! »

Je souriais des velléités agricoles de celui qui était devenu mon plus proche compagnon d'armes. Pourtant, tout nous séparait. D'abord, la naissance et la couleur, puisqu'il ne cessait de me rappeler que j'étais un mulâtre de Saint-Pierre de la Martinique tandis que lui affichait fièrement ses origines plébéiennes et nègres guadeloupéennes. Ignace avait toujours regardé le violon dont je ne me séparais jamais avec la plus extrême défiance. Une fois, une seule, il avait osé l'essayer mais, maniant rudement l'archet, un grincement jaillit qui le fit sursauter. Il était persuadé qu'on ne pouvait jouer que de la musique de Blancs avec un tel instrument. J'affectionnais des sonates écrites par un célébrissime mulâtre de Paris, le chevalier de Saint-Georges, qui était la coqueluche des salons et dont le bruit des frasques amoureuses avait franchi l'Atlantique.

« C'est de la musique triste, non ? demandait Ignace, les soirs où, comme pris d'une nostalgie que je m'appliquais à dissimuler, je me livrais tout entier à mon violon.

— Pas plus triste que le tambour…

— Comment ça ? Tu trouves le tambour triste ! Mais tu plaisantes, j'espère. Dans le son du gros-ka, il y a tellement d'allégresse que personne ne peut l'écouter sans se trémousser sur-le-champ, même ceux qu'un malheur vient de frapper. »

La proclamation, datée du 17 brumaire, an X, était rédigée dans le créole de Saint-Domingue ou dans un langage qui se voulait approchant. Chaque phrase puait l'hypocrisie, la dissimulation, le mépris même. Je dus la déchiffrer à haute voix, mot après mot, car c'était la première fois que je voyais le créole écrit.

« Quand le Premier Consul s'exprime dans l'idiome des Nègres, c'est qu'il y a quelque chose de grave qui se trame, mon cher Ignace », fis-je, de plus en plus perplexe.

Je me souvenais de la très brève vision que j'avais eue de Bonaparte. La scène s'était déroulée dans la salle d'armes de Morlaix. Magloire Pélage, quelques autres officiers de couleur ainsi que moi-même venions d'être échangés contre des prisonniers anglais et on avait tenu à nous décorer en grande pompe. Ce jour-là, j'avais été fait colonel. Après les discours d'usage, les décorations et les embrassades, nous avions été conviés à visiter le château et soudain, au détour d'un pas perdu, nous aperçûmes distinctement un petit homme bedonnant au teint très brun, son bicorne sous un bras, l'autre bras enfoncé entre son ventre et sa tenue de général, qui nous jetait un regard à la fois distrait et courroucé.

« Qui c'est, ces gens-là ? » avait-il lancé à l'un de ses aides de camp.

Mes compagnons et moi n'entendîmes pas la réponse, stupéfaits que nous étions de nous trouver si près du chef de la Grande Armée, celui qui ne tarderait pas à voler de victoire en victoire aux quatre coins de l'Europe, donnant une gloire éternelle à la République. Aucun d'entre nous n'eut la présence d'esprit de saluer Napoléon ni de se mettre au garde-à-vous. Alors, ce dernier fit quelques pas dans notre direction, nous détailla sous toutes les coutures, puis il lâcha, tournant les talons :

« Je n'aime pas du tout ces Nègres empanachés. »

J'avais ressenti cette appréciation comme une brûlure cruelle et injuste, moi qui, pour la seconde fois, venais de croupir dans les geôles de l'Anglais pour m'être battu avec la dernière des énergies afin d'assurer la sauvegarde de la patrie. Moi qui m'étais juré de faire flotter le drapeau tricolore, non seulement sur la Guadeloupe et ses dépendances, mais aussi sur ma terre natale, la Martinique, sur Sainte-Lucie et Saint-Vincent. Dans cette dernière île, Victor Hugues m'avait chargé d'une mission périlleuse dont j'avais peu de chances de réchapper : soulever les Caraïbes noirs contre l'Anglais. Cette nation-là, fruit d'un intense mélange entre Caraïbes et esclaves marrons, n'avait jamais été totalement soumise à la couronne britannique et n'attendait qu'un simple encouragement pour se révolter. Je devais être le messager de la Révolution. Cela dans le plus grand secret. Je ne porterais ni uniforme ni épaulettes. Je me grimerais en contrebandier juif de l'île de Curaçao, habitué à faire du cabotage dans le sud de l'archipel. Cette mission, j'avais fait tout ce qui était en mon pouvoir pour la réussir, quand bien même elle relevait de l'impossible, et, si j'avais accepté de prendre tant de risques, c'était par amour de la France et de la Révolution, non par soif de gloire car Victor Hugues m'avait averti : « Point de médailles ni aucune sorte de récompense ! Si vous échouez, ce sera tant pis pour vous. Si vous réussissez, ce sera tant mieux pour la patrie. »

Je relisais le début de la proclamation en français comme si je voulais me convaincre que je ne rêvais point.

Paris, 17 brumaire, an X.
République française une et indivisible.

PROCLAMATION

Les consuls de la République française à tous les habitants de Saint-Domingue

Habitants et vous tous qui vivez à Saint-Domingue :

Qui que vous soyez, quelle que soit votre couleur, quelle que soit l'origine de vos pères, nous n'en avons cure ; nous savons seulement que vous êtes tous libres, que vous êtes tous égaux devant Dieu et aux yeux de la République.

Ignace me saisit le poignet. Son regard de feu se planta dans mes yeux, puis dans ceux de Magloire Pélage. Cette fois-ci, nous, les deux mulâtres, nous nous devions de choisir, semblaient-ils dire. Le temps des tergiversations était bel et bien révolu J'examinai pour la dixième fois la signature de la proclamation. Aucun doute : c'était celle de Bonaparte, inimitable, farouche. Celle d'un Premier Consul dont nul ne se serait avisé de discuter les ordres.

« Nous avons encore assez de soldats en armes pour encercler tous les Blancs et nous emparer du gouvernement de la Guadeloupe..., fit Ignace.

— Il ne s'agit pas de s'emparer du pouvoir. Nous ne sommes pas des fauteurs de division et d'anarchie. Il s'agit de nous opposer au retour de l'esclavage, voilà tout !

— Ha-Ha-Ha ! Tu me fais rire, Delgrès ! Tes scrupules nous perdront tous. Ceux que nous aurons bientôt en face de nous, armés de fusils et de chaînes, ne nous considèrent point comme leurs égaux. Nous ne sommes à leurs yeux qu'une caricature d'humanité, une sous-espèce qui ne mérite qu'un seul sort, celui de ployer sous le joug de la servitude. Delgrès, écoute ton frère Ignace, je t'assure qu'ils ne feront pas de sentiment avec nous. »

J'appelai Marthe Rose, qui se reposait dans une

pièce adjacente. Nous nous étions peu vus depuis notre première rencontre mais l'amour qui nous avait aussitôt liés l'un à l'autre n'avait fait que s'accroître. Jamais Rose ne m'avait abandonné, moi qui par deux fois avais été fait prisonnier par l'Anglais et transporté dans les geôles de Londres. Elle aurait pu perdre espoir, se consoler avec la foule de prétendants qui se couchait à ses pieds, la couvrant de missives flatteuses et de bouquets de fleurs, mais elle avait tenu bon. Je ne prenais aucune décision de quelque importance sans la consulter, chose qui agaçait quelque peu Ignace. Pourtant, cette fois-ci, les préventions du grenadier s'effacèrent. Toto était du même avis que lui. Elle prévoyait même le pire :

« Nous n'avons pas le choix, je le sens. L'armée va se briser en deux parties : celle des Blancs, qui fatalement prendra fait et cause pour sa race, et la nôtre… Il faut prendre les devants, Louis Delgrès…

— Que veux-tu dire ?

— Je sais que tu es partagé, nous le savons tous et…

— Je ne peux tout de même pas trahir la France ! C'est elle qui a fait de moi ce que je suis. Quant à l'armée, c'est ma seconde famille et ce drapeau… ce drapeau tricolore, chaque fois que je le vois monter à un mât, mon cœur s'enflamme. Vous pouvez comprendre cela ? »

Ignace secoua la tête négativement. Marthe Rose s'approcha de moi et me caressa le visage. Sa main était fiévreuse, aussi fiévreuse que la première fois où nos corps s'étaient rencontrés lors de ce bal populaire qu'avait donné Victor Hugues pour fêter son arrivée en Guadeloupe. La Négresse partie en marronnage, la pauvresse que j'avais jadis, en son île de Sainte-Lucie, sauvée des tortures que les maîtres infligeaient à ceux qui avaient osé s'affranchir de leur propre chef et à laquelle j'avais fait obtenir un poste de cantinière, était devenue une vraie femme. Et, par-dessus tout, elle n'avait point oublié mes attentions en dépit des années. C'était presque il y a un siècle, songeai-je. L'histoire avançait si vite. Les êtres et les choses en étaient comme perpétuellement bousculés et il n'y avait guère de place pour la méditation. Il fallait prendre souvent des décisions au pied levé, ce dont j'avais une sainte horreur.

« Mais il y a bien cette proclamation, tentai-je de résister. Elle est signée du Premier Consul et, en outre, elle est rédigée en créole…

— *Chèché i ka chèché kouyonné nèg !* » (Il cherche à couillonner les Nègres !) s'indigna Ignace en s'emparant du document.

Il se mit à le lire, trébuchant sur les mots, souriant devant la mauvaise qualité du créole, œuvre sans doute de quelques fonctionnaires de la métropole qui n'avaient fait qu'un court séjour dans l'île :

Dans tant révolution, la France voir tout plein misère ; dans la même que tout monde té faire la guerre contre Français, Français levé les uns contres les otes. Mais jordi-là, tout fini, tout faire la paix, tout embrassé Français : tout Français z'ami ; tout aimé gouvèrneman ; tout obéi li...

Tous trois, nous ne pûmes nous empêcher de rire. Magloire Pélage fut le seul à garder son sérieux. Au même moment, un trompette sonna le rassemblement de la garde. Je repris d'instinct mon sérieux, lissai son pantalon et redressai le col de son uniforme puis, prenant conscience de mon ridicule, je déclarai :

« Ce soir, la garde est de la responsabilité du colonel Maupert... Tu restes avec nous, Ignace ? Tu partages notre souper ?

— Merci. Je ne peux pas. J'ai à visiter quelqu'un au Lamentin...

— C'est plutôt loin pour un rendez-vous galant, mon cher. »

Ignace me salua, sourire aux lèvres, fit un signe de tête à Marthe Rose et, avant de sortir, regarda longuement le défilé de la garde dans la cour principale du fort quand un brouhaha envahit la caserne.

« Le général Bethencourt n'est plus ! Notre général en chef vient de mourir ! » criaient des soldats, blancs et noirs, désemparés.

Pélage blêmit. Pour se bailler contenance, il fit le signe de la croix et murmura une courte prière. Ignace lui saisit le poignet et lui dit :

« *Sé vou ki chèf alè la kon sa !* » (À présent, c'est toi le chef !)

Marthe Rose et moi approuvâmes de la tête. Puis nous nous rendîmes au chevet du défunt qu'entouraient déjà la plupart des officiers commandant les troupes établies à Port-la-Liberté. Une atmosphère étrange, faite de suspicion et de crainte, régnait dans la chambre où reposait le général Bethencourt. Blancs et Noirs, qui se congratulaient il y a peu, s'observaient du coin de l'œil, chaque camp s'étant presque naturellement rangé d'un côté du lit du défunt. Une garde d'honneur composée uniquement de soldats blancs prit place sans que l'on sache qui l'avait mandée.

« Nous avons envoyé un message à Lacrosse, fit un officier blanc à Pélage et à moi. Il se trouve encore à Basse-Terre et ne rentrera que dans deux jours. »

Celui qui venait de parler n'était autre que le chef de bataillon Souliers, un être abject, qui s'était retrouvé républicain par hasard et qui vouait un souverain mépris à la race noire. Plusieurs d'entre ses soldats de couleur s'étaient plaints au cours des derniers mois des vexations qu'il leur avait fait subir. Tout le monde savait qu'il jalousait les épaulettes de général de brigade de Magloire Pélage mais n'osait pas avouer publiquement son hostilité tant les hauts faits d'armes de celui-ci étaient incontestables. Souliers donnait l'impression de satisfaire une sorte de revanche et, pour de bon, le surlendemain, la réponse de Lacrosse tombait, sèche et implacable comme la lame de madame Guillot : il s'octroyait le commandement en chef de l'armée de Guadeloupe et nommait Souliers son adjoint.

Il n'en fallut pas plus pour mettre le feu aux poudres tant à Port-la-Liberté qu'à Basse-Terre même. Ignace se porta immédiatement en tête de ceux qui récusèrent le décret de Lacrosse. Passant de caserne en caserne afin d'inciter les soldats guadeloupéens à la désobéissance, il proclamait : « Le règne de l'ignominie blanche prend désormais fin. Nous, les Noirs, avons le devoir de gouverner notre pays tout seuls. N'hésitez point à user de vos armes contre vos anciens chefs ! »

Il fit le siège de Pélage, tantôt le suppliant, tantôt le menaçant. Très vite, il conquit mon cœur mais ne parvint pas à me convaincre tout à fait, moi qui étais encore l'aide de camp en titre de Lacrosse. Les nouvelles qui arrivaient de Basse-Terre étaient effrayantes : Lacrosse avait fait tirer sur des conscrits de couleur, avait dégradé et emprisonné des officiers noirs et mulâtres. On le disait débordant de rage. Il avait perdu le sommeil et préparait une troupe qui ne tarderait pas à monter à l'assaut de Port-la-Liberté afin d'éradiquer ceux qu'il nommait les « traîtres à la patrie ». Magloire Pélage protestait qu'il ne pouvait être rangé dans cette catégorie d'hommes et multipliait les missives apaisantes à l'attention de Lacrosse. Chaque matin, la foule des Nègres descendus des campagnes de la Grande-Terre grossissait, occupant nuit et jour les rues de la ville. À la fin du mois d'octobre, soit trois mois après le début des troubles, le peuple, exaspéré par l'échec d'un nouvel entretien entre des émissaires de Pélage et de Lacrosse, envahit le fort où le premier était en poste. Il le força à accepter ce titre de général en chef de l'armée de Guadeloupe qui lui revenait de droit et dont l'avait privé Lacrosse. Ignace exultait :

« Nous avons désormais entre nos mains les rênes de notre pays !

— Notre pays, comme tu dis, s'énervait Pélage, c'est la France, et la Guadeloupe, ta chère Guadeloupe, n'en est qu'une province. Il n'est pas question pour moi d'endosser votre désir de sécession.

— Et toi, qu'en dis-tu, Delgrès ? me tatillonnait le Nègre-caraïbe.

— Je vous comprends. Je sais que vos craintes sont fondées. La plupart de ces faux révolutionnaires n'ont qu'une seule idée en tête, celle de rétablir l'esclavage, mais je suis d'avis qu'il faut attendre. Ne nous hâtons point, ils sont d'une habileté redoutable ! rétorquais-je.

— L'indépendance de la Guadeloupe est la seule voie qui nous soit ouverte ! insistait Ignace.

— Je te répète qu'il convient d'attendre un peu... »

Attendre ! Attendre ! Ignace en avait assez d'attendre. Est-ce que Toussaint-Louverture et Dessalines avaient attendu ? Et d'ailleurs n'étaient-ils pas présentement en train d'affronter les troupes de Napoléon ? « Je combattrai jusqu'à la mort ! » proclamait Ignace sur les places publiques, dans les tavernes, dans tous les casernements de Port-la-Liberté et jusque sur le parvis des églises dont certaines avaient commencé timidement à s'entrebâiller. Il enragea lorsque Pélage finit par ouvrir les portes de la ville à Lacrosse et trouva de nouvelles justifications à sa détermination lorsque ce dernier se mit à traiter les Nègres comme la lie de la terre.

« Ce chien qui a été accueilli en homme de bonne volonté par les nôtres nous remettra les chaînes aux pieds, je vous l'assure ! argumentait-il, jetant à Pélage des regards lourds de soupçons. Lacrosse n'est plus le sans-culotte qui bataillait contre les aristocrates et les Blancs créoles en 1792. Il a changé, ouvrez donc les yeux. »

Au final, pour la première fois de ma vie, je me trouvai prisonnier d'hommes de couleur. L'attaque menée par Ignace et une poignée de grenadiers fut foudroyante. Séquestrés Lacrosse et ses aides de camp. Séquestrée donc ma propre personne que, jour après jour, des soldats venaient essayer de gagner à leur cause. Tu n'es pas fait de la même pâte molle que Magloire Pélage ! Tu es des nôtres ! Rejoins-nous, Louis Delgrès, et nous ferons de la Guadeloupe une terre sur laquelle brillera pour toujours le drapeau de la liberté humaine. Je reconnaissais en chacun de ces mots ceux d'Ignace et mon cœur se gonflait de fierté. S'il fallait périr un jour prochain — car Ignace avait parlé de faire exécuter Lacrosse, chose qui ne manquerait pas d'entraîner les pires conséquences pour nous autres, soldats de couleur — je préférais que ce soit au côté de mes hommes de troupe et non de cet ambitieux, ce vilipendeur de la race nègre, qui avait toujours eu la tentation de me traiter comme son valet de chambre.

Car, au plus secret de mon âme, je nourrissais le pressentiment que tous ces événements, cette embardée de l'Histoire, se termineraient par notre anéantissement. Le mien mais aussi celui d'Ignace et du fier et discret Gédéon. Voire de Magloire Pélage, tout dévoué à Napoléon qu'il continuât à se montrer. Les temps que l'on vivait avaient des allures funèbres. L'enthousiasme s'était dissipé à jamais depuis que Robespierre et Saint-Just avaient été broyés par cette machine folle qu'était devenue la Révolution. Alors j'acceptai de rejoindre Ignace et les siens mais dans l'esprit de garantir aux générations futures que la Déclaration des droits de l'homme et du citoyen ne serait plus foulée aux pieds, non dans celui de bâtir un État guadeloupéen. Nous ne disposions pas des atouts qui nous permettraient d'imiter la voie de Saint-Domingue. J'avais fait mon deuil de cette belle utopie. Pour l'immédiat du moins.

« Nos petits-enfants construiront ce pays dont rêve Ignace, je n'ai pas de doute là-dessus, déclarai-je d'un ton solennel à ceux qui étaient venus une ultime fois solliciter mon appui. C'est pourquoi, si j'accepte de vous rejoindre, j'y mets une condition et une seule : que nous nous battions jusqu'à la mort. Je ne veux pas de capitulation. Nos descendants ne nous le pardonneraient pas. »

Ignace se précipita pour m'embrasser. Les soldats présents poussèrent des hourras qui firent accourir Marthe Rose, laquelle, depuis mon arrestation, vivait prostrée dans une dépendance de la caserne principale de Port-la-Liberté, refusant de s'alimenter.

« Nous devrons nous battre jusqu'à la mort, ajoutai-je, à moins… à moins d'obtenir un traité qui couvre le passé et assure l'avenir. »

Je n'avais plus foi dans le présent.

*

Maximilien Mauville exultait : malgré les frasques de son fils Amédée, le fait qu'il ait, au début de l'année, quasiment insulté les dignes membres du banc des Sénateurs sur la place de La Savane, courroucé au plus haut point monsieur le gouverneur avec cette pièce de théâtre à la gloire des Sauvages caraïbes et, bien qu'il fréquentât avec une assiduité plus que suspecte certains dirigeants communistes, le maire de Fort-de-France, Victor Sévère, n'avait point évincé le notaire de ses hautes fonctions au sein du Comité d'organisation des fêtes du Tricentenaire. Au contraire, le premier édile, soucieux, lui glissait souvent en aparté lors des réunions du conseil municipal :

« La génération qui s'annonce sera imprévisible,

vieux frère. Beaucoup donnent dans les idées surréalistes à ce qu'il paraît…

— Hon ! Ils attrapent cette maladie-là au quartier Latin et s'en reviennent contaminer notre jeunesse ici. Je suis bien placé pour le savoir : j'en possède un spécimen sous mon toit. »

Passant et repassant ses mains dans sa belle chevelure blanche qui commençait à se dégarnir, le maire soupirait :

« Ils ne veulent plus entendre parler de la Raison avec un grand R… mais en même temps ils rejettent le christianisme. Ni Descartes ni Jésus-Christ. C'est à n'y rien comprendre !

— Des enfants gâtés ! Tous sont nés avec une cuiller d'argent à la bouche, s'excitait le notaire. Moi, quand Saint-Pierre a brûlé, je n'ai pas pu retirer un demi-sou des cendres du volcan. J'ai dû rebâtir une vie entière à Fort-de-France, j'ai travaillé sans compter les heures. Or, au lieu de continuer sur cette lancée, mon Amédée se tourne les pouces dans sa chambre d'adolescent ! Monsieur se prétend écrivain. Pff ! Pour l'heure, je n'ai pas vu la première ligne de la première page du premier manuscrit sorti de ses brillantes cogitations. »

Les fulminations de Maximilien Mauville avaient le don d'amuser Victor Sévère. Il était persuadé que le notaire aurait pu faire un excellent sénateur de la Martinique s'il avait accepté de consacrer plus de temps à la chose politique. En fait, n'intéressaient vraiment ce dernier que les flonflons, les cérémonies officielles, les vins d'honneur ou les remises de décoration. Le train-train quotidien, notamment les fastidieuses doléances du petit peuple qu'il aurait dû écouter en tant que second adjoint au maire, il s'en déchargeait sur d'autres, moins bien placés que lui dans la hiérarchie municipale.

« Tu n'es pas encore entré au palais du Luxembourg que celui-ci vient à toi », le plaisantait Victor Sévère.

En effet, trois sénateurs de la métropole avaient annoncé leur participation à l'inauguration de la statue du comte Pierre Beslain d'Esnambuc. Mais de grosses inquiétudes agitaient l'esprit du notaire, les unes liées à l'imprévisibilité des réactions de son fils au fur et à mesure qu'approcherait la date de la manifestation, les autres à l'agitation sournoise qu'entretenaient les communistes dans les plantations de canne à sucre. N'avaient-ils pas l'intention de réitérer cette Marche de la Faim sur Fort-de-France qui avait assombri le mois de février ? Que se passerait-il si des centaines de gueux vociférants, armés de coutelas, de faucilles et de tridents, se mêlaient de gâcher l'atmosphère euphorique qui commençait à s'installer ? Et s'ils s'avisaient de troubler les commémorations patriotiques ? C'est pourquoi, avalant sa colère, Maximilien Mauville se décida à tenter une ultime conciliation avec son fils rebelle. Il mit plusieurs jours avant de trouver l'alibi qui lui permettrait de se retrouver seul à seul avec lui et c'est Clémence Belfond, sa maîtresse, qui le lui souffla. Amédée avait continué à lui rendre visite de temps en temps, à l'insu de son père, et une vraie amicalité se développa entre eux lorsqu'ils découvrirent qu'ils partageaient des opinions communes sur bon nombre de sujets. Ainsi Clémence était-elle des plus réservées à l'égard du Tricentenaire et de son cortège de festivités, non point parce qu'elle n'éprouvait pas d'amour pour la France, mais parce que au contraire elle considérait que l'attachement vrai n'avait pas besoin de tant de démonstrations publiques. Sa propre vie en était d'ailleurs la meilleure preuve. Ensuite, elle avait beaucoup moins de préventions que son amant envers ce qu'il nommait, la bouche en cul de poule, la « négraille » et profitait sans restriction aucune de toutes les occasions socialement permises de s'encanailler avec cette dernière. Le carnaval représentait, pour elle et son amie Hermancia, la couturière, un moment d'intense liberté. Toutes deux, dès le début du mois de janvier, demandaient à leurs hommes respectifs de bien vouloir espacer leurs rencontres car elles avaient trop à faire. Les plus beaux déguisements de l'En-Ville émanaient du petit atelier d'Hermancia et, bien qu'elle n'eût guère de talent en matière de coupe de tissu, Clémence lui apportait une aide précieuse grâce à l'originalité de ses idées. Près d'une année sur deux, la gagnante du concours de la reine du carnaval arborait un travesti pensé par Clémence et réalisé par Hermancia. Mais les deux amies-macocotte ne s'en tenaient pas là : elles couraient tous les vidés et défilés du dimanche gras jusqu'au mercredi des Cendres, bras dessus bras dessous, se livrant à la frénésie du danser des nuits entières — au grand dam de maître Mauville — dans ces hangars des quartiers plébéiens qu'on transformait en salles de bal pour la circonstance. Le notaire se tenait reclus dans sa demeure de la rue Victor-Hugo tout le temps que durait ce qu'il qualifiait de « vagabondagerie ». Une fois le carême et son lot d'abstinence arrivés, il reprenait pied chez sa maîtresse, à qui il reprochait de sentir la sueur de « nèg' ».

Ce qui toutefois contribua le plus à rapprocher Amédée et Clémence Belfond, ce fut l'intérêt réel qu'elle portait à la littérature, chose que n'avait jamais soupçonnée le notaire. Ce dernier s'imaginait que son bel oiseau en cage passait ses journées à l'attendre derrière ses rideaux en dentelle ou à papoter avec ses voisines, ce qu'elle fit au début de leur relation, mais l'ennui la gagnant elle en vint à feuilleter les manuels scolaires de ses deux filles, puis à s'acheter des journaux pour dames et enfin à se plonger avec délices dans les romans de Zola. Si Maximilien Mauville avait un seul instant soupçonné qu'elle s'abîmait régulièrement dans *L'Assommoir* ou dans *Nana*, nul doute qu'il lui aurait accordé une confiance moins aveugle. Et s'il avait appris qu'elle était la seule à qui son fils avait lu de larges extraits de ses fameux *Cahiers*, bien avant qu'il ne les remette à l'Historien, il aurait tout bonnement explosé.

Bref, Maximilien avait, bon gré mal gré, fini par admettre qu'Amédée avait de la considération pour sa maîtresse et, quand cette dernière lui suggéra un stratagème digne des romans à quatre sous dont elle se régalait également, il tiqua mais ne s'y opposa point. Clémence annonça en effet au jeune homme qu'elle était atteinte d'un mal gravissime depuis de longues années et que les docteurs l'avaient condamnée. Seul un guérisseur du Morne-L'Afrique, dans le sud du pays, un Nègre-Congo aux pouvoirs réputés à travers tout l'archipel des Antilles, pouvait encore prolonger son existence et peut-être même éradiquer la bête qui la rongeait. Amédée crut à une plaisanterie, se montra un temps incrédule mais, devant la mine attristée de Clémence et les fréquents malaises dont elle faisait mine d'être la proie, il n'eut plus de raisons de continuer à douter. Après tout, elle entrait dans un âge où — l'Historien en était une preuve vivante — l'organisme devenait la victime désignée de toute espèce de maladie.

Un matin d'avril, le père et le fils empruntèrent donc la route sinueuse qui, par La Gondeau, conduisait à la ville du Lamentin, à partir de laquelle ils espéraient gagner Rivière-Salée avant la tombée du jour. L'état de la route était déplorable et maître Mauville conduisait avec la plus grande attention pour épargner sa Peugeot 201. Presque neuve, cette dernière était l'une des rares voitures de marque française à rouler en Martinique, où il était plus naturel d'utiliser de robustes quoique inconfortables véhicules américains. Il avait projeté de passer la nuit à l'Habitation Coulisse, chez un géreur de sa connaissance, un nommé Téramène, auprès duquel il avait tout appris du travail de la canne à sucre. À cette époque-là, le notaire, encore relativement jeune, avait voulu découvrir cet univers que ni son enfance dans la ville aujourd'hui défunte de Saint-Pierre ni sa vie d'adulte à Fort-de-France n'avaient préparé à respecter. La campagne, les champs de canne à sucre, les mulets, les distilleries, les coupeurs de canne et les amarreuses, tout cela n'avait pour lui qu'une existence un peu floue bien qu'il mesurât exactement la puissance qu'en tiraient les maîtres des lieux, ces Blancs créoles contre lesquels la classe mulâtre semblait mener une guerre de Cent Ans. Rien n'aurait donc dû rapprocher Téramène, homme de la terre et de la boue, toujours vêtu en kaki de la tête aux pieds, un casque colonial blanc posé sur le crâne, qu'il avait à moitié chauve, et monsieur Maximilien Mauville, bourgeois de l'En-Ville, aux cheveux gominés, portant col empesé et chemise blanche immaculée avec boutons de manchette en or, sinon le fait qu'ils étaient tous deux mulâtres et qu'ils courtisaient, par un hasard dont chacun d'eux n'avait pas fini, trente ans après, de s'étonner, la même capistrelle. Théodora — c'était là le nom superbe que lui avait baillé sa marraine, ce qui fait que le voisinage l'avait immédiatement surnommée Ti Té — était une Négresse pure, dont la peau lisse brillait comme un soleil noir. Une force d'attraction extraordinaire émanait de son corps aux formes sculpturales, surtout de sa croupière, dont le chaloupement, dès qu'elle se déplaçait, déclenchait des murmures d'admiration chez le moins émotif des hommes. Maximilien Mauville n'avait pourtant jamais apprécié que le teint de sapotille des mulâtresses ou alors l'ivoire des chabines-kalazaza. Il fut tout bonnement stupéfait de constater, le jour où il vit Théodora pour la première fois (c'était à la Croix-Mission, près d'un taxi-pays où elle discutaillait le prix d'un panier de légumes avec une marchande), qu'une Négresse, lorsqu'elle était belle, pouvait l'être mille fois plus que n'importe quelle femme au monde. Cette découverte le cloua sur place un siècle de temps, sur le trottoir du cimetière des riches déjà encombré par les charrettes à bras des djobeurs et les marchandises que les campagnards comptaient rapporter à la fin de l'après-midi à bord des mêmes taxis-pays qui les avaient déposés en ville très tôt ce matin-là.

« *Fout an nègrès bèl lè i fè tan bèl!* » (Comme une Négresse est belle lorsqu'elle prend le temps d'être belle!) se dit-il en son for intérieur.

Alors il la dévora du regard et aima la houle de ses cheveux crépus, l'éclatant de sa denture, ses lèvres ourlées, sa chair ferme et son regard altier. Ne sachant comment lui faire deux mots de causer-doux, il tourna autour de la place de la Croix-Mission, faisant mine d'attendre un passager au mitan de la noria des taxis-pays en provenance des quatre coins du pays. Cela jusqu'à ce qu'un miracle se produisît : la Négresse bleue se planta droit devant lui et lui lança d'un ton légèrement ironique :

« Monsieur n'a pas besoin d'une blanchisseuse, des fois ? Pour rendre aux draps leur fraîcheur, y a pas mieux que moi dans tout Fort-de-France, oui. »

Maximilien demeura bouche bée. Il finit par ôter son panama et s'éventa, cherchant à se donner une contenance.

« Bon ! Eh ben, je vois que monsieur est d'accord. Ça va lui faire trente-deux francs la semaine. S'il veut, il peut déposer son linge chez moi dès demain matin. Ha-Ha-Ha ! Ma case se trouve au bout de la rue Robespierre, à Terres-Sainvilles. N'oubliez pas, rue Robespierre ! »

Le notaire, qui n'était marié que depuis deux ans à peine et qui n'était pas encore parvenu à se défaire de l'emprise de Da Ernestine, sa gouvernante, n'osa lui apporter le linge de la rue Victor-Hugo. Il se rabattit sur celui de la rue Gallieni, où vivait Clémence, sa maîtresse, laquelle demeura perplexe devant une telle attention de la part d'un homme qu'elle vénérait et qui pourtant lui avait préféré, pour des raisons pécuniaires évidentes, une femme complètement effacée. Chaque lundi, à cinq heures trente du matin, Maximilien se garait en face de l'Ouvroir et embarquait dans deux énormes paniers caraïbes chemises de nuit froufroutantes, draps de lit, taies d'oreiller ou serviettes de toilette qui ne pouvaient, à l'évidence, appartenir à une seule personne. Clémence, pour lui montrer qu'elle n'était pas dupe, faisait profiter certaines de ses voisines des largesses de son amant. À la rue Robespierre, le notaire se faisait invariablement houspiller par la blanchisseuse qui, déballant le linge, trouvait qu'il y en avait beaucoup trop ou qui critiquait la saleté des jupons et des soutiens-gorge. Il subissait cette avanie sans broncher, comme un rite qui lui ouvrirait un jour le chemin jusqu'aux cuisses sublimes de la Négresse. Elle les avait dodues, lisses et souples tout à la fois et surtout ne les cachait guère. Sa robe était toujours remontée haut sur ses hanches et à chacun de ses mouvements Maximilien ne pouvait s'empêcher de jeter un œil discret à son entrejambe. Mais c'était leur extrême noirceur qui le fascinait, le feu secret qui émanait de sa chair et semblait réchauffer l'air frisquet du petit matin.

De fait, au bout d'un mois, elle l'invita à entrer dans sa minuscule case dont le plancher branlait et il découvrit avec stupeur cinq marmailles qui dormaient, roulées en boule, sur des morceaux de carton, dans la semi-obscurité.

« Tous de papas différents ! s'exclama la blanchisseuse en s'esclaffant, ce qui réveilla le plus âgé des enfants. Modeste, viens dire bonjour à monsieur ! Lui, c'est le fils de l'horloger de la rue Schoelcher. Enfin, d'après moi, parce que le scélérat a refusé de le reconnaître ! »

Désignant chaque enfant à tour de rôle, elle énuméra leurs pères putatifs et, après avoir envoyé

Modeste à la fontaine publique, elle attira le notaire dans une sorte de piécette encombrée d'objets hétéroclites et d'un matelas qui en occupait presque tout l'espace.

« Si tu veux me faire un petit mulâtre, c'est d'accord ! Mais gare à tes fesses, je ne me laisse plus couillonner par aucun homme. Aucun ! Tu m'entends ? » ajouta-t-elle d'une voix définitive.

Maximilien se retrouva allongé sur elle sans qu'il prenne vraiment conscience de ses gestes. L'odeur musquée de Théodora le bouleversa. Une vraie odeur de femme ! De femelle plutôt, songea-t-il en une fraction de seconde. Elle s'était mise à le déshabiller avec la même autorité tout en lui couvrant le cou de baisers mouillés. Ses attouchements déclenchèrent chez lui une érection monstrueuse mais, au moment où il s'apprêtait à la pénétrer, les sens chavirés, la tête en feu, elle le repoussa et lui mit la tête entre ses cuisses, contre sa coucoune en lui ordonnant :

« *Bo'y, misyé mwen ! Bo koukoun an nègrès, misyé milat ! Ha-Ha-Ha !* » (Embrasse-la, mon vieux ! Embrasse le sexe d'une Négresse, monsieur le mulâtre !)

À l'instant où ses lèvres butèrent sur le dos de la mandoline de Théodora, un profond dégoût s'empara de lui au contact des poils crépus qui le recouvraient. Il s'écarta vivement, remit son pantalon, reboutonna sa chemise et s'enfuit comme un voleur de la case où trois autres marmailles s'étaient réveillées et étudiaient à haute voix leurs leçons, éclairées par un moignon de bougie. De ce jour, la prévention qu'avait toujours eue Maximilien Mauville à l'endroit des Négresses se mua en un migan de haine et de mépris qu'il ne cherchait même pas à dissimuler. Et lorsque au cours de la Marche de la Faim il aperçut, du balcon de chez lui, Man Théodora au bras d'un mulâtre dont la vêture indiquait qu'il était géreur de plantation de canne à sucre et en qui, à force de détailler son visage, il reconnut un ancien compagnon de régiment de la guerre de 14-18, réformé tout comme lui, il ne put s'empêcher de héler son nom. Téramène se montra extrêmement amical, lui présenta Théodora, vanta les bougresses d'En-Ville qui n'avaient pas hésité à rejoindre la juste lutte des travailleurs des campagnes, l'invita à boire un sec dans un privé du Bord de Canal. La blanchisseuse minaudait, faisant semblant de ne pas connaître Maximilien car son géreur avait commencé à lui parler mariage. Curieusement, son attitude alluma un sacré modèle de jalouseté dans le cœur du notaire qui, après plusieurs semaines d'interruption, reprit son convoiement de linge à la rue Robespierre chaque lundi de beau matin. Il poussait même la gentillesse jusqu'à emmener Théodora en voiture au pied du Morne Trénelle, éminence abrupte et couverte de pieds-bois qu'elle devait escalader, son ballot de linge sur la tête, deux autres plus petits à la main, pour atteindre une petite cascade miraculeuse où convergeaient toutes les blanchisseuses des Terres-Sainvilles. Téramène, qui travaillait sur une plantation du Sud, ne pouvait la fréquenter que le samedi après-midi après la paye et, dès le dimanche midi, il repartait déjà, à cheval, non sans lui avoir laissé de quoi sustenter sa maisonnée le restant de la semaine.

« J'ai un mulâtre qui satisfait mon corps et un autre qui satisfait mon cœur. Qu'est-ce qu'une Négresse-matador comme moi peut vouloir de plus, hein ? » plaisantait à demi Théodora chaque fois que Maximilien essayait, en vain, de reprendre l'étreinte que son horreur des cheveux crépus avait brutalement interrompue quelques mois auparavant.

Final de compte, le notaire reçut un faire-part de duel un après-midi au cours duquel il jouait aux cartes au Cercle martiniquais. Téramène ne lui laissait pas le choix des armes. C'était l'épée et rien d'autre ! Le rendez-vous était fixé au dimanche suivant, au lever du soleil, dans une petite savane qui se trouvait derrière le cimetière des pauvres. Le géreur de Rivière-Salée annonçait le nom de son témoin : Léopold Bissol, charpentier à Fort-de-France, deux fois médaillé en tant que meilleur artisan de la Martinique. Durant cette semaine-là, Maximilien ne put trouver le sommeil. Il crevait tout bonnement de peur. Non point qu'il fût un capon, mais il n'était pas familier de l'épée et aurait préféré un duel au pistolet. D'abord, ce dernier durait moins longtemps ; ensuite, il n'entraînait pas d'affrontement au corps à corps.

« Il n'y a qu'une personne qui peut vous aider, mon cher, lui glissa le docteur Lozon, que toute cette affaire amusait beaucoup et qui titillait d'aise son éternel nœud papillon. Julien Confiant, pardi ! »

La réputation de bretteur de cet homme-là avait, disait-on, atteint même le ministère des Colonies, à Paris, où l'on discutait ferme des moyens à mettre en œuvre pour arrêter sa frénésie guerrière. Il est vrai qu'il irritait le monde entier avec les articles d'une virulence inouïe qu'il publiait dans son journal, *Les Colonies*, tapant sur tout ce qui bougeait : la caste békée, les commerçants mulâtres du Bord de Mer, les socialistes insulaires, le gouvernement français. Quand Maximilien Mauville se présenta à lui, il le jaugea d'un air goguenard et lui asséna son verdict :

« En cinq jours, il m'est impossible de faire de vous un d'Artagnan ! Impossible ! Vous ne savez même pas bouger votre corps, mon vieux, et d'ailleurs vous commencez à faire du ventre. Bon-bon… mais il existe peut-être… je dis bien peut-être… une manière de solution. Je combats à votre place et vous me versez un demi-million sur mon compte du Crédit martiniquais. »

Le notaire n'avait pas le choix malgré l'énormité de la somme. Il réfléchit jusqu'au vendredi précédant le duel et finit par accepter. Une heure avant l'aube, Téramène et son témoin n'y verraient que du feu puisqu'en général il était difficile de distinguer quoi que ce fût au-delà de quatre pas à ce moment-là. Rasséréné, il envoya à Téramène le cartel suivant :

« Suis prêt à laver mon honneur au jour, à l'heure et à l'endroit par vous indiqués. Votre choix de l'épée me convient parfaitement. Mon témoin sera Julien Confiant, directeur du journal *Les Colonies.* »

Le samedi soir, Irma Mauville, son épouse, vint lui annoncer qu'il avait de la visite. Le notaire se trouvait dans la cour intérieure en train d'examiner un dossier, un havane au bec. Il faillit tomber à la renverse en découvrant un Téramène, toujours en uniforme kaki, l'air très humble, qui lui tendait un sac en guano dans lequel le géreur avait assemblé pêle-mêle deux pattes de bananes-ti-nains, des ignames-Saint-Martin, des choux de Chine et quelques grappes de mandarines.

« *Man pôkô bizwen mô* » (Il est encore trop tôt pour que je meure), concéda-t-il simplement, scellant là une amicalité qui allait se renforcer au fil des ans, en fait dès l'instant où Téramène décida d'épouser Théodora et de la conduire, elle et toute sa tralée de petites marmailles, sur la plantation qu'il dirigeait à Rivière-Salée.

Maximilien Mauville repensait à tout cela sur la route cahoteuse qui conduisait à cette dernière commune, hésitant à s'en ouvrir à un Amédée qui ne pouvait pas comprendre ces choses du temps-longtemps. Ce gamin rebelle avait fait des études à la Sorbonne, avait frotté son esprit à celui des Parisiens et il était déjà bien beau qu'il accepte de l'accompagner à Morne-L'Afrique pour consulter un guérisseur. L'odeur troublante de Théodora lui revint soudainement et il fit une petite embardée qui réveilla Amédée de sa propre rêverie.

« Tu veux que je prenne le volant, papa ?

— Mais non ! Mais non ! Qu'est-ce que tu crois ? Il me reste encore des forces. À soixante-deux ans, on n'est pas si vieux que ça », fit le notaire en souriant.

À la brune du soir, ils dépassèrent l'usine du Lareinty où les derniers trains chargés à ras bord de canne à sucre déboulaient depuis la plaine de Rivière-Salée. Un crachotement subit s'éleva du moteur de la 201 qui se mit à ralentir avant de s'arrêter net. Pestant contre le mauvais sort, Maximilien tenta de la faire redémarrer à la manivelle, ne réussissant qu'à tremper ses vêtements de sueur. Amédée n'eut pas plus de succès bien que par deux fois le moteur semblât avoir quelques velléités de reprise.

« Toi et tes voitures françaises ! s'énerva le jeune homme.

— Ça n'a rien à voir. Françaises ou américaines, toutes les voitures peuvent tomber en panne, Amédée.

— Hon ! Tu as mis de l'huile-moteur ce matin ?

— Évidemment ! Et de la meilleure, de la Castrol...

— Ha-Ha-Ha ! De la Castrol ! Bravo ! fit Amédée de plus en plus furieux. Tout le monde sait que la Shell est celle qui convient le mieux au climat tropical. Il est vrai que c'est une huile américaine. »

Alors quelque chose d'absolument ahurissant se produisit : le notaire perdit le contrôle de lui-même et administra un paraviret à Amédée. Chaque calotte résonna à la manière d'un coup de fouet sur les joues du jeune homme, qui trébucha. Maximilien Mauville tenait encore la manivelle à la main et sa chemise, aux manches retroussées jusqu'au coude, était tout bonnement trempée de sueur. Le couperet de la nuit venait de tomber, accompagné de son habituelle symphonie de criquets-des-bois et de reinettes qui sautillaient déjà à leurs pieds. Mais le plus terrible était ces escadrilles de moustiques venues de la mangrove de Rivière-Salée. Elles multipliaient les assauts contre les deux hommes, les piquant sur la moindre parcelle de peau se trouvant à l'air libre. De guerre lasse, ils se réfugièrent dans la Peugeot, toujours sans brocanter un seul mot, le notaire s'asseyant bizarrement à la place du passager.

« Personne n'empruntera cette route avant demain matin », fit le notaire d'un ton résigné.

Un train de cannes passa dans le lointain dans un chuintement désagréable. Sa locomotive fumait haut dans le ciel, qu'une trouée de lune avait commencé à éclaircir.

« On pourrait aller à pied jusqu'à l'Habitation de Téramène, continua de soliloquer le notaire. Elle n'est pas si loin que ça, mais il est plus sage d'attendre le jour. »

Amédée se murait dans un silence qui impressionnait son père. Celui-ci n'avait pas levé la main sur lui depuis son adolescence, à l'époque où il faisait des manœuvres dilatoires pour ne pas aller à son cours de musique. Il avait horreur de ce piano devant lequel le plaçait d'autorité une dame noire au visage fermé, tirée à quatre épingles, qui parlait le français dans une espèce de roucoulement de peur de mâcher les *r*.

« Tu ne dis rien, reprit Maximilien Mauville en lui prenant le bras.

— Je n'ai rien à dire.

— Amédée, écoute-moi, il faut qu'on ait une conversation d'homme à homme. Tu m'as fui jusqu'à maintenant mais le moment est venu de jouer cartes sur table. Tu m'écoutes ? »

Le jeune homme hocha la tête en fixant la nuit à travers la vitre où venaient se coller des nuées de moustiques et de papillons aux ailes brillantes. Son expression pouvait être interprétée comme de l'indifférence, voire de la hautaineté ou, tout au contraire, comme le signe d'une profonde douleur.

« S'il faut t'écouter, eh ben, je t'écoute, papa… », finit-il par lâcher d'une voix qui se voulait apaisante.

Le notaire s'essuya longuement le visage et le cou à l'aide d'une petite serviette qu'il avait ôtée du coffre à gants de la voiture. La chaleur n'allait pas tarder à se faire insupportable et il se demandait déjà qui, de celle-ci ou des moustiques, il valait mieux choisir. Peut-être qu'en baissant les vitres à moitié et en allumant un petit feu près de chacune des portières ils pourraient tenir sans trop de gêne. Ou alors ils pourraient aussi se frotter le corps avec du rhum, dont une bouteille entamée traînait à l'arrière du véhicule.

« Je vais commencer par le commencement... Voilà, il y a une chose importante que tu ignores. D'ailleurs, il n'y a pas que toi, même les gens qui l'ont vécue l'ont oubliée aujourd'hui. Est-ce que tu sais qu'à la fin de la guerre de 14 la France a voulu offrir les Antilles et la Guyane aux États-Unis en paiement de sa dette de guerre ? Est-ce que tu savais ça, hein ? »

Amédée dévisagea son père, interloqué.

« Ah, tu vois, il y a quand même certaines choses que tu ignores !... Après presque trois siècles de bons et loyaux services à la patrie, ils n'ont pas hésité une seule seconde à se débarrasser de nous. Une seule seconde ! Comme de vieilles chaussettes, quoi !... Et tu sais pourquoi cet odieux marchandage ne s'est pas réalisé ? Parce que ma génération tout entière s'est mobilisée pour l'empêcher ! Nous avons pétitionné, défilé dans les rues, organisé des meetings de protestation, menacé de prendre les armes si un seul Américain posait le pied à la Martinique... Alors, tu comprends, toute cette histoire de fête du Tricentenaire, c'est pour moi une répétition à grande échelle de ce que nous avons entrepris à la fin de la guerre. Il n'y a pas que l'amour de la France, Amédée ! Car si nous, on l'aime, elle, elle s'en fiche un peu. Tu te vois américain, toi ?

— Non... non, bien sûr...

— Tu sais ce que ces gens-là font aux Nègres ? D'ailleurs, chez eux, mulâtres ou Nègres, c'est coco et abricot, c'est du pareil au même. Dès que tu as une seule goutte de sang noir dans les veines, même si tu es blanc avec les yeux bleus, ces salauds-là te rejettent. Si nous, Antillais, nous ne prenons pas les choses en main, si périodiquement nous n'obligeons pas la France à nous reconnaître comme une partie intégrante d'elle-même, eh ben, à terme, on est bons pour les ghettos et le Ku Klux Klan...

— Jaurès nous qualifiait de "lambeaux de la France palpitant sous d'autres cieux". Il y a peu de chances que la bannière étoilée flotte un jour ici... », ironisa Amédée.

Ce dernier trouvait une sorte d'apaisement extraordinaire à écouter ce père qu'il s'en voulait à présent d'avoir méjugé. Ils auraient dû depuis longtemps s'ouvrir l'un à l'autre, ce qui aurait évité bien des crispations entre eux. Crispations qui s'étaient transformées, à l'occasion de ce fameux Tricentenaire, en incompréhension absolue. Sans cette panne providentielle, à l'orée de la plaine de Rivière-Salée, en pleine nuit de carême, ils auraient continué à se regarder en chiens de faïence, à s'entredéchirer sous le regard impuissant d'Irma Mauville.

« Nos arrière-grands-parents ont trop trimé pour enrichir la France… Ne crois pas que j'ignore les souffrances de l'esclavage, Amédée ! Je connais sur le bout des doigts tout le combat de Schoelcher, reprit le notaire d'une voix plus équanime. Ils ont trop trimé pour qu'on permette aujourd'hui à la France de se servir de nous comme d'une marchandise de troc et sans un mot de remerciement en plus ! Sans la moindre garantie pour demain. C'est la France qui a une dette envers nous, pas l'inverse. Bien sûr, je ne peux pas proclamer ça sur les toits. Il y a trop d'imbéciles dans ce pays et je t'assure que les premiers d'entre eux se trouvent au Cercle martiniquais. Mais à toi je peux dire la vérité. Tu peux comprendre. Tu sais… Victor Sévère et moi-même partageons le même avis sur cette question. Exactement le même ! »

Ils ne prononcèrent plus une seule parole jusqu'au devant-jour, se tournant et se retournant sur leurs sièges pour tenter de trouver le sommeil. Un conducteur de camion les dépanna avant que le soleil ne commence à arder et, sans qu'ils se soient donné le mot, Maximilien et Amédée rentrèrent à Fort-de-France, oubliant volontairement la mission dont les avait chargés Clémence Belfond.

Le guérisseur de Morne-L'Afrique ne verrait pas la couleur de leurs figures…

CAHIER IGNACE

« Si le feu a pris dans la barbe de ton camarade, arrose la tienne. »

Proverbe créole

Citoyens nègres, citoyennes négresses et vous, messieurs les mulâtres, nous allons continuer à vous conter le voyage que nous avons fait il n'y a pas si-tellement longtemps dans l'Impossible. La pluie qui tombait à torrents sans verser une seule larme dessécha la Seine, ce qui occasionna le feu chez Amidon, la blanchisseuse, rue Réchaud, numéro zéro. Au feu ! Au feu ! s'écria le général Godefroy de Bouillon. À ces mots, les éteigneurs d'incendie accoururent avec des barils de poudre, réussirent à éteindre le feu, huit jours avant qu'il n'ait pris.

Conteur, contez, tonnerre de Brest !

Nous n'avons presque rien obtenu, je peux maintenant l'affirmer, nous les Nègres sur l'échine desquels a toujours reposé la richesse de la Colonie et par conséquent de la Métropole. Les Blancs clament partout qu'ils nous ont apporté la liberté — ils font grand bruit, et cela à tout propos, du décret d'abolition du 16 pluviôse an II —, mais autour de Victor Hugues il n'y a que coterie et cabales. Des fermiers venus de leurs lointaines provinces de Normandie et du Poitou ainsi qu'une poignée de mulâtres obséquieux et mus par le seul désir d'agrandir leurs biens se sont vu adjuger les plantations des Grands Blancs en fuite. Ils n'ont qu'une antienne à la bouche : « Monsieur le commissaire de la Convention, vous êtes le restaurateur de la dignité de la France en Guadeloupe. Mais la dignité ne suffit point à sustenter notre île, il lui faut se remettre à l'ouvrage car l'Anglais qui nous encercle, tant à la Martinique qu'à Sainte-Lucie, et bien entendu à Saint-Vincent, n'attend qu'un signe lui indiquant notre faiblesse pour repartir à l'assaut. »

Pas un seul Noir, même déjà affranchi du temps de l'esclavage, n'a été honoré de la confiance de Victor Hugues. Aucun n'a été jugé capable de reprendre les rênes de la moindre habitation et il n'y a guère que dans l'armée que celui-ci daigne nous gratifier de quelques galons mais toujours à des rangs quelque peu subalternes. Sans doute craint-il que nous ne suivions la voie de Saint-Domingue, où Toussaint-Louverture est devenu si puissant qu'il s'est autorisé à envahir la partie orientale du pays où régnait l'Espagnol. Sans doute…

Vous avez mauvais esprit, Ignace, me répète sans cesse Delgrès. Toussaint aime la France et l'étendard tricolore comme la prunelle de ses yeux. Il n'a aucunement l'intention de trahir la République et d'établir un État des Noirs. Aux rares nouvelles qui nous parviennent de la bouche de corsaires ou de Blancs qui se sont réfugiés en Guadeloupe, nous ne pouvons que lui bailler raison. Mais tous évoquent le nom d'un Nègre rouge féroce, Jean-Jacques Dessalines, général de l'armée de Toussaint, et leurs voix en deviennent blanches d'effroi. Ils citent ses diatribes vengeresses contre le monde des Blancs et sa vénération pour les dieux vaudous. Ils racontent que Dessalines est la méchanceté faite homme, que sa jubilation n'a pas de limites lorsqu'il se trouve sur le champ de bataille et qu'il passe lui-même au fil de l'épée femmes, enfants et vieillards de race blanche une fois les hommes vaincus. Dessalines est sans pitié, assurent-ils tous d'un seul et même élan. Parfois, la nuit, quand le sommeil tarde à s'emparer de nous, Ignace, nous lui envoyons des paroles d'encouragement par le biais des étoiles. Nous savons qu'elles lui parviennent, nous savons qu'il les entend et nous-même, en retour, nous recevons un peu de cette force qui le fait agir. Nous sentons monter en nous une grande colère à l'idée de tous ces Nègres et Négresses miséreux qui sont contraints de reprendre la route de leurs anciennes plantations pour s'atteler aux mêmes tâches ingrates et exténuantes. Dans leurs yeux, il n'y a plus guère d'illusions. Ils ont beaucoup bu et dansé autour de madame Guillot, ils l'ont même vénérée, croyant avoir trouvé en elle l'instrument de leur libération définitive, mais voilà, les jours passant, les mois s'enfuyant, nivôse cédant place à ventôse qui lui-même annonce prairial, Victor Hugues cédant sa place à contrecœur à Lacrosse, la Convention laissant le champ libre au Directoire, ils se retrouvent toujours sacs vides, incapables de tenir debout, aux abords des villes et des bourgs, presque hagards, et se font enrôler de force dans cette grande cohorte qui remonte vers l'intérieur des terres, là où l'herbe sauvage a commencé à envahir les champs de canne laissés à l'abandon ! Et ils ne comprennent pas, les Nègres, ils observent Ignace avec ses épaulettes et son habit rutilant de grenadier, et dans leur regard il n'y a qu'incrédulité et détresse. Alors, nous, Ignace, nous bouillonnons d'envie d'interrompre leur exode et de les haranguer sans fin. La liberté a commencé mais elle n'est point achevée. Elle n'a fait que s'arrêter en chemin. Nègres, dont les pères sont nés en Afrique, qu'avez-vous à faire des distilleries qui ne fument plus ? Que vous importent les sucreries d'où ne sortent plus les sacs pleins à craquer de cet or fin qui sert à doucir les mets et les boissons des riches Blancs-France ? Suivez-moi, je serai votre guide ! Nous, Ignace, nous savons mieux que tous ces messieurs de la Convention et du Directoire ce qui convient à la Guadeloupe et à ses habitants. Mais notre bouche demeure close car autour de nous il n'y a personne qui semble partager nos vues. À peine nous en ouvrons-nous à Delgrès qu'il ne tarde pas à s'offusquer, persuadé qu'il est que nous mettons en doute la bonne volonté de la Révolution à l'endroit de notre race. Alors pour nous empêcher d'exposer plus avant notre propos, le mulâtre devient intarissable sur ses faits d'armes. Il évoque Saint-Pierre de la Martinique où, dans les rangs de la milice, il connut son baptême du feu. Il détaille les assauts successifs contre Sainte-Lucie, où l'Anglais a établi un nouveau bastion, puis sa captivité dans les geôles de l'ennemi.

« Là-bas, il fait si froid que je ne crois plus que l'enfer soit habité par des flammes éternelles », plaisante-t-il.

Nous ne doutons point du courage de Delgrès. Il ne cille jamais des yeux lorsqu'il vous regarde en face et devant Victor Hugues il s'est toujours tenu respectueux mais sans la moindre servilité. Aujourd'hui, il ignore les flagorneries de Lacrosse et ne tremble pas devant ses menaces à peine voilées. Il n'éprouve aucune appréhension à l'endroit des Blancs et se croit même leur égal mais nous avons la conviction qu'il n'a jamais éprouvé de haine envers eux. Ce sentiment-là qui nous habite parfois, nous, Ignace, lui est incompréhensiblement étranger. C'est qu'il n'a point connu les fers de l'esclavage ni la dureté du travail des champs. Il n'a pas fait l'expérience du fouet et du crachat ou fort peu. Delgrès est un monsieur de Saint-Pierre de la Martinique et le demeurera jusqu'à la fin de ses jours. Il n'a jamais connu le monde de l'Habitation. Jamais. Il est très fier de sa ville. Il nous éblouit au récit des parades militaires qui s'y déroulaient, des pièces de théâtre que l'on y jouait deux mois seulement après Paris, des hommes de couleur libres qui y ont, à l'entendre, toujours tenu haut le pavé à la classe des Blancs en dépit des injustices répétées que ces derniers commettaient à leur égard.

Nous n'avons jamais été taraudé par l'envie de diriger une quelconque plantation et de nous asseoir dans les berceuses des anciens Blancs. Ni de nous vautrer non plus dans leurs draps d'organdi. Ce que nous voulons, non ! ce que nous exigeons, c'est que le peuple des Nègres devienne son propre maître, qu'entre Dieu et lui il n'y ait aucune autorité intermédiaire. Que le Nègre cesse d'être celui qui toujours travaille, toujours obéit, toujours souffre sans que la plus petite miette de récompense lui soit offerte en contrepartie.

Car la vérité est là : la Révolution a certes aboli l'esclavage mais la condition du Nègre n'a que peu changé. C'est à lui qu'on demande à nouveau de se sacrifier pour rétablir la Colonie. Au début, Victor Hugues avait promis des salaires, mais voilà, la route vers la France est coupée. Les mers sont infestées de navires ennemis et nulle forme de commerce n'est désormais possible, nous dit-on. Se remettre au travail est un devoir patriotique. Réclamer paiement de sa sueur est une trahison des idéaux de la République. Vous êtes les enfants chéris de la Convention, proclame Victor Hugues, elle sait les efforts que vous consentez pour qu'ici, en Guadeloupe, continue de flotter notre drapeau et lorsque nous aurons terrassé l'Anglais, soyez assurés, chers Noirs, qu'elle vous en sera reconnaissante. Mais la Révolution a galopé de travers tel un cheval fou dans les rues de Paris et nous voici désormais sous les ordres de cet infâme Lacrosse ! Voici que le général Richepance, féroce d'entre les féroces, s'est juré, à la tête de ses cinq mille hommes de troupe venus de la métropole, de briser notre résistance et de nous remettre les chaînes aux pieds ! Même Delgrès semble enfin le comprendre. Nous n'avons qu'une alternative : la liberté ou la mort.

Mesdames, messieurs, en revenant de ce voyage de l'Impossible, nous eûmes si-tellement peur qu'heureusement nous avions un beau parchemin tout neuf dans notre poche trouée et alors nous l'avons sorti tout déplié à la lumière sombre du grand jour, nous avons ouvert le parchemin parcheminé, nous sommes entré à l'intérieur de lui. Nous avons refermé le parchemin et l'avons remis dans notre poche.

Mistikrik !

CAHIER PÉLAGE

« Partout où deux races, deux peuples ou deux classes d'hommes ont vécu, l'une exerçant la suprématie, l'autre tenue en esclavage ou subissant la domination, quelle qu'ait été chez l'une l'origine ou la cause de la prépondérance, chez l'autre la raison de la sujétion, lorsque l'heure a sonné pour l'émancipation politique ou civile de celle-ci, on a remarqué presque toujours chez la race dominée l'ambition de supplanter, d'effacer par une domination nouvelle l'ancienne omnipotence contre laquelle elle s'est pourtant cabrée. »

G. Souquet-Basiège,
Le Préjugé de race
aux Antilles françaises,
1883

Qu'ont-ils fait de toi, Magloire Pélage ? Un général factieux, un traître à la mère patrie, un suppôt de ces Toussaint-Louverture et Dessalines qui mettent Saint-Domingue à feu et à sang ? Pourtant, nul ne peut se vanter de t'avoir entendu désirer la rupture des liens filiaux qui, depuis presque deux siècles, unissent la Guadeloupe à la France. Car qu'aurait été cette île et toutes les autres, la Martinique où tu es né, Sainte-Lucie, Tobago, sans le génie français, sans cette main généreuse qui veille sur leur destin ? Des terres désolées, peuplées autrefois de tribus dévoreuses de chair humaine qui idolâtraient des génies malfaisants. Qui y a construit les villes, pavé les chemins, érigé des églises, construit des ports ? Qui sinon le peuple des campagnes françaises ? Normands têtus et aventureux, Vendéens taciturnes et fiers, Poitevins grands amateurs d'alcool de canne qui jamais ne rechignaient à la tâche, Bretons dompteurs de la mer et de ses furies. Ignace et Massoteau prétendent que c'est là le fruit du seul labeur des Nègres mais sans nos architectes, nos arpenteurs, nos forgerons, nos chirurgiens, nos fermiers, ces îles auraient-elles pu connaître tant de prospérité ? Et c'est pourquoi justement tu te refuses à endosser cet habit de chef suprême qu'ils s'acharnent tous à te faire endosser, y compris Delgrès qui a, hélas, fini par céder à leurs injonctions.

Si tous les Blancs s'en vont de la Guadeloupe, si notre île devient l'ennemie de la France, que deviendra-t-elle face à toutes ces puissances hostiles qui nous environnent ? L'Anglais, le plus fourbe, que tu connais pour en avoir fréquenté les geôles, n'attendrait que cette occasion bénie des dieux pour fondre à nouveau sur elle et remettre les fers aux pieds de tout le monde, Nègres et mulâtres ; quant à l'Espagnol, qui fait présentement des yeux doux à Toussaint, il ne rêve que de prendre pied dans le sud de l'archipel, région qui lui a échappé de tout temps. Et pour ce qui concerne l'Américain, Delgrès se paye d'illusions : cet avatar d'Anglais traite les gens de couleur avec encore plus de scélératesse que ses cousins d'Europe. Non, décidément, il n'y a point d'avenir pour une Guadeloupe qui se gouvernerait seule au mitan de cet océan de dangers.

Ignace tantôt me flatte tantôt m'insulte. Tu possèdes un prénom prédestiné, cher Magloire Pélage, me lance-t-il, oserais-tu le faire mentir ? Cesse de tergiverser ! Napoléon, à qui tu envoies d'innombrables missives, ne les lit même pas. Tu perds ton temps. Pour lui, tu fais partie de notre camp et de nul autre, celui de la sédition, comme il le qualifie, celui de la sécession, celui de la soif de pouvoir des

Nègres empanachés. Ha-Ha-Ha ! Pélage, espèce de chien de mulâtre, capon, pleutre, vermine qui craint le soleil, chauve-souris suspendue par les pieds à l'arbre de l'ignominie, nous t'écorcherons vif, nous te couperons les génitoires, nous te ferons brûler sur le bûcher, nous ferons madame Guillot te donner un dernier baiser, foutre ! si tu ne proclames pas à la face du monde que la Guadeloupe est désormais un État des Noirs.

Tu ne ripostes guère à ses attaques incessantes. Ton rôle de chef provisoire de la Colonie t'interdit de prendre part à des querelles partisanes. Tu reçois et écoutes tout un chacun d'une oreille bienveillante. Les planteurs blancs viennent régulièrement te faire allégeance, sachant que tu n'es pas un ennemi de la France et que tout cela n'est qu'un intermède. Très bientôt le Consulat nommera un nouveau chef pour la Guadeloupe et tout rentrera dans l'ordre. Les mulâtres aussi t'assurent de leur confiance. Ils savent que tu appartiens à leur race et que jamais tu n'accepteras le moindre retour en arrière quant aux droits que la Révolution leur a octroyés. Même le petit peuple noir te voue une vénération qui ne manque pas de t'émouvoir chaque fois que tu te déplaces à travers le pays. Ils veulent tous voir cet homme qui, tout en étant sorti du ventre d'une Négresse, dirige maintenant les destinées de la Guadeloupe. Sur ton passage, ils désertent les plantations et s'assemblent au bord des routes pour t'acclamer, te porter en triomphe parfois. Leurs certitudes à tous, Blancs, mulâtres et Nègres, t'épouvantent. Que savent-ils de l'avenir ? Mesurent-ils bien les gravissimes dangers qu'encourt la Guadeloupe après que ce satané Lacrosse a été embarqué de force sur un bateau danois ? Cette habitude coloniale d'expédier comme un vêtement usagé, par le premier vaisseau venu, tout personnage haut placé dont le peuple a jugé l'administration insupportable n'a, à vrai dire, jamais eu ta faveur. Si elle s'est jusqu'à présent appliquée exclusivement aux fonctionnaires de la métropole, pourquoi un jour n'userait-on pas du même procédé à l'égard de gens natifs de ce pays ? Toi-même, Magloire Pélage, qui sait si certains ne complotent pas contre ta personne et n'envisagent pas de te chasser à ton tour ?

Ignace et Delgrès soupçonnent des velléités de tyrannie chez Napoléon Bonaparte. À tort selon toi. Car s'il est bien l'instigateur du coup d'État du 18 brumaire, il a pris le titre de Premier Consul et ce titre-là, à Rome, était le symbole de la République, pas de la tyrannie. Qu'il s'aventure au cœur de l'Europe, qu'il conquière l'Égypte, tout cela n'entrait-il pas aussi dans les habitudes des anciens Romains ? Tu ne vois rien de mal à ce qu'il veuille agrandir les possessions extérieures de la France. Tous les autres grands pouvoirs européens agissent dans le même sens mais, certes, avec moins de bonne fortune que lui. Tu as pleine et entière confiance dans Napoléon. Il sait parfaitement ce qui se passe aux Antilles grâce à Joséphine et il ne négligera pas de ramener la Guadeloupe dans le giron de la légalité républicaine en nommant un successeur à ce scélérat de Lacrosse, le Diable emporte son âme ! Pour notre plus grand malheur à tous, le bateau sur lequel il avait été renvoyé en Europe a été capturé par l'Anglais et Lacrosse est demeuré prisonnier quelque temps en Martinique, où flotte le drapeau britannique. Tu espéras en vain qu'on le passerait par les armes mais, la paix d'Amiens approchant, le bougre se réfugia en l'île de la Dominique, à partir de laquelle il entreprend désormais toute espèce d'activité subversive contre le gouvernement révolutionnaire qui dirige la Guadeloupe. Il t'en veut tout particulièrement à toi, Magloire Pélage, parce que, affirme-t-il dans les missives qu'il envoie non seulement au Premier Consul mais aussi aux puissances étrangères de la région, « Pélage est la créature la plus retorse que j'aie jamais rencontrée de toute mon existence. Du temps de mon gouvernement, le seul qui soit fondé sur le droit et le respect de la République, il jurait fidélité à notre drapeau et à la France. Jamais il n'a fait partie de ces enragés qui sautèrent de joie lorsque la guillotine se mit, sans discernement aucun, à décapiter tous ceux qui avaient le malheur d'appartenir à la race des Blancs. Je ne l'ai même jamais entendu prononcer la moindre parole complaisante à l'égard de ces Nègres séditieux qui sont en train de ruiner notre belle colonie de Saint-Domingue. Or, ne voilà-t-il pas qu'aujourd'hui Pélage se veut le

Toussaint-Louverture de la Guadeloupe ! Voilà qu'il dirige une île qui se flatte de ne plus se trouver sous le joug français ! Qu'une telle attitude se trouvât chez un Ignace ou un Massoteau, voire un Louis Delgrès, ne m'aurait guère étonné ! Ces Nègres empanachés, ivres de gloire et d'épaulettes acquises grâce à notre coupable bienveillance, nous vouent une haine et un mépris sans nom. Mais Magloire Pélage, qui eût pu l'imaginer ? ».

Tu t'effrayes de tant d'incompréhension. Ou alors Lacrosse sait que tu n'as jamais voulu que t'opposer à son désir de remettre les Nègres en l'état de servitude et non soustraire la Guadeloupe à cette France que tu aimes de toutes les fibres de ton corps. Mais il feint, l'infâme, le jaloux, de n'en rien savoir. Ce qui le chagrine, c'est d'avoir perdu son trône. Ce qui le dévore, c'est l'envie de se venger de tous ces Nègres et mulâtres qui l'ont ridiculisé et embarqué de force comme un vulgaire mutin à bord d'un bateau étranger, sous les huées de la plèbe.

Ignace est furieux d'apprendre que tu tentes d'entamer des négociations avec Lacrosse depuis que deux envoyés de la métropole, Lescalier et Coster, l'ont rejoint en l'île de la Dominique. Tu ne comprends pas pourquoi le Premier Consul ne les a pas envoyés directement en Guadeloupe pour reprendre la charge de ce pouvoir qui te pèse tant. Lui, Ignace, il le comprend. Il fulmine : Pélage, l'heure des atermoiements est sur le point de s'achever. Bonaparte n'a plus confiance en toi. N'as-tu point lu la proclamation que Lacrosse et ses amis ont lancée depuis la Dominique ! Les bateaux de l'Anglais en ont semaillé tout plein autour de Marie-Galante et sur la côte est de la Guadeloupe. Ce chien affirme être le seul chef légal de notre pays et incite nos gens à la désobéissance civile. C'est un véritable acte de guerre, Pélage, réveille-toi, bon sang !

Ignace t'apprend qu'il compte lever une armée de dix mille hommes au moins pour empêcher tout débarquement de troupes ennemies. Dix mille, clame-t-il ! Dix mille ! Et je les trouverai dans toutes les classes de notre société, y compris parmi les petits Blancs. Tu n'essaies pas de l'en dissuader. Ignace n'est pas homme à entendre raison. Il a même réussi à convaincre Delgrès qui s'inquiète auprès de toi des menaces de blocus de la Guadeloupe formulées par Lacrosse. Le pays se porte mieux, t'assure Delgrès, la canne est à nouveau plantée, les plantations de café et de cacao fleurissent partout, les vivres abondent, faisons dès à présent des réserves, Magloire ! Nous avons prouvé qu'un pays dirigé par des hommes de couleur pouvait prospérer, mais rien n'est gagné. Nous sommes seuls. Désespérément seuls. Saint-Domingue et Toussaint sont bien trop éloignés. Jamais ils ne seront à portée de nous secourir ! Il ne faut pas que la disette s'installe en Guadeloupe, sinon c'en sera fini de nous. Penses-y, Magloire !

Mais Delgrès a, de tout temps, été habité par la

déquiétude. Il y a dans ses yeux une sorte de mélancolie qui ne disparaît jamais, même lorsqu'il est au côté de sa chère Marthe Rose ou qu'il fait ripaille avec ses soldats. Tu mets cela sur le compte de ce violon auquel le lie un attachement à tes yeux démesuré. Il se sépare rarement de son archet, même lorsqu'il est en tournée d'inspection et, dès qu'un moment libre lui est laissé, il s'empresse de s'écarter des siens et se met à tirer des sons d'une infinie tristesse de son instrument. Tu n'as jamais compris pourquoi un si vaillant soldat pouvait éprouver tant d'attachement pour un simple violon. À ton sens, un tel goût pour la musique est incompatible avec le métier des armes.

Cette âme torturée lui est cause du balancement qui le pousse tantôt à pencher en faveur des positions extrémistes d'Ignace, à s'enflammer, à réclamer tous les pouvoirs pour le peuple des Nègres, tantôt à comprendre la modération des miennes. Mais Delgrès vit trop dans l'avenir : il rêve de fraternité totale entre les races, de paix définitive entre les nations, d'harmonie entre les hommes et les femmes. Cela viendra sans doute un jour, moi aussi, je n'en doute point — car l'homme a accompli d'immenses progrès depuis la plus haute antiquité —, mais l'heure n'en a pas encore sonné. Il est trop tôt pour tout cela. Pour l'instant, il t'apparaît que le bien-être des Nègres et des sang-mêlé de la Guadeloupe ainsi que des autres îles françaises des Antilles est de rester entre les bras de cette mère patrie généreuse qui, seule, parmi les milliers de peuples qui composent le monde, a inventé la Déclaration universelle des droits de l'homme et du citoyen. Ce bien précieux, les Guadeloupéens doivent pouvoir en profiter au lieu de se lancer dans une aventure dont l'issue ne saurait être que funeste.

Ça y est, le général Bethencourt vient d'être remplacé ! Enfin, Bonaparte t'envoie un signe. Le général Sériziat est arrivé à Marie-Galante. Pour l'inciter à gagner la Guadeloupe, tu lui fais parvenir la missive suivante :

Conseil provisoire de la Guadeloupe,
le 9 janvier 1802

Votre honneur,

Nous avons appris, le cœur gonflé de joie, que la métropole s'est enfin résolue à s'occuper des affaires de la Guadeloupe tombées en déshérence à cause de l'impéritie universellement reconnue du sieur Lacrosse. Votre arrivée, mon général, était attendue depuis des lustres par tous les Guadeloupéens de bonne volonté, lesquels, je puis vous l'assurer, sont attachés au drapeau tricolore et aux valeurs de la République. Dès que vous poserez les pieds ici, je m'emploierai à vous transmettre au plus vite les pleins pouvoirs car il n'a jamais été dans mes intentions d'arracher notre île au nombre si glorieux des possessions françaises. Je m'enorgueillis même, dans des conditions éminemment difficiles, d'avoir su protéger la petite flamme patrio-

tique qui luit au cœur de chaque homme de couleur de la Guadeloupe.

Daignez, cher général Sériziat, recevoir mon humble hommage d'officier fidèlement attaché, depuis son entrée dans la carrière des armes, au maintien de la gloire de la France.

Général de brigade
Magloire Pélage.

Ignace est pris de folie furieuse. Ses agents lui ont appris que tu es sur le point d'accueillir à bras ouverts les émissaires de la métropole. Sériziat, s'il ose montrer son nez rouge et sa peau blême sur notre terre sacrée de Guadeloupe, s'indigne-t-il, je le chiquetaille, je l'étripe, je le donne à manger aux mensfenils ! Delgrès l'approuve sans mot dire. Il semble plus taciturne que jamais. Sa femme, Toto, qui jadis marronna en son île de Sainte-Lucie, trépigne d'en découdre avec ceux qu'elle ne nomme que les « monstres blancs ». Elle irait mieux au côté d'Ignace, t'arrive-t-il parfois de penser. Malgré son impassibilité coutumière, son regard se vrille de lueurs rebelles dès que l'on évoque devant elle l'ordre ancien. Elle est la première à vilipender Richepance, ce nouveau gouverneur de la Guadeloupe, dont un message récent t'annonce la prochaine nomination. Si les vents se montrent favorables, il atteindra nos eaux dans deux mois à peine. Les esprits s'apaiseront alors et tu ne doutes point que même Ignace cessera d'ambitionner un destin semblable à celui de Toussaint-Louverture.

SEPTIÈME CERCLE

À l'Univers entier
Le dernier Cri de l'Innocence et du Désespoir

C'est dans les plus beaux jours d'un siècle à jamais célèbre par le triomphe des Lumières et de la philosophie qu'une classe d'infortunés qu'on veut anéantir se voit obligée d'élever sa voix vers la postérité, pour lui faire connaître, lorsqu'elle aura disparu, son innocence et ses malheurs.

Victime de quelques individus altérés de sang qui ont osé tromper le gouvernement français, une foule de citoyens, toujours fidèles à la patrie, se voit enveloppée dans une proscription méditée par l'auteur de tous ses maux.

Le général Richepance, dont nous ne connaissons pas l'étendue des pouvoirs, puisqu'il ne s'annonce que comme général d'armée, ne nous a encore fait connaître son arrivée que par une proclamation dont les expressions sont si bien mesurées que, alors même qu'il promet protection, il pourrait nous donner la mort sans s'écarter des termes dont il se sert.

À ce style, nous avons reconnu l'influence du contre-amiral Lacrosse, qui nous a juré une haine éternelle.

Oui, nous aimons à croire que le général Richepance lui aussi a été trompé par cet homme perfide, qui sait employer également les poignards de la calomnie.

Colonel Louis Delgrès,
1802

L'enterrement aurait lieu, final de compte, au cimetière des riches en dépit des dernières volontés du défunt. Dès l'annonce du décès de l'Historien, son ex-femme s'était précipitée dans le meublé de la rue Britmer, houspillant tout le monde et déclarant que la loi lui baillait le droit, à elle et à elle seule, d'organiser les obsèques de son mari.

« Il était trop discret pour vous avouer que lui et moi n'avions pas divorcé », lança-t-elle, presque triomphante, à Bel Bougre et Bec-en-Or qui découvraient son visage pour la toute première fois.

Elle entreprit alors, sans plus se préoccuper d'eux, de farfouiller dans les documents que l'Historien avait accumulés au fil du temps, n'hésitant pas à déchirer d'un geste plein d'énervement tout ce qui lui semblait relever de la futilité, notamment des cartes anciennes de l'archipel des Antilles datant du début du dix-septième siècle. Elle tourna et retourna la magnifique collection de disques de musique cubaine qu'il avait rangée avec soin sur deux étagères et déclara :

« Il n'avait aucun goût. À ce qu'il paraît, Monsieur comblait le vide de ses journées à écouter cette musique obscène. Hon ! »

Amédée, arrivé plus tardivement que ses deux compères, sous le choc de la mort subite de son ami, ne savait quoi opposer à cette furie. La joie de l'Historien lors des bals-paillote du Robert, puis des Trois-Îlets, les multiples pas de danse dont il avait régalé l'assistance, tout cela lui demeurait encore en mémoire. Il n'avait été prévenu que sur le coup des dix heures du matin alors que le décès remontait au petit jour. Bel Bougre s'était planté à l'en-bas de sa fenêtre de la rue Victor-Hugo et l'avait sifflé, comme il le faisait d'ordinaire, mais Amédée avait trop bu tous ces derniers temps et avait le réveil difficile. Le gandin s'était alors permis de crier son nom en mettant les mains en porte-voix mais n'avait reçu pour toute réponse que le contenu du pot de chambre de Da Ernestine, qui observait ses manigances de derrière ses persiennes.

« *Chapé kô'w, sakré nèg vakabon ki ou yé!* » (Décampe, espèce de Nègre vagabond que tu es !) lui cria-t-elle de sa voix de crécelle du vendredi saint.

Stoïque, Bel Bougre avait fait le pied de grue sur le trottoir d'en face une bonne heure durant, guettant la fenêtre du second étage de la maison Mauville. Il maugréait en son for intérieur « *Fout pisa vyéfanm ka pit, tonnan di sô !*» (Qu'est-ce que l'urine des vieilles femmes pue, bon sang!) et était la risée des débardeurs qui s'en allaient, torse nu, une lourde gamelle à la main, rejoindre les maisons de commerce du Bord de Mer où ils déchargeraient jusqu'à la fin de l'après-midi des camions de marchandises venues d'En-France. La belle chemise en flanelle blanche du gandin faisait pitié à voir mais le bougre n'en avait cure. Sa détresse avait davantage à voir avec la mort de l'Historien qu'avec un quelconque ridicule de son personnage auquel il tenait tant d'habitude. Ce furent sans doute les coups de klaxon à répétition, et à vrai dire bien inutiles, des autos qui réveillèrent Amédée. Il s'accouda à sa fenêtre, plutôt alerte ce matin-là, car sa dernière conversation avec l'Historien l'avait quelque peu rasséréné. Non pas que celui-ci ait émis le moindre jugement flatteur sur les différents CAHIERS que lui avait soumis le jeune mulâtre mais parce qu'il s'était montré moins négatif que d'habitude. Au lieu de tout rejeter en bloc, l'idée de faire parler Ignace à la première personne du pluriel, par exemple, lui avait plu.

« Au fond, ce "nous" me paraît assez judicieux, avait-il déclaré. Il renvoie à un "nous" collectif, au fait qu'Ignace n'a jamais séparé son destin de celui-ci de son peuple et, en même temps, à un "nous" que je qualifierai de royal... ou de régalien pour être exact. Les rois, les empereurs, les vrais chefs ne parlent-ils toujours d'eux-mêmes à la première personne du pluriel ? Ignace était un être hors du commun, il s'élevait à une tête au-dessus des Nègres de l'époque et il est somme toute normal que cette magnificence-là apparaisse aussi dans ton texte. En étais-tu conscient, Amédée ? »

Amédée, gonflé d'aise, s'était bien gardé de discuter ce point avec lui. D'autant qu'il savait que des critiques sévères ne tarderaient pas à poindre. Mais même là l'Historien s'était fait un petit peu moins sévère qu'à son habitude. Il trouvait la personnalité de Delgrès trop indécise, un peu féminine parfois, et son langage grandiloquent.

« Je comprends que tu aies cherché à retrouver le style des révolutionnaires de 89. Ces gens-là étaient des imitateurs de Cicéron, chaque fois qu'ils ouvraient la bouche ils ne pouvaient s'empêcher de parler par périodes. Même s'ils ne s'adressaient qu'à un seul individu, on jurerait qu'ils avaient pour témoins l'univers entier. Hon ! La vie était pour eux une tribune permanente. Toutefois, mon cher Amédée, Louis Delgrès était tout de même un révolutionnaire colonial et je doute qu'il ait pu s'exprimer exactement comme Danton, Mirabeau ou Robespierre. Quant à Ignace, c'est chose parfaitement impossible ! »

Trouver le juste langage, telle était l'obsession de l'Historien, qui affirmait n'avoir jamais osé coucher la moindre ligne sur du papier parce que cet outil lui faisait défaut. Il se disait embarrassé par le français et ne voyait pas comment on pouvait utiliser le créole, hormis pour des fables comme celles de Gilbert Gratiant qu'il qualifiait, avec sévérité jugeait Amédée, de « gentillettes ».

« S'il les publie un jour, il connaîtra un réel succès. Je n'ai aucun doute là-dessus. Cependant… cependant comment dire notre vérité avec cet idiome qui est si nôtre, si enraciné en nous mais qui est encore dépourvu d'un langage littéraire ? Bon… il faut chercher, ajouta-t-il. C'est à toi de le faire, Amédée, moi, je suis trop vieux. »

Amédée rejoignit Bel Bougre sans même se débarbouiller le visage ni se laver les dents. Le fait que l'enjôleur vînt le quérir à cette heure matinale était le signe que quelque chose d'important s'était produit ou bien allait se produire. Descendant les escaliers quatre à quatre, il imagina toutes sortes de choses et retint l'idée qu'il lui avait enfin retrouvé Ida. Ida, sa vidangeuse, sa fleur sombre, qu'il avait vainement guettée dans tous les bals du Tricentenaire, bals qu'il n'avait écumés, en compagnie de ses compères, que dans l'unique espoir de la rencontrer. La figure démangée par la douleur de Bel Bougre mit brutalement fin à ses supputations. Lui saisissant le bras, le baliverneur emmena Amédée en direction du canal Levassor qu'ils longèrent à pas pressés au mitan des paniers des marchandes de poisson chargés à ras bord de thons, de daurades, de coulirous et de raies-wakawa.

« *Sa ki rivé ? Di mwen tibwen, sa ki rivé ?* » (Qu'est-ce qui s'est passé ? Dis-moi, qu'est-ce qui s'est passé ?) demandait Amédée sans obtenir de réponse.

Devant l'attroupement qui s'était formé au bas du meublé de l'Historien, Amédée n'eut pas besoin d'amples explications. Son vieil ami souffrait d'hypertension artérielle grave et n'avait pu se résoudre à éliminer complètement le sel de son alimentation, comme l'avait exigé son médecin. Il affirmait avoir déjà tout vu et tout ressenti de ce qu'un homme pouvait voir ou ressentir sur terre et, levant son verre de rhum bien haut Chez Sosso, disait ne plus rien attendre de la vie.

« Quand on vient de dépasser la soixantaine, soliloquait-il, on est comme qui dirait dans la dernière ligne droite. Ha-Ha-Ha ! »

Sidonise Vincent alias Shirley Vindgrave, alias Sylvia Menendez, alias Samantha Werwoed, la pacotilleuse pour qui aucune des îles de l'archipel n'avait de secret, pleurait son compte de pleurer sur le trottoir. L'ex-femme de l'Historien l'avait chassée comme une malpropre de la chambre du défunt, prétextant que « cette créature de mauvaise engeance » n'avait rien à y faire désormais. Des bougresses compatissantes l'entouraient, cherchant à lui soutirer des informations sur l'apparence qu'avait le défunt. Mourir de congestion vous déformait la figure, croyait-on savoir. Amédée fut accueilli avec plus de déférence parce qu'il était mulâtre et parce que la mégère l'avait confondu avec un prêtre qui officiait au Sacré-Cœur de Montmartre, haut lieu du catholicisme bourgeois.

« Hélas ! Il est trop tard, fit-elle, faussement contrite. Il n'aura pas eu le temps de recevoir les saints sacrements. Il n'était pas croyant mais il respectait Dieu. Nous avons été mariés douze ans durant, mon père… »

Sans se préoccuper de dissiper l'équivoque, Amédée s'approcha de la couche de l'Historien, dont le visage semblait étrangement apaisé. Il tenait encore entre les mains un exemplaire du *Tiers Livre* de Rabelais qu'il affectionnait beaucoup et dont il était capable de réciter des passages entiers. Sa veuve continuait à mettre ses affaires sens dessus dessous, dévidant les tiroirs de son armoire, chamboulant ses cartons de vieux journaux, cela de manière de plus en plus fébrile.

« Vous le connaissiez ? fit-elle d'un ton abrupt. Pourtant, à ce qu'on m'a rapporté, il était devenu franc-maçon…

— Communiste plutôt, je crois… », rétorqua Amédée d'un ton qui se voulait sec.

À cet instant-là, la femme prit conscience qu'elle n'avait pas affaire à un prêtre et dévisagea le jeune homme de haut en bas avec la plus extrême méfiance. Puis, se ravisant et changeant d'attitude, elle prit une mine contrite et lui demanda :

« Il ne vous a jamais parlé… d'un… d'un testament par hasard ?… Ce n'est pas pour moi mais pour nos enfants. Je ne voudrais pas que ce qui leur est dû tombe entre les mains d'une de ces viragos qu'il avait le don d'attirer. »

Amédée secoua négativement la tête, se contenant très fort pour ne pas laisser éclater sa colère. Quelles qu'aient été les motivations de la séparation entre l'Historien et son épouse, il intuitionnait que le caractère revêche de cette dernière avait dû y être pour quelque chose. La propriétaire du meublé frappa à la porte et annonça la venue du commissaire de police et d'un médecin légiste. Au-dehors, l'attroupement était devenu une véritable foule. Tout ce que le quartier contenait de fainéantiseurs, de djobeurs, de femmes à la recherche de sensationnel et de marmailles qui ne fréquentaient plus l'école, semblait s'être donné rendez-vous devant l'immeuble. L'Historien était très aimé, même si d'aucuns voyaient en lui une énigme vivante. Il aidait tout un chacun à remplir la paperasse administrative, qui pour l'obtention d'une carte d'indigent, qui pour une demande d'engagement dans l'armée, cela sans jamais poser de questions indiscrètes et, bien entendu, sans jamais rien révéler de son propre parcours.

« Nous possédons un caveau au cimetière des riches, déclara la veuve au commissaire de police. Apparemment, il n'a pas laissé de dernières volontés, donc je prends en charge ses obsèques.

— Il voulait reposer au cimetière des pauvres. Il me l'a dit plusieurs fois, intervint la logeuse.

— Vous voulez plaisanter ! Cet homme était

mon mari, même si nous ne vivions plus sous le même toit depuis des années. Par respect pour lui et pour notre famille, j'exige qu'il ait une sépulture digne de ce nom. »

Tandis que le commissaire s'efforçait de calmer les deux femmes et que le médecin légiste commençait à procéder à ses examens, Amédée sortit de la pièce presque sur la pointe des pieds. Il essuya vivement une larme qui lui perlait au coin de l'œil et demeura un moment immobile sur le trottoir où l'on se mit à l'assaillir de questions. Bec-en-Or proposa qu'on organise une veillée en l'honneur du défunt. Il était lié d'amicalité avec deux conteurs extraordinaires qu'il se faisait fort d'amener en fin de journée bien qu'ils habitassent loin de Fort-de-France. Chine offrit quelques caisses de rhum. Safia, l'hétaïre syrienne, à qui son rimmel donnait des airs de veuve éplorée, décida de laver le corps de l'Historien en l'absence de la matrone du quartier à qui cette tâche était dévolue. Seul Bel Bougre semblait incapable d'émerger de l'espèce de foudroiement qui l'avait frappé lorsque, tôt le matin, il était passé chercher l'Historien pour aller boire leur décollage Chez Sosso. Il ne décessait d'aller-venir tel un ours en cage, le regard perdu dans le vide, balbutiant sans arrêt un *Lavi dwôl, tann!* (Qu'est-ce que la vie est bizarre!) qui détonnait dans sa bouche.

Amédée regagna le centre-ville déjà cerné par la touffeur du plein jour. Il se sentait soudain plus léger, comme si une sorte de poids lui était sorti de la conscience et ce sentiment lui fit l'effet d'un outrage envers la mémoire de l'Historien. Il mesurait seulement maintenant à quel point celui-ci l'avait maintenu sous son influence quoiqu'il fût largement un autodidacte. D'où cet homme tenait-il l'autorité avec laquelle il portait des jugements sur les tentatives d'écriture d'Amédée ? Pourquoi s'entêtait-il à répéter que romancer la vie du notaire Maximilien Mauville était plus dans les capacités du jeune homme que brosser l'aventure héroïque de Delgrès ? À ces questions Amédée ne trouvait pas de réponse assurée mais il avait de plus en plus la conviction que l'Historien était dans le vrai.

Chez les Mauville, tout le monde était déjà au courant de la nouvelle. Son père avait ordonné à la petite servante indienne de lui repasser son costume d'enterrement car il voulait « accompagner à sa dernière demeure un homme qui somme toute méritait le respect » et Man Mauville, très pénétrée, lisait la Bible dans la cour intérieure. Il n'y avait que cette vieille folle de Da Ernestine pour jubiler :

« Hon ! Quand on croit au Mal, il finit toujours par vous terrasser en traître. »

Amédée gagna sa chambre au second étage et jeta instinctivement un regard par la fenêtre. Ida se tenait debout, sur le trottoir d'en face, à l'endroit exact où Bel Bougre l'avait sifflé le matin. Elle éclatait d'une belleté à nulle autre pareille et souriait de ses dents couleur de nacre. Une mantille noire couvrait ses beaux cheveux crépus et fournis qui amplifiaient ses traits puissants de Négresse pure et indomptée. Sa bouche charnue, peinturlurée de mauve, sans doute sa couleur fétiche, était une invite à l'étreinte physique immédiate et mit aussitôt les sens d'Amédée en émoi. Il ne prit conscience de l'absurdité de la situation qu'à l'instant où, se frottant les yeux, il reconnut non point Ida mais Jiliane, sa collègue vidangeuse, qui, pour l'aguicher, avait tenté de se déguiser à l'identique de celle qu'il adorait. Furieux, le jeune homme claqua la fenêtre et s'assit, la tête dans ses mains, sur son lit dont le sommier grinça à-quoi dire une plainte. Le tableau de Louis Delgrès lui faisait face et inexplicablement il trouva au colonel un air goguenard. S'emparant du coupe-papier posé à un angle de son bureau, il se rua sur le tableau et se mit à le lacérer avec une véhémence qui le surprit lui-même. En un battement d'yeux, il l'avait réduit en un tas de lambeaux qui pendouillaient tout autour du cadre. Puis, comme saisi par la honte, il dissimula le tableau sous son lit et se coucha en dépit de la chaleur qui descendait depuis le galetas. Les yeux fermés, il chercha à faire le vide dans sa tête sans y parvenir. À plusieurs reprises, sa mère vint lui parler, n'osant entrouvrir sa porte comme elle le faisait quand il tardait à lui répondre. Elle rabroua même la servante coulie qui, à midi, voulut porter son déjeuner au jeune homme, et interdit à Da Ernestine de le déranger avec ses sempiternelles jérémiades. Un grand silence se fit dans la maison jusque tard dans l'après-midi. Maître Mauville avait très certainement regagné son étude. L'horloge murale sonnait les heures de manière implacable, faisant chaque fois sursauter Amédée, qui balançait entre la veille et l'assoupissement. Il confondait dans un même désespoir la mort de Delgrès et celle de l'Historien quoiqu'elles n'eussent rien de comparable. Leurs visages défilaient à tour de rôle devant ses yeux mi-clos, lui baillant le tournis. Sur le coup de quatre heures de l'après-midi, il sortit de sa torpeur et but de l'eau de Didier à la bouteille. Puis il s'assit à sa table de travail, prit une feuille blanche et se mit à écrire d'une traite :

« *Fort-de-France,*
le 16 juin 1935

Monsieur le Proviseur,

J'ai l'honneur de m'adresser à votre haute bienveillance afin de solliciter un poste de professeur de latin au sein de votre établissement à compter de la rentrée d'octobre prochain. Titulaire d'une licence ès lettres classiques obtenue en Sorbonne en 1933, j'ai été contraint de différer mon entrée dans la carrière d'enseignant pour un certain nombre de raisons, dont la plus importante était mon état de santé. Ayant recouvré entièrement celle-ci, je suis désormais prêt à me mettre au service de la formation de notre jeunesse martiniquaise et plus particulièrement des élèves du lycée Schoelcher, fleuron éducatif de notre île.

Dans l'espoir que ma demande sera examinée favorablement, je vous prie, monsieur le Proviseur, de bien vouloir agréer mes respectueuses salutations.

Amédée Mauville »

Ne trouvant pas d'enveloppe dans son tiroir, il héla la servante, à qui il remit la lettre en lui demandant de la porter sur-le-champ à Man Mauville.

« Même si elle n'a pas fini sa sieste, réveillez-la ! C'est urgent… »

En un virement de main, il avait gagné la rue, hésitant à choisir son chemin : sur la gauche, le canal Levassor ; sur la droite, la place de La Savane. Puis, se ravisant tout soudain, il remonta avec précipitation jusqu'à sa chambre, au deuxième étage, s'empara de ses *Carnets* et *Cahiers*, qu'il chiffonna avant de les placer dans son pot de chambre qui contenait ses excréments du matin et que la servante placerait tout à l'heure sur le trottoir. Au premier étage, dans sa chambre à elle, sa mère poussait de véritables hurlements de joie. Da Ernestine, sans doute mise au courant, braillait :

« Jésus-Marie-Joseph, merci ! Merci ! J'ai tellement prié pour notre petit mussieu Amédée, oui. »

Le jeune mulâtre traversa La Savane sans jeter un œil à quiconque. Le banc des Sénateurs était encore vide à cette heure-là. Des jacasseries en arabe et en créole fusaient du banc des Syriens. Il pénétra dans le bois de Boulogne, dérangeant des péripatéticiennes en plein travail, qui n'hésitèrent pas à injurier sa maman. Devant l'escalier monumental de la Maison des Sports, il s'arrêta à nouveau. Des haltérophiles en tenue lui firent un signe amical, auquel il ne répondit pas. Au final, il se jugea stupide d'imaginer que Bel Bougre pût venir un tel jour s'entraîner à l'escrime et tourna les talons. Il longea les remparts du fort Saint-Louis, au pied desquels des marins blancs, dégoulinant de sueur, jouaient à la pétanque. Au Carénage, des ouvriers du port, dont c'était l'heure de sortie, le bousculèrent un peu. Un grand bougre, long comme le Mississippi, s'écria :

« Les amis, si le Club Colonial ne bat pas le Golden Star par 3 à 0, eh ben, vous pourrez dire que je ne connais foutrement rien au football ! »

Amédée prit la direction de la Compagnie générale transatlantique, attiré par les lumières de deux paquebots qui resplendissaient dans la rade. L'un battait pavillon américain et devait faire une croisière à travers l'archipel ; l'autre était le *Colombie*, à bord duquel, cinq ans auparavant, il était parti faire ses études en France. Il demeura planté sur les quais déserts, silhouette immobile et falote qui ne se distinguait guère des palans avec lesquels on chargeait et déchargeait les marchandises. Le bateau américain était apparemment vide, ses marins devant être partis en bordée au Morne Pichevin tout proche où officiaient de très réputées prêtresses de l'amour tarifé. Une terrible envie de monter à bord s'empara de lui. L'échelle de coupée n'avait pas été tirée et le marin de garde devait somnoler car lui aussi ne donnait aucun signe de vie. Amédée, posant un pied derrière l'autre comme par jeu, arriva presque à hauteur du bastingage, sans réveiller l'attention de qui que ce fût. Son idée était d'embarquer comme passager clandestin et de descendre à la prochaine escale, qui était sans doute l'île de Sainte-Lucie, ou alors plus au sud, celle de Saint-Vincent. À moins que ce bateau n'allât tout droit jusqu'à Trinidad, à quelques encablures de Bénézuèle. Cette dernière hypothèse l'enchanta. Il avait toujours rêvé de l'Amérique du Sud, à la fois si proche et si lointaine de la Martinique. L'Historien lui avait appris à aimer cette culture qu'il décrivait comme tranquillement métisse. La corne du *Colombie* mit brutalement fin à ses velléités de départ. Sa mère avait raison : le barrissement de l'énorme paquebot avait quelque chose de tragique. Amédée redescendit avec précipitation l'échelle de coupée du navire américain, pourtant toujours plongé dans le calme le plus absolu. À l'autre bout du quai, une masse de gens éplorés accompagnaient leurs parents en partance pour « là-bas », c'est-à-dire Le Havre ou Bordeaux, ports où débarquaient traditionnellement les Antillais. D'ordinaire le *Colombie* levait l'ancre avant la tombée de la nuit. Il avait probablement été retardé par quelque avarie. Le jeune homme s'étonna de n'avoir point remarqué tout ce remue-ménage à son arrivée sur le port.

« Ils s'en vont fêter le Tricentenaire à Paris…, lui fit un badaud.

— Hon ! Ils ont de la chance, ceux-là, ajouta un autre.

— On a envoyé des danseurs de quadrille, des musiciens, des gens de théâtre… »

Au mitan d'énormes malles que des débardeurs chargeaient à bord, Amédée reconnut mamzelle Ti Coca, pleine de gracieusetés à l'égard de son amant qui, du haut de son mètre cinquante, se hissait jusqu'à ses joues à intervalles réguliers pour la gratifier de baisers nerveux. D'autres femmes, fort belles, vêtues de splendides costumes créoles, faisaient aussi leurs adieux à leur parentèle qui agitait déjà des mouchoirs. Soudain, Amédée découvrit Bel Bougre, toutes dents dehors, qui paradait parmi quelques bonshommes des Terres-Sainvilles venus l'accompagner. Il distribuait des poignées de main tel un chef d'État, mi hautain mi-paternel.

« Le salaud ! Le salaud, oui ! » se surprit à marmonner Amédée.

Pour la première fois, il fut secoué par une quinte de sanglots qui le poussa à s'escamper au plus vite du port. Bel Bougre n'assisterait donc point à l'enterrement de son ami de toujours, l'Historien ! C'était tout bonnement incroyable. Entre ses désirs de gloire et son amour pour la France d'un côté et de l'autre l'amicalité qui le liait à l'érudit depuis plus de vingt ans, Bel Bougre avait choisi. C'était proprement incroyable. Amédée répétait cette phrase, la martelait de plus en plus fort, le visage raviné par les larmes. Au pont Démosthène, une voix féminine, ferme mais douce, lui murmura :

« Alors, mon beau monsieur, on parle tout seul à présent, hein ? »

La créature, qui s'avançait sous la lumière du lampadaire, était à n'en point douter une de ces ribaudes qui hantaient nuitamment la cour Fruit-à-Pain, mais quelque chose de tout à fait extraordinaire émanait de sa personne. De fort belle taille, elle était moulée dans une robe de satin bleu échancrée sur le côté et arborait d'extravagants souliers rouge sang à talons aiguilles. Ses cheveux de câpresse retombaient en grappes frisées sur ses épaules nues dont la couleur était d'un brun de sapotille presque parfait.

« Tu ne m'as pas l'air de chercher l'aventure, reprit la créature. Monsieur est donc une âme en peine. Est-ce que je me trompe ? »

Amédée pressa le pas vers le boulevard de La Levée, ne voulant plus soutenir le regard déroutant de la ribaude.

« Hé ! Si tu reviens un soir par ici, tu n'as qu'à demander pour Philomène. D'accord ? »

Il n'eut pas le courage de se rendre à la veillée de l'Historien. D'ailleurs, sa mégère de femme avait-elle autorisé Bec-en-Or et ses compères des Terres-

Sainvilles à lui en organiser une ? Il en doutait fort. Cette cérémonie devait relever de la pure nègrerie pour une personne de son rang. Amédée regagna la rue Victor-Hugo d'un pas plus régulier, sa tristesse s'étant un peu apaisée. Devant la porte de chez lui, il remarqua que le pot de chambre avait été déposé avec soin sur le seuil. Pas de doute ! Ida avait officié ce soir-là. Il le rentra et, tel un automate, s'assura que la servante indienne avait bien fermé portes et fenêtres et surtout éteint la lampe de la cour intérieure, chose qu'il lui arrivait souvent d'oublier. Là, il s'installa dans le transat de sa mère et décida de ne pas dormir de la nuit en dépit de la fraîcheur du serein.

« Ce monde est abject ! marmonnait-il. Ab-ject ! Quant à cette année 1935, c'est le summum de l'abjection. »

Da Ernestine, qui inexplicablement s'était levée au pipiri du jour, poussa un grand cri lorsqu'elle le découvrit dans cette position.

« *Ou fou an tèt, Amédé, yich mwen ! E si ou trapé an pirézi, ébé Bondyé ?* » (Tu es complètement fou, Amédée ! Et si tu as attrapé une pleurésie ?)

Elle s'empressa de lui préparer un thé-pays, lui couvrit les épaules de son châle de bondieuseuse et fit sa prière du matin à la fois pour lui et pour elle. Tout ce remue-ménage réveilla à son tour Man Mauville qui, se penchant à sa fenêtre qui donnait sur la cour intérieure, demanda à la vieille gouvernante ce qui se passait.

« Amédée, tu es malade ? fit-elle d'une voix inquiète quand elle aperçut son fils encore lové dans le transat.

— Non, manman...

— Tu es rentré tard de la veillée, c'est ça ?

— Non, manman... Mais ne t'inquiète pas pour moi, ça va bien.

— Ton père a passé la nuit chez l'autre. Je ne l'ai pas entendu rentrer hier soir...

— Maître Maximilien avait averti qu'il ne rentrerait pas », intervint Da Ernestine, la rabrouant presque.

Irma Mauville les rejoignit dans la minuscule cour encore plongée dans une légère pénombre. À l'aide d'une demi-calebasse, Amédée se mit à puiser de l'eau dans le bassin pour se rafraîchir le visage.

« Manman... j'ai pris une décision... », balbutia-t-il.

Figée, sa mère l'observait dans l'attente de quelque mauvaise nouvelle.

« Je suis prêt à me marier. Tu as raison, cette Blandine est une jolie fille, et puis elle a de l'esprit. »

Man Mauville faillit tomber à la renverse. Elle demeura plusieurs minutes bouche bée, puis se jeta sur la poitrine de son fils et se mit à l'étreindre.

« La prière paye ! exulta Da Ernestine. Amédée va travailler et il va se marier. J'ai tellement supplié le Seigneur pour que ça arrive. Tellement ! Merci mon Dieu d'avoir exaucé mes vœux ! »

Incapable de dire un mot, la mère d'Amédée continuait à le serrer contre elle.

« Tu peux fixer la date quand tu veux..., ajouta-t-il. Le plus tôt sera le mieux... »

Reprenant petit à petit ses esprits Irma Mauville lui demanda s'il avait bien réfléchi, s'il ne reviendrait pas sur sa décision car elle irait dès aujourd'hui avertir les parents de Blandine.

« Tu n'es pas en train de me donner de faux espoirs ? insista-t-elle.

— Une parole est une parole, manman. »

Il déclara qu'il avait besoin de se reposer à présent et demanda qu'on frappe à la porte de sa chambre à quinze heures afin qu'il aille assister à l'enterrement de l'Historien à l'église des Terres-Sainvilles. Une fois seul, il s'accouda à sa table de travail et ne bougea pas pendant toute la matinée, son esprit divaguant sur tous les événements qu'il avait affrontés au cours de l'année.

« Au fond, il avait raison. Tout ça, c'est très balzacien. Colonial, certes, mais balzacien tout de même, songeait-il. Un jour, faudra bien que j'écrive tout ça... faudra bien... »

CAHIER D'IGNACE

> « Quant à nous, la liberté étant à nos yeux un bien inaliénable, nous estimons que l'esclave a le droit de reprendre la sienne de quelque manière

que ce soit, et c'est peut-être le seul cas où nous soyons tenté de dire que la fin justifie les moyens. »

Victor Schœlcher,
Histoire de l'esclavage pendant les deux dernières années,
1847

Esclaves qui avez rêvé de l'Impossible, ouvrez désormais votre cœur à la froide colère de notre voix. En vérité, nous vous le disons, cessez de mettre parole après parole, cessez d'empiler parabole sur parabole, c'est mourir tout net dans la raideur de midi ! Dans notre pays, la situation est si critique que nous avons vu des moustiques allant à la boutique acheter des canniques pour astiquer la loi patriotique car c'était la panique frénétique et féerique dans toute l'Amérique.

Conteur, continuez votre conte, oui !

Nous n'avons plus le choix. La lutte à mort est engagée contre le général Richepance et son bras droit mulâtre, ah l'infâme ! le traître à sa mère ! ce tristement fameux chef de brigade Magloire Pélage en qui Delgrès crut longtemps car Delgrès a toujours misé sur la bonté du genre humain. Mais nous, Ignace et le peuple des Nègres qui monte depuis la Basse-Terre en direction de la Rivière-Salée, peuple en armes — que de fourches ! que de tridents ! que de sabres à couper la canne ! que de fusils de chasse ! —, peuple qui chante sa gloire en gros-ka et tambours d'Afrique-Guinée, peuple de femmes farouches dont le regard ne cille jamais devant le soleil, nous avons toujours su qu'ils venaient nous remettre les fers aux pieds. S'ils feignaient de nous traiter en citoyens, ce n'était que par feintise. Manière de nous endormir et de nous bercer d'illusions. Bonaparte n'a jamais supporté les Polonais ni les Russes, ce ne sont pas les Nègres de la Guadeloupe qu'il aurait portés dans son cœur. Combien de fois, nous, Ignace, ne l'avons-nous pas dit et répété à Louis Delgrès qui, perplexe, incrédule, s'entêtait à jouer de son violon, arguant toujours : « Citoyen Ignace, la Révolution n'est point morte. Elle est une force qui entraîne les esprits et les corps. La volonté d'un seul homme ne saurait s'y opposer. Bonaparte ne peut fouler aux pieds les nobles principes que sont la Liberté, l'Égalité et la Fraternité. »

Il avait raison, Delgrès, simplement ces principes s'appliquaient aux hommes, aux seuls hommes que les Blancs considèrent comme étant dignes de ce nom, c'est-à-dire leur propre engeance. Ils n'ont jamais admis que nous, les Nègres, arrachés aux déserts de l'Afrique comme ils disent, nous ayons pu redresser la tête et clamer notre humanité à la face du monde. Là-bas, à Saint-Domingue, des généraux noirs démontrent que des fils d'esclaves peuvent écraser l'injustice et établir un État où règne la fraternité. Êtes-vous donc sourd aux nouvelles qui nous parviennent de Port-au-Prince, répétions-nous à Delgrès ? Ignoreriez-vous la gloire dont se couvrent Toussaint-Louverture, Jean-Jacques Dessalines et Pétion, oui, Pétion, un mulâtre comme vous-même ? Mais longtemps, trop longtemps, vous avez tergiversé, Louis Delgrès, et il nous souvient encore de vous entendre grandiloquer comme à l'ordinaire — Ah, la belleté de vos paroles, foutre ! —, il nous souvient d'entendre votre voix tandis que nous galopons vers la Grande-Terre où nous avons projet de désorienter l'ennemi en l'attaquant de tous côtés par petits groupes. Il nous souvient de votre voix dans le petit matin bleu.

« Le siècle qui commence est une de ces époques fatidiques de l'histoire du monde, plus grandes encore par les idées généreuses qu'elles enfantent que par la gloire dont elles rayonnent. Une date grandiose dans la martyrologie de l'humanité. Les semences d'une régénération universelle, éparpillées depuis deux siècles déjà sur tous les points du globe, commencent leur germination ; la faible plante grandira vite, et se fera arbre pour abriter sous son ombre majestueuse la rénovation générale, conquise non par l'épée mais par la pensée. Nous ne verrons pas cela, nous autres, mais du moins nous aurons la gloire de l'avoir pressenti. Avant longtemps, l'esclavage sera aboli à jamais et la liberté de la race noire proclamée hautement. À nous reviendra l'honneur d'avoir les premiers affirmé glorieusement les droits de nos frères à prendre place au milieu de la grande famille humaine. »

Voilà ce qui nous a toujours séparés, citoyen Delgrès ! Vous ne rêviez que de grandeur, de gloire, vous ne songiez qu'à l'espèce humaine et à l'humanité alors qu'il nous fallait, ici-là, penser d'abord à nous, les Nègres, et à notre Guadeloupe dont le sang n'a été que trop aspiré par les esclavagistes. Conquise non par l'épée mais par la pensée, prétendez-vous, hon ! Vous, le soldat, le bravissime officier qui, par deux fois fûtes mis en geôle par l'Anglais. Vous qui n'avez pourtant jamais eu crainte de monter au front à la tête de vos soldats. Non, citoyen Delgrès ! Nous, Ignace, et le peuple des Nègres qui marchons sur les troupes de Richepance et de Pélage, sachez que nous n'avons que faire de la pensée ! Seule l'épée nous libérera pour toujours du joug infâme qui pèse sur nos têtes depuis bientôt deux siècles. Nous faisons désormais nôtre la devise de Dessalines, la seule devise qui vaille en ces temps de haine sans partage : *Koupé tèt, brilé kay !* Coupons les têtes, brûlons les maisons ! Car notre projet est également le même, celui de bâtir un État des Noirs en Guadeloupe, de rebâtir ce pays sans que plus jamais les Blancs n'y posent les pieds et n'osent envisager de nous gouverner à nouveau.

Delgrès, voulez-vous vraiment d'un État des Noirs ? J'en arrive parfois à en douter. Pardonnez-moi ces pensées dont je sais qu'elles vous parviennent, là-bas, au Sud, où l'armée que vous avez levée a réussi à réduire les dernières poches de l'ennemi. J'ai bruit par nos éclaireurs de vos tactiques brillantes et de vos victoires éclair et j'en suis gonflé d'une incommensurable fierté, mais aussitôt je m'interroge : pourquoi, m'apprend-on, avez-vous refusé que l'on exécute le planteur De Cassagnac de l'Habitation Caféière, à Trois-Rivières, ce bourreau qui ne mérite pas le nom d'homme et dont la cruauté est universellement connue ? Avant la Révolution, il faisait pendre par les pieds, aux branches des sabliers majestueux qui ornementaient l'entrée de sa demeure, les Nègres qui oubliaient de le saluer à genoux sur son passage. Et lui, dit la rumeur, tout le jour durant, de s'approcher du supplicié, le rire aux lèvres, en lui lançant : « Tu as peut-être chaud, mon brave ? Avec tout ce sang qui te descend dans le crâne, rien de plus normal. Vois-tu combien je suis magnanime malgré ton impudence ! Holà ! Qu'on verse du goudron sur son corps, ça le rafraîchira, le bougre ! Allez, plus vite là ! Ha-Ha-ha ! »

Cet être-là, citoyen Delgrès, méritait que nous le découpions en trente-douze mille petits morceaux et que nous livrions ceux-ci aux pourceaux. D'abord les oreilles, qu'il a si rouges. As-tu remarqué que les Blancs ont toujours les oreilles rouges ? J'aimerais d'ailleurs bien savoir quelle en est la cause. Puis les doigts de chaque main, doigt après doigt, que dis-je ? phalange après phalange, et pour que ses souffrances ne tarissent pas trop vite, nous l'aurions arrosé de rhum. Ensuite sa langue, car capon comme il doit être, nul doute qu'il se serait mis à brailler comme un nouveau-né. Enfin ses yeux, ses yeux couleur de mer lointaine, ses yeux féroces, outrageurs, ses poignets, ses bras, ses pieds. Morceau par morceau, oui, citoyen Delgrès. Or qu'avez-vous fait de sa personne ? On nous assure que vous l'avez emprisonné, lui et les siens, dans le cachot où il enfermait ses esclaves qu'il estimait avoir fainéanté dans ses champs de canne. Petite punition que cela !

Esclaves, ouvrez la barrière de vos âmes et que notre parole vous baille force et dédain de la mort blanche ! Nous avons assisté au verdict d'une chique qui, sur le dos d'une bourrique, comparaissait devant l'accusateur public au tribunal des fanatiques, où nous avons dégringolé à pic, défiant la loi de la physique et les mimiques de la musique dans un saut magique qui était aussi mystique.

Notre parole devient fourmi-folle, accordez-nous votre pardon ! Yé-Krik !

Ce soir, nous nous apprêtons à franchir le gué de la Rivière-Salée. Les troupes de ce chien de Richepance bivouaquent, sûres d'elles, sur les deux bords de celle-ci et nous voyons déjà distinctement les fumées qui s'élèvent de leurs campements. Elles n'ont pas peur de nous puisqu'elles proclament à la population restée sous leur coupe qu'une bande de gueux et de dépenaillés, armés de seuls bâtons et de torches incendiaires, fait route vers la Grande Terre. Nous ne ferons point de quartier, citoyen Delgrès ! Nous ne ferons point montre de grandeur d'âme devant nos bourreaux. Pardonne-nous de désobéir à tes ordres, colonel, mais quelque chose nous dit que la bataille finale est proche. Ah, nous savons que tu t'exclameras, légèrement courroucé, qu'Ignace n'en fait qu'à sa tête comme d'habitude. Tu te dépêcheras de nous écrire de nouvelles instructions que tu nous feras parvenir par tes meilleurs coursiers mais ils n'auront pas le temps de nous atteindre. Déjà le filet gris argent de la Rivière-Salée est devant nous comme une ligne d'horizon, droite et impavide, et soudain nous avançons à pas plus prudents, nous nous séparons en quatre groupes qui attaqueront l'ennemi dès que les nuages commenceront à masquer la lune. N'essaie pas de retenir nos bras, citoyen Delgrès, ce sont des bras vengeurs qui n'ont aucune appréhension de la mort. Ce sont des têtes dans lesquelles résonne le chant des révoltés nègres de Saint-Domingue. *Grènadyé a laso, sa ki mouri, zafè a yo !* Grenadiers à l'assaut, tant pis pour ceux qui mourront ! Tu affirmes combattre pour les générations futures, tu dis que nous autres, nous ne verrons pas la liberté et que nous n'aurons fait que semer le grain de cette dernière. Foin de cette philosophie-là, Delgrès ! La liberté ? Nous la voulons là même, tout de suite, sans plus tarder, nous voulons la vivre pour nous, au mitan de nos pères, de nos frères et de nos sœurs et nous n'avons que faire d'un bonheur dont nous ne verrons même pas les prémices. Delgrès, sache qu'Ignace ne vit pas comme toi dans ses chimères ! Régénération universelle, dis-tu ? Hon ! Que d'ambition ! Notre univers à nous, c'est la Guadeloupe et d'abord cette Rivière-Salée qu'il nous faut franchir ce soir même au fil de l'épée, et la régénération que nous désirons, c'est celle de la race noire. Pourquoi vouloir celle des Blancs ? Ont-ils jamais été esclaves ? Les avons-nous jamais jetés dans l'ignominie en quelque époque que ce soit ? Nos pères qui continuent à vivre en Afrique, ont-ils jamais saccagé les villages de l'Europe, violé les femmes et massacré les vieillards ? Jamais !

L'effet de surprise a été total. L'ennemi ne savait plus où donner de la tête. Tu l'apprendras demain, ou le jour qui suivra demain. La nouvelle de leur déroute te sera un baume au cœur, nous en sommes persuadés. Le bivouac que nous, Ignace, et notre groupe avons attaqué était composé de jeunes Blancs fraîchement débarqués de France car nous les avons trouvés en grand arroi de guerre contre les moustiques. Ha-Ha-Ha ! Oui, les moustiques ! Ils infestent la Rivière-Salée et ne vous laissent pas une miette de répit, sauf à se tenir au plus près du feu et cela, parfaitement immobiles. Ils l'étaient tous, la petite trentaine de soldats hagards qui s'étaient recouvert le corps de leurs drapeaux en guise de protection. Nous les avons tués en cette posture : debout. Ils ont reçu la mort sans broncher, presque sans un cri. Frappés de stupeur, certains regardaient le sang couler de leurs gorges à gros bouillons, hébétés, comme s'il ne s'agissait pas de leurs propres corps. Un gamin d'à peine vingt ans nous a demandé grâce à genoux, à nous, Ignace, et nous avouons qu'une minute entière notre bras a tremblé. Il y avait une telle candeur sur ses traits. Mais nous avons pensé aux atrocités que les siens nous font subir depuis le temps de l'antan et nous lui avons transpercé par deux fois les entrailles. En un battement d'yeux, le lit de la rivière s'est rougi du sang de nos adversaires et nous nous sommes mis à pousser des *Abobo!* afin de remercier les dieux. Nos femmes combattantes ont dépouillé les cadavres de leurs fusils et de leurs sacs à poudre, certaines tranchant dans le même ballant le sexe blême de ceux-ci et le brandissant dans la lumière vacillante des flambeaux. Elles ne riaient point. Il ne s'agissait là, à leurs yeux, ni d'une cruauté gratuite ni d'un rituel sacré. Simplement de la vengeance à l'état pur. De la volonté de venger les corps labourés de leurs mères, de leurs sœurs et d'elles-mêmes par des maîtres scélérats. Nous avons frissonné, nous, les hommes, devant tant de froide détermination. Mais nous n'avions pas le droit de nous éterniser sur les bords de la Rivière-Salée car l'ennemi apprendrait la nouvelle de notre avancée dès le devant-jour, peut-être même avant. Nous savions que dans les replis de la mangrove des sentinelles blanches apeurées nous observaient. Nous n'avions pas le temps de les y pourchasser. Nos hommes étaient trop épuisés pour aller encore s'embourber dans les racines échassières des palétuviers et la tourbe noire parsemée d'inquiétantes écumes qui semblaient bouillonner. Nous avons poursuivi notre marche en direction de Port-la-Liberté, à un rythme moins forcé, certes, mais avec la même détermination au cœur. Six de nos hommes étaient tombés au combat, dont Ismaël qui, vous le savez, commandant Delgrès, nous a toujours été très cher. Il était comme qui dirait le fils que nous n'avons jamais eu malgré les trente-deux ans qui pèsent sur notre tête. Sans père ni mère, il est venu rejoindre notre colonne à Capesterre sans prononcer un seul mot. Il marchait toujours à nos côtés, attentif à nos propos, guettant un signe de fatigue de notre part pour s'emparer de notre harnachement et de notre fusil, qu'il portait des lieues durant sur l'écale de son dos, toujours bouche cousue. Sans doute était-il un rêveur comme vous. Nous ne l'avons jamais vraiment su. Il ne répondait que par bribes à nos questions, souriant de sa splendide denture de Nègre qui a mâché la canne à sucre dès sa plus tendre enfance.

« Je suis un fils de la Liberté. Je suis prêt à bailler ma vie pour elle, oui », concluait-il lorsque nous parvenions à lui arracher deux mots de causer.

Ismaël est mort pour elle. Honneur et respect sur sa tête ! Il ne verra pas notre victoire mais désormais c'est aussi en mémoire de lui que nous, Ignace, nous combattrons. Son visage sera toujours au-devant de nos yeux quand nous fondrons sur l'ennemi de manière qu'il habite en nous à nouveau, par-delà la mort. Si jamais nous avons un fils un jour, nous le gratifierons du nom d'Ismaël.

Et notre voyage au pays de l'Impossible n'est point achevé. Et c'était fantastique parce que nous avons encore vu, mesdames, messieurs, un lombric grimper jusqu'à l'Éthique parce qu'il l'avait pris pour une basilique à la fois catholique, drolatique, apostolique et évangélique, et c'est là qu'il voulait prêcher et asséner des paroles canoniques à des laïcs en leur racontant l'histoire de la princesse Solitude, fille unique d'un grand roi d'Afrique très philosophique dans la pratique comme dans la logique, mesdames et messieurs.

Et c'était encore dramatique d'avoir entendu cette chronique !

Yééé Mistikrik !

CAHIER DELGRÈS

> « Soldats, je ne peux vous demander de tirer sur celui qui est peut-être un cousin, un frère, un père !
>
> Nous ne luttons pas contre vous, les Blancs, ni contre la République, mais contre ceux qui veulent rétablir l'esclavage ; votre place n'est pas ici, parmi nous. Cette bataille est la nôtre, celle de notre race, de notre sang, de notre liberté.
>
> Soldats français de France, je vous laisse libres de quitter nos rangs. »
>
> Proclamation du colonel
> Louis Delgrès,
> mai 1802

Voici venir le temps de l'infamie rayonnante. Ceux-là même qui, il n'y a guère, jetèrent bas le trône de France et proclamèrent à la face du monde entier les droits inaliénables de l'être humain, quelle que soit sa condition ou sa couleur, sont sur le point de remettre les chaînes aux pieds des Nègres de la Guadeloupe. Napoléon Bonaparte, prisonnier de sa démesure, a foulé aux pieds les principes les plus nobles de la Révolution. Son armée égorge, pille, brûle tout sur son passage. À Capesterre, trois femmes sans défense ont été passées au fil de l'épée parce qu'elles avaient osé se parer de madras bleu-blanc-rouge. À Trois-Rivières, l'Habitation Ravine Sèche, la plus florissante de la Basse-Terre, celle dont on vantait le café jusqu'à Amsterdam, vient d'être livrée aux flammes parce que les Nègres s'étaient débarrassés de leur séquestre, un Normand grossier et scélérat, et avaient commencé à la diriger par leurs propres moyens. De partout, de sombres nouvelles me parviennent qui plongent les miens dans une sourde mélancolie. Marthe Rose a tellement maigri qu'elle semble flotter dans sa robe de cotonnade blanche. Elle s'efforce de me sourire lorsque à la tombée de la nuit je la rejoins dans mon casernement et ses doigts se veulent apaisants sur ma peau rêche, mais c'est de sa propre angoisse qu'elle cherche, en vain, à étouffer. Elle me demande à voix feutrée de lui jouer cette symphonie douce-amère du chevalier de Saint-Georges qui fit tellement rêver Paris du temps de la splendeur de celui-ci. Mon violon refuse de me parler comme à l'ordinaire, son archet se fait rétif. Les sons que j'en tire m'exaspèrent et je préfère m'en aller sur la coursive du fort pour contempler la mer qui frémit, comme inquiète, sous les caresses intermittentes de la lune. Mes soldats ne dorment que d'un œil et, autour des feux de camp, ils devisent à voix basse, leurs fusils à portée de main. Je les sais épuisés après les rudes combats que nous avons menés contre l'escadre de Richepance et de son chien Magloire Pélage. Ils nous ont pris par traîtrise en débarquant à Baillif, sur les berges de la rivière Duplessis. J'ai dû faire sonner la retraite, la mort dans l'âme, jusqu'au fort Saint-Charles. L'un de mes soldats est assis à califourchon sur un canon et scrute l'horizon d'où ne peut venir — il le sait — aucun secours. Nous sommes, Nègres et mulâtres de Guadeloupe, seuls au monde mais notre solitude est belle. Dans les temps à venir, il ne sera pas dit que nous avions perdu la foi dans la justice et l'égalité de tous les hommes. Ignace me manque en ces instants-là. Nous avions été des frères, même si tout nous séparait : la naissance, lui d'ici, de cette terre magnifique de Guadeloupe, moi de cette Martinique qui ploie sous le joug de l'Anglais et où l'esclavage n'a jamais été aboli. Aujourd'hui, de Saint-Pierre, il ne me reste pour toute image que la place Bertin où, à la fin des après-midi, des tilburys passaient et repassaient dans un ballet chaotique. Ma mère et ma sœur, en grand-robe, y faisaient leur promenade quotidienne, indifférentes aux avances des gandins et aux commérages des mères-maquerelles qui portaient fièrement leur éléphantiasis. J'avance à deux pas derrière elles, les yeux rivés au sol à la recherche d'un sou perdu, de quelque agate ou de tout autre trésor qui me ravirait et me servirait de jouet. Je n'ai plus souvenir ni du théâtre, ni du Mouillage, ni même du quartier La Galère où Amandine m'avait recueilli. Saint-Pierre s'est peu à peu écarté de mes pensées et de ma chair pour laisser place aux savanes sans fin de la Grande-Terre où la canne semble tiger tel un incendie dès la plantée de novembre, aux rivières jaillissantes dérivant depuis les flancs des Mamelles ou de la Soufrière. Ignace souvent se moquait : tu es devenu plus guadeloupéen que moi ! Je lui rétorque qu'il n'y a là rien de surprenant puisque mon présumé père est né quelque part entre Goyave et Capesterre. Lui, il rêvait souvent de la Dominique, où les Caraïbes continuaient à résister après deux siècles aux assauts répétés des hommes blancs. Il vantait Saint-Domingue, où des généraux noirs tentaient, victorieusement semblait-il, de terrasser les troupes de cet entêté de Napoléon. Je suis un Nègre-Guadeloupe, un Nègre-Dominique et un Nègre-Saint-Domingue tout à la fois, s'esclaffait-il, manière subtile qu'il avait de m'égratigner sur l'étrange passivité des Nègres-Martinique. Parfois, j'ai envie de hurler son nom à la face de la nuit, aux étoiles, à la noirceur sans fond du firmament. I-GNAAA-CE ! I-I-GNAA-CE ! Où repose son corps à présent ? A-t-il seulement eu une sépulture ? J'en doute fort. Dans la déroute, il a dû tomber au feu parmi des dizaines d'autres combattants et l'ennemi n'a pas eu loisir de l'identifier. Ou s'il y a par miracle réussi, sûr et certain qu'on a profané son cadavre. Même après notre mort, ces gens continuent de nous haïr. C'est comme si notre couleur les empêchait de respirer. Car je ne puis me résoudre à croire cette nouvelle, diffusée sans doute par des agents de Pélage afin de démoraliser nos troupes, selon laquelle la colonne menée par Ignace a été assiégée, puis décimée à la redoute de Baimbridge et la tête de celui-ci portée sur un pic à la place de la Victoire. Il y a tant de faux bruits ces jours-ci. Je me refuse à le croire.

Ici, en la Basse-Terre, nous sommes aussi cernés. J'ai été contraint d'ordonner une nouvelle retraite jusqu'à Matouba parce que nous étions prisonniers du fort Saint-Charles, où vivres et munitions commençaient à se raréfier et que nous ne disposions pas d'embarcation qui nous aurait permis de nous échapper par la mer. Et d'ailleurs où pouvions-nous aller ? Leur flotte veille dans les canaux qui nous séparent des autres îles et là-bas l'Anglais, pourtant ennemi de la France, ne ferait aucun quartier de nos troupes. Il ne nous restait alors que le mitan du pays, la montagne hostile où rien ne pousse et où parfois l'air se fait si froidureux qu'il faut se vêtir de grosse laine. Pourrons-nous tenir longtemps ? Je n'ose vraiment me poser la question. À vue d'œil nos vivres nous permettront d'atteindre le début d'avril, peut-être plus loin si nous parvenons à les rationner, mais l'état de nos munitions m'inquiète. Nos caisses de balles ne sont guère plus que quatre ou cinq et l'humidité attaque dangereusement la poudre dans nos barils. Nous devrons sans doute nous battre à l'arme blanche le moment venu.

Je contemple le beau visage raviné par la tristesse de Marthe Rose lorsque, écrasée de sommeil, elle s'affale sur notre couche, la bouche largement ouverte comme une enfant innocente. Nous n'avons même plus le goût de nous étreindre comme autrefois et laisser nos peaux moites frotter l'une contre l'autre tout au long de la nuit. Elle s'était indignée de la missive que m'avait envoyée Pélage au tout début des combats. Elle la brandissait devant nos soldats et la commentait, une fine bave aux lèvres.

« Écoutez donc les paroles immondes d'un traître à sa race ! D'un être si vil qu'il mériterait d'être jeté aux requins ou d'être brûlé vif. Écoutez ça : "Citoyen commandant, quel est mon étonnement de voir tirer sur le pavillon national ? Ce ne peut être sans doute que l'effet d'un malentendu. Je vous rappelle le serment que nous avons fait ensemble d'être fidèles à la mère patrie et de remettre la Colonie intacte au premier envoyé du gouvernement consulaire." Ha-Ha-Ha !... Quel fieffé hypocrite, ce Magloire Pélage ! Il ne voit même pas que si par malheur nous devions être vaincus, il serait le premier, oui, je vous le prédis, le tout premier, à être dégradé et jeté aux fers. Les Français ne supporteront jamais plus des généraux noirs ou sang-mêlé au sein de leur armée. Foi de Marthe Rose ! »

Un étrange et douloureux pressentiment m'habite. Le 10 mai dernier, je me suis résolu à faire placarder sur tous les murs de la ville de Basse-Terre cette proclamation dont j'ai pesé chaque mot trois nuits durant. Trois nuits sans un seul grain de sommeil. Les premiers mots de cet appel au sursaut guadeloupéen hantent continuellement mes jours.

À l'Univers entier le dernier Cri de l'Innocence et du Désespoir,

C'est dans les plus beaux jours d'un siècle à jamais célèbre par le triomphe des Lumières et de la philosophie qu'une classe d'infortunés qu'on veut anéantir se voit obligée d'élever sa voix vers la postérité, pour lui faire connaître, lorsqu'elle aura disparu, son innocence et ses malheurs…

Ce matin, l'ennemi a lancé l'assaut sur trois versants opposés de Matouba avec une hargne qui a surpris nos avant-postes mais ne les a point fait plier. À la Rivière-Noire, nous avons perdu plus d'une vingtaine d'hommes tandis que ceux de l'Habitation Lassale nous ont demandé de les épauler. Je me jetai au feu à la tête d'une colonne au sein de laquelle la mulâtresse Solitude gourma comme une princesse antique, semant la panique chez nos adversaires. Elle nous haranguait : « Nous avons pour nous la foi en l'humaine condition. Eux, ils ne sont que des bêtes assoiffées de sang. Exterminons-les de la surface de la terre ! »

Une balle m'arracha à moitié le genou gauche mais je tins cette blessure secrète pour ne pas accabler le moral de mes troupes. Je sentis mon cœur défaillir lorsque je remarquai le nombre de soldats de couleur qui composaient l'armée de Richepance. Je reconnus là, ô tristesse, la marque de Magloire Pélage. L'infâme avait donc réussi à adjoindre aux troupes françaises, pourtant fort aguerries — « des anciens de l'armée du Rhin », m'avait averti l'un de mes espions —, une quantité impressionnante de soldats guadeloupéens. La fin de ma proclamation me revint alors en mémoire.

La résistance à l'oppression est un droit naturel. La Divinité même ne peut être offensée que nous défendions notre cause : elle est celle de la justice, de l'humanité. Nous ne la souillerons pas par l'ombre même du crime.

Oui, nous sommes résolus à nous tenir sur une juste défensive, mais nous ne deviendrons jamais des agresseurs.

Pour vous, restez dans vos foyers ; ne craignez rien de notre part.

Nous vous jurons solennellement de respecter vos femmes, vos enfants, vos propriétés et d'employer tous les moyens de les faire respecter par tous.

Et toi, Postérité, accorde une larme à nos malheurs et nous mourrons satisfaits !

Car, malgré le sang versé, malgré la honte et le déni de justice, malgré les traîtrises répétées, je ne suis point habité par la haine. Cette horde qui monte à l'assaut de l'Habitation Danglemont et qui finira sans doute par avoir raison de notre résistance n'est pour moi que l'incarnation du Mal qui règne en maître sur l'univers entier depuis le commencement des temps. La couleur blanche de nos agresseurs n'y est pour rien. Jusqu'à la fin, je ne tomberai toujours pas d'accord sur ce point avec Ignace et la mulâtresse Solitude quand bien même je comprends l'ire qui a toujours enflammé chacun de leurs mots, chacun de leurs gestes. Et comment pourrais-je haïr ma mère, cette femme de France dont j'ai enfin appris la raison qui l'avait poussée à émigrer toute seule à Saint-Pierre de la Martinique ainsi que les circonstances de sa mort ? Elle s'était amourachée d'un marin noir dont le bateau faisait régulièrement la traversée entre Nantes et la Basse-Terre et qui était probablement mon père. Celui-ci avait interdiction de descendre à terre parce qu'à l'époque, suite à un très vieil édit royal, tout esclave qui touchait la terre de France devenait sur-le-champ un homme libre. Il avait bien entendu faussé compagnie à son équipage et erré sur les quais de la ville des semaines durant jusqu'à ce qu'il soit recueilli dans une famille de philanthropes affiliée à la religion protestante. Leur fille aînée l'aima au premier coup d'œil et s'embarqua en secret, quelques mois plus tard, à bord d'une goé lette qui faisait voile vers la Martinique pour retrouver celui que son cœur avait élu mais qui, pour son malheur, avait été dénoncé par des voisins, enchaîné, jugé et revendu à une compagnie de traite qui s'empressa de le renvoyer aux Amériques. Le retrouva-t-elle jamais à Saint-Pierre ? Y vécut-elle quelque temps à ses côtés comme l'affirmait Amandine ? Ou au contraire suis-je le fruit d'une étreinte sans lendemain consommée en terre de France, ma prétendue sœur aînée n'étant qu'une enfant adoptive ? À cela nulle réponse. Quant à sa mort, j'ai plus de certitudes. Devenue folle dans sa cellule après la disparition de ma sœur, incapable de prouver qu'elle était une Blanche de pure race (ou ne désirant pas invoquer cette circonstance atténuante), elle fut, au bout de trois ans, jetée sur les quais de la ville où elle vivota de la charité publique. Sa mort par noyade ne surprit personne et elle n'eut pour toute oraison funèbre que trois lignes sarcastiques dans le seul journal qu'autorisait l'occupant anglais.

Toutes ces tragédies ont-elles un sens ? Ma vie, dans laquelle la gloire le dispute à l'indignité, l'heureuseté à la plus infinie souffrance, laissera-t-elle un quelconque sillon dans l'histoire des hommes à venir ? Se souviendra-t-on des jours furieux de prairial quand, à Port-la-Liberté, madame Guillot tranchait les têtes des nobles coloniaux ? Gardera-t-on l'image de Victor Hugues, tenant embrassés Noirs, Sang-Mêlé et Blancs, tandis qu'il proclamait l'acte d'abolition de l'esclavage ? Et la témérité généreuse d'Ignace, l'élégance de Massoteau, si tôt disparu, la discrète bonhomie de Gédéon, la folie ravageuse de la mulâtresse Solitude, quelle mémoire leur rendra-t-elle justice ?

Nous résistons deux jours, cinq jours, une semaine et une nuit. Nos hommes tombent au combat comme des mouches. L'ennemi a reculé, repris l'attaque, reculé à nouveau, puis est remonté à l'assaut avec une détermination qui ne laisse aucun doute sur ses intentions dernières. La fin est proche. Une étrange sérénité habite mes hommes. Marthe Rose tourne le dos aux combats et me supplie : « Louis Delgrès, jouez-moi encore une sonate, je vous en supplie ! »

Nous avions disposé tout autour de l'Habitation Danglemont, dans le plus grand silence, les neuf barils de poudre qui nous restaient. J'ai alors demandé à ceux qui le voulaient de se rendre, mais nul ne s'y est résolu. Un jeune lieutenant s'est, au contraire, proposé pour allumer la mèche lorsque le moment serait venu. Je lus sur tous leurs visages une profonde fierté mêlée d'amertume et j'en voulus à Napoléon Bonaparte. C'est à lui que s'adressaient ces mots de ma proclamation :

Et vous, Premier Consul de la République, vous guerrier philosophe de qui nous attendions la justice qui nous était due, pourquoi faut-il que nous ayons à déplorer notre éloignement du foyer d'où partent les conceptions sublimes que vous nous avez si souvent fait admirer ?

Pour toute réponse, Bonaparte nous a jeté aux trousses les héros de Hohenlinden, ceux qui, méprisant la mort, décimèrent les plus brillantes armées d'Europe. En quelque sorte n'est-ce pas là un hommage à la vaillantise des soldats guadeloupéens ? Hormis ce gueux de Magloire Pélage qui nous déshonore tous, autant dans le camp de Richepance que dans le mien, ceux qui tomberont au cours de cette ultime bataille mériteront l'insigne honneur de figurer au panthéon de nos peuples respectifs. Leur bravoure ne pourra être niée, même si elle est mise, du côté des troupes françaises, au service de la monstruosité la plus grande qui soit : le rétablissement de l'esclavage.

Voici venir le moment où nous clamerons à la postérité que nous avons tenu à ne point nous rendre et à mourir debout, les yeux largement ouverts. L'exiguïté de la Guadeloupe est pour beaucoup dans notre défaite. Je songe à cette définition implacable de Montesquieu qui m'est restée au mot près dans l'esprit : « Pour qu'un État soit dans sa force, il faut que sa grandeur soit telle, qu'il y ait un rapport de la vitesse avec laquelle on peut exécuter contre lui quelque entreprise, et la promptitude qu'il faut employer pour la rendre vaine. »

Il est temps pour moi de confier mon allégresse à mon archet et mon violon. Marthe Rose, ma petite Toto adorée, je t'aimerai par-delà les siècles !

ÉPILOGUES

« Avec de grands mots on a tout perdu : on a éteint jusqu'à la pitié ; car qui oserait encore plaider la cause des Noirs après les crimes qu'ils ont commis ? »

Chateaubriand,
Le Génie du christianisme

La mulâtresse Solitude fut très belle lorsqu'elle fondit, telle une harpie, sur l'armée des esclavagistes et qu'elle se mit à les insulter, à leur cracher au visage, à lacérer de ses dents leur peau rougie par le soleil.

Le président du Conseil des ministres, Albert Sarraut, donna l'accolade à Maximilien Mauville après que ce dernier eut déclamé son discours d'inauguration de la statue du comte Beslain d'Esnambuc, exterminateur des Sauvages caraïbes en l'an 1635.

Mesdames et messieurs de la compagnie, nous, Ignace, sommes arrivé à présent dans le pays de l'Impossible. Il y fait noir en plein jour et l'heure avance à reculons. Immobiles, nous contemplons l'œuvre de la Mort qui enveloppe chacun d'entre nous d'un halo tout en diaphanéité. Notre retraite à la redoute de Baimbridge fut une grave erreur de stratégie militaire : nous y avons creusé notre tombeau. Mais notre parole continuera jusqu'à la fin des temps.

Yéééé-Krik !

Bel Bougre a connu le succès à Paris. Il a été parfait dans son rôle de paysan martiniquais et les tableaux vivants conçus par mamzelle Ti Coca ont profondément ému les spectateurs de l'Opéra. D'aucuns affirment que s'il n'est point revenu au pays, c'est qu'il est parvenu à charmer le cœur d'une blonde aux yeux bleus. D'autres disent que tout ça, c'est menteries et mensongeries : Bel Bougre a été embauché par le plus grand cirque d'Europe et se produit désormais dans toutes les capitales du monde civilisé.

Louis Delgrès, au moment de l'explosion, jouait une sonate de Haendel pour Marthe Rose, assise à ses pieds, le regard perdu dans le néant. Peu de temps auparavant, il prononçait ces paroles qui demeurèrent gravées à jamais dans l'air du temps : « Nous n'avons plus qu'à mourir bravement. Sachons accomplir ce devoir suprême. Notre mort nous fera illustres, nous ne mourrons pas entièrement. Nos noms survivront sur l'océan des âges et nous léguerons nos exemples à suivre à ceux qui viendront après nous et qui, plus heureux, conquerront, eux, cette liberté que nous n'avons fait qu'entrevoir. »

Bec-en-Or se montra plus philosophe que prévu lorsque Myrtha, déçue que Tricentenaire n'ait point ressuscité son bébé, sombra dans les délices de la déraison. Il ne mit pas à sac Chez Sosso comme tout un chacun s'y attendait.

Toute honte bue mais le cœur désarroyé par le suicide de Louis Delgrès et de ses ultimes quatre cents combattants à l'Habitation Danglemont, le général Magloire Pélage entreprit d'écrire un mémoire qui servirait à démontrer son indéfectible attachement à la mère patrie lorsque sonnerait l'heure de son procès.

Ida, la vidangeuse, la fleur sombre des trottoirs de la rue Victor-Hugo, au beau mitan du quartier bourgeois de l'En-Ville, se révéla à Amédée le jour même du mariage de ce dernier avec Blandine, la békée déclassée. Elle lui jeta un sort au moment où le couple sortait triomphalement sur le parvis de la cathédrale et c'est la raison pour laquelle, affirma Radio-bois-patate, le bedeau se trompa et sonna le glas au lieu du carillon.

Victor Hugues, une fois démis de ses fonctions, perdit d'un seul coup ses convictions révolutionnaires et voua aux gémonies Saint-Just, Danton et Robespierre, qui pourtant n'étaient déjà plus de ce monde. Il déclara simplement : « Je reviendrai, foutre ! »

Clémence Belfond et Irma Mauville devinrent deux inséparables amies-ma-cocotte. La chabine fit les premiers pas en s'invitant à une réunion du Club des femmes foyalaises qui se tenait dans la cour intérieure de la maison des Mauville ; la mulâtresse autorisa enfin son mari à reconnaître les deux filles qu'il avait faites à sa maîtresse attitrée.

Marthe Rose se souvint de son échappée-belle à l'époque où elle était esclave sur l'Habitation Venoncourt, à Sainte-Lucie, de son périple jusqu'à Saint-Pierre de la Martinique où il n'était bruit que de ces hommes de couleur libres qui tenaient la dragée haute aux Blancs, de son arrivée en Guadeloupe comme cantinière, au côté de son bien-aimé Louis Delgrès, et de leur rêve commun d'une société d'égaux. Déchiquetée, elle eut le temps de murmurer : « J'ai vu le monde entier, oui. »

Da Ernestine n'évoqua plus les Dardanelles. L'oreille collée au poste TSF, elle répétait toute la sainte journée comme un jacquot-répète : « Hon ! Il y a une nouvelle guerre qui va péter, oui. C'est moi qui vous le dis. Après mussieu Mussolini, c'est un certain mussieu Hitler qui fait des bêtises là-bas. »

Lacrosse tint à visiter le champ de ruines calcinées de l'Habitation Danglemont, où Delgrès et son dernier carré de fidèles s'étaient fait sauter. Il ne retrouva (comme il l'avait espéré) aucune trace ni du violon ni de l'archet de celui-ci.

Le lendemain de sa nuit de noces, Amédée Mauville fut visité par l'idée du suicide. Il ne réussit à retarder l'échéance qu'en se rendant aux évidences de feu l'Historien : il était mûr pour écrire l'histoire de son père (et donc la sienne).

Avril 1996-juillet 1998
Habitation L'Union (Vauclin)

DU MÊME AUTEUR

Aux Éditions Gallimard

LE CAHIER DE ROMANCES.
RAVINES DU DEVANT-JOUR (Folio nº 2706).
LES MAÎTRES DE LA PAROLE CRÉOLE.
ÉLOGE DE LA CRÉOLITÉ.

Au Mercure de France

BRIN D'AMOUR.
LE MEURTRE DU SAMEDI-GLORIA (Folio nº 3269).
L'ARCHET DU COLONEL (Folio nº 3597).

Chez d'autres éditeurs

DICTIONNAIRE DES NÉOLOGISMES.
LE GALION.
JIK DÈYÈ DO BONDYÉ.
LA LESSIVE DU DIABLE.
RÉGISSEUR DU RHUM.
LA DERNIÈRE JAVA DE MAMA JOSEPHA.
LA VIERGE DU GRAND RETOUR.
CHIMÈRES D'EN-VILLE.
LE GOUVERNEUR DES DÉS.
TRILOGIE TROPICALE.
MAMZELLE LIBELLULE.
LA BAIGNOIRE DE JOSÉPHINE.
L'ALLÉE DES SOUPIRS.

CONTES CRÉOLES.
LA SAVANE DES PÉTRIFICATIONS.
BASSIN DES OURAGANS.
AIMÉ CÉSAIRE, LE PARADOXE.
COMMANDEUR DU SUCRE.
LE NÈGRE ET L'AMIRAL.
EAU DE CAFÉ.

COLLECTION FOLIO

Dernières parutions

3227. Maupassant — *Bel-Ami.*
3228. Molière — *Le Tartuffe.*
3229. Molière — *Dom Juan.*
3230. Molière — *Les Femmes savantes.*
3231. Molière — *Les Fourberies de Scapin.*
3232. Molière — *Le Médecin malgré lui.*
3233. Molière — *Le Bourgeois gentilhomme.*
3234. Molière — *L'Avare.*
3235. Homère — *Odyssée.*
3236. Racine — *Andromaque.*
3237. La Fontaine — *Fables choisies.*
3238. Perrault — *Contes.*
3239. Daudet — *Lettres de mon moulin.*
3240. Mérimée — *La Vénus d'Ille.*
3241. Maupassant — *Contes de la Bécasse.*
3242. Maupassant — *Le Horla.*
3243. Voltaire — *Candide ou l'Optimisme.*
3244. Voltaire — *Zadig ou la Destinée.*
3245. Flaubert — *Trois Contes.*
3246. Rostand — *Cyrano de Bergerac.*
3247. Maupassant — *La Main gauche.*
3248. Rimbaud — *Poésies.*
3249. Beaumarchais — *Le Mariage de Figaro.*
3250. Maupassant — *Pierre et Jean.*
3251. Maupassant — *Une vie.*
3252. Flaubert — *Bouvart et Pécuchet.*
3253. Jean-Philippe Arrou-Vignod — *L'Homme du cinquième jour.*
3254. Christian Bobin — *La femme à venir.*
3255. Michel Braudeau — *Pérou.*
3256. Joseph Conrad — *Un paria des îles.*
3257. Jerôme Garcin — *Pour Jean Prévost.*
3258. Naguib Mahfouz — *La quête.*

3259. Ian McEwan	*Sous les draps et autres nouvelles.*
3260. Philippe Meyer	*Paris la Grande.*
3261. Patrick Mosconi	*Le chant de la mort.*
3262. Dominique Noguez	*Amour noir.*
3263. Olivier Todd	*Albert Camus, une vie.*
3264. Marc Weitzmann	*Chaos.*
3265. Anonyme	*Aucassin et Nicolette.*
3266. Tchekhov	*La dame au petit chien et autres nouvelles.*
3267. Hector Bianciotti	*Le pas si lent de l'amour.*
3268 Pierre Assouline	*Le dernier des Camondo.*
3269. Raphaël Confiant	*Le meurtre du Samedi-Gloria.*
3270. Joseph Conrad	*La Folie Almayer.*
3271. Catherine Cusset	*Jouir.*
3272. Marie Darrieussecq	*Naissance des fantômes.*
3273. Romain Gary	*Europa.*
3274. Paula Jacques	*Les femmes avec leur amour.*
3275. Iris Murdoch	*Le chevalier vert.*
3276. Rachid O.	*L'enfant ébloui.*
3277. Daniel Pennac	*Messieurs les enfants.*
3278. John Edgar Wideman	*Suis-je le gardien de mon frère ?*
3279. François Weyergans	*Le pitre.*
3280. Pierre Loti	*Le Roman d'un enfant* suivi de *Prime jeunesse.*
3281. Ovide	*Lettres d'amour.*
3282. Anonyme	*La Farce de Maître Pathelin.*
3283. François-Marie Banier	*Sur un air de fête.*
3284. Jemia et J.M.G. Le Clézio	*Gens des nuages.*
3285. Julian Barnes	*Outre-Manche.*
3286. Saul Bellow	*Une affinité véritable.*
3287. Emmanuèle Bernheim	*Vendredi soir.*
3288. Daniel Boulanger	*Le retable Wasserfall.*
3289. Bernard Comment	*L'ombre de mémoire.*
3290. Didier Daeninckx	*Cannibale.*
3291. Orhan Pamuk	*Le château blanc.*
3292. Pascal Quignard	*Vie secrète.*
3293. Dominique Rolin	*La Rénovation.*
3294. Nathalie Sarraute.	*Ouvrez.*
3295. Daniel Zimmermann	*Le dixième cercle.*
3296. Zola	*Rome.*

3297.	Maupassant	*Boule de suif.*
3298.	Balzac	*Le Colonel Chabert.*
3299.	José Maria Eça de Queiroz	*202, Champs-Élysées.*
3300.	Molière	*Le Malade Imaginaire.*
3301.	Sand	*La Mare au Diable.*
3302.	Zola	*La Curée.*
3303.	Zola	*L'Assommoir.*
3304.	Zola	*Germinal.*
3305.	Sempé	*Raoul Taburin.*
3306.	Sempé	*Les Musiciens.*
3307.	Maria Judite de Carvalho	*Tous ces gens, Mariana...*
3308.	Christian Bobin	*Autoportrait au radiateur.*
3309.	Philippe Delerm	*Il avait plu tout le dimanche.*
3312.	Pierre Pelot	*Ce soir, les souris sont bleues.*
3313.	Pierre Pelot	*Le nom perdu du soleil.*
3314.	Angelo Rinaldi	*Dernières nouvelles de la nuit.*
3315.	Arundhati Roy	*Le Dieu des Petits Riens.*
3316.	Shan Sa	*Porte de la paix céleste.*
3317.	Jorge Semprun	*Adieu, vive clarté...*
3318.	Philippe Sollers	*Casanova l'admirable.*
3319.	Victor Segalen	*René Leys.*
3320.	Albert Camus	*Le premier homme.*
3321.	Bernard Comment	*Florence, retours.*
3322.	Michel Del Castillo	*De père français.*
3323.	Michel Déon	*Madame Rose.*
3324.	Philipe Djian	*Sainte-Bob.*
3325.	Witold Gombrowicz	*Les envoûtés.*
3326.	Serje Joncour	*Vu.*
3327.	Milan Kundera	*L'identité.*
3328.	Pierre Magnan	*L'aube insolite.*
3329.	Jean-Noël Pancrazi	*Long séjour.*
3330.	Jacques Prévert	*La cinquième saison.*
3331.	Jules Romains	*Le vin blanc de la Villette.*
3332.	Thucydide	*La Guerre du Péloponnèse.*
3333.	Pierre Charras	*Juste avant la nuit.*
3334.	François Debré	*Trente ans avec sursis.*
3335.	Jérôme Garcin	*La chute de cheval.*
3336.	Syvie Germain	*Tobie des marais.*
3337.	Angela Huth	*L'invitation à la vie conjugale*
3338.	Angela Huth	*Les filles de Hallows Farm.*

3339. Luc Lang	*Mille six cents ventres.*
3340. J.M.G. Le Clézio	*La fête chantée.*
3341. Daniel Rondeau	*Alexandrie.*
3342. Daniel Rondeau	*Tanger.*
3343. Mario Vargas Llosa	*Les carnets de Don Rigoberto.*
3344. Philippe Labro	*Rendez-vous au Colorado.*
3345. Christine Angot	*Not to be.*
3346. Christine Angot	*Vu du ciel.*
3347. Pierre Assouline	*La cliente.*
3348. Michel Braudeau	*Naissance d'une passion.*
3349. Paule Constant	*Confidence pour confidence.*
3350. Didier Daeninckx	*Passages d'enfer.*
3351. Jean Giono	*Les récits de la demi-brigade.*
3352. Régis Debray	*Par amour de l'art.*
3353. Endô Shûsaku	*Le fleuve sacré.*
3354. René Frégni	*Où se perdent les hommes.*
3355. Alix de Saint-André	*Archives des anges.*
3356. Lao She	*Quatre générations sous un même toit II.*
3357. Bernard Tirtiaux	*Le puisatier des abîmes.*
3358. Anne Wiazemsky	*Une poignée de gens.*
3359. Marguerite de Navarre	*L'Heptaméron.*
3360. Annie Cohen	*Le marabout de Blida.*
3361. Abdelkader Djemaï	*31, rue de l'Aigle.*
3362. Abdelkader Djemaï	*Un été de cendres.*
3363. J.P. Donleavy	*La dame qui aimait les toilettes propres.*
3364. Lajos Zilahy	*Les Dukay.*
3365. Claudio Magris	*Microcosmes.*
3366. Andreï Makine	*Le crime d'Olga Arbélina.*
3367. Antoine de Saint-Exupéry	*Citadelle (édition abrégée).*
3368. Boris Schreiber	*Hors-les-murs.*
3369. Dominique Sigaud	*Blue Moon.*
3370. Bernard Simonay	*La lumière d'Horus (La première pyramide III).*
3371. Romain Gary	*Ode à l'homme qui fut la France.*
3372. Grimm	*Contes.*
3373. Hugo	*Le Dernier Jour d'un Condamné.*
3374. Kafka	*La Métamorphose.*
3375. Mérimée	*Carmen.*
3376. Molière	*Le Misanthrope.*

3377. Molière — *L'École des femmes.*
3378. Racine — *Britannicus.*
3379. Racine — *Phèdre.*
3380. Stendhal — *Le Rouge et le Noir.*
3381. Madame de Lafayette — *La Princesse de Clèves.*
3382. Stevenson — *Le Maître de Ballantrae.*
3383. Jacques Prévert — *Imaginaires.*
3384. Pierre Péju — *Naissances.*
3385. André Velter — *Zingaro suite équestre.*
3386. Hector Bianciotti — *Ce que la nuit raconte au jour.*
3387. Chrystine Brouillet — *Les neuf vies d'Edward.*
3388. Louis Calaferte — *Requiem des innocents.*
3389. Jonathan Coe — *La Maison du sommeil.*
3390. Camille Laurens — *Les travaux d'Hercule.*
3391. Naguib Mahfouz — *Akhénaton le renégat.*
3392. Cees Nooteboom — *L'histoire suivante.*
3393. Arto Paasilinna — *La cavale du géomètre.*
3394. Jean-Christophe Rufin — *Sauver Ispahan.*
3395. Marie de France — *Lais.*
3396. Chrétien de Troyes — *Yvain ou le Chevalier au Lion.*
3397. Jules Vallès — *L'Enfant.*
3398. Marivaux — *L'Île des Esclaves.*
3399. R.L. Stevenson — *L'Île au trésor.*
3400. Philippe Carles et Jean-Louis Comolli — *Free jazz, Black power.*
3401. Frédéric Beigbeder — *Nouvelles sous ecstasy.*
3402. Mehdi Charef — *La maison d'Alexina.*
3403. Laurence Cossé — *La femme du premier ministre.*
3404. Jeanne Cressanges — *Le luthier de Mirecourt.*
3405. Pierrette Fleutiaux — *L'expédition.*
3406. Gilles Leroy — *Machines à sous.*
3407. Pierre Magnan — *Un grison d'Arcadie.*
3408. Patrick Modiano — *Des inconnues.*
3409. Cees Nooteboom — *Le chant de l'être et du paraître.*
3410. Cees Nooteboom — *Mokusei !*
3411. Jean-Marie Rouart — *Bernis le cardinal des plaisirs.*
3412. Julie Wolkenstein — *Juliette ou la paresseuse.*
3413. Geoffrey Chaucer — *Les Contes de Canterbury.*
3414. Collectif — *La Querelle des Anciens et des Modernes.*
3415. Marie Nimier — *Sirène.*

3416.	Corneille	*L'Illusion Comique.*
3417.	Laure Adler	*Marguerite Duras.*
3418.	Clélie Aster	*O.D.C.*
3419.	Jacques Bellefroid	*Le réel est un crime parfait, Monsieur Black.*
3420.	Elvire de Brissac	*Au diable.*
3421.	Chantal Delsol	*Quatre.*
3422.	Tristan Egolf	*Le seigneur des porcheries.*
3423.	Witold Gombrowicz	*Théâtre.*
3424.	Roger Grenier	*Les larmes d'Ulysse.*
3425.	Pierre Hebey	*Une seule femme.*
3426.	Gérard Oberlé	*Nil rouge.*
3427.	Kenzaburô Ôé	*Le jeu du siècle.*
3428.	Orhan Pamuk	*La vie nouvelle.*
3429.	Marc Petit	*Architecte des glaces.*
3430.	George Steiner	*Errata.*
3431.	Michel Tournier	*Célébrations.*
3432.	Abélard et Héloïse	*Correspondances.*
3433.	Charles Baudelaire	*Correspondance.*
3434.	Daniel Pennac	*Aux fruits de la passion.*
3435.	Béroul	*Tristan et Yseut.*
3436.	Christian Bobin	*Geai.*
3437.	Alphone Boudard	*Chère visiteuse.*
3438.	Jerome Charyn	*Mort d'un roi du tango.*
3439.	Pietro Citati	*La lumière de la nuit.*
3440.	Shûsaku Endô	*Une femme nommée Shizu.*
3441.	Frédéric. H. Fajardie	*Quadrige.*
3442.	Alain Finkielkraut	*L'ingratitude.* Conversation sur notre temps
3443.	Régis Jauffret	*Clémence Picot.*
3444.	Pascale Kramer	*Onze ans plus tard.*
3445.	Camille Laurens	*L'Avenir.*
3446.	Alina Reyes	*Moha m'aime.*
3447.	Jacques Tournier	*Des persiennes vert perroquet.*
3448.	Anonyme	*Pyrame et Thisbé, Narcisse, Philomena.*
3449.	Marcel Aymé	*Enjambées.*
3450.	Patrick Lapeyre	*Sissy, c'est moi.*
3451.	Emmanuel Moses	*Papernik.*
3452.	Jacques Sternberg	*Le cœur froid.*
3453.	Gérard Corbiau	*Le Roi danse.*

3455. Pierre Assouline — *Cartier-Bresson (L'œil du siècle).*
3456. Marie Darrieussecq — *Le mal de mer.*
3457. Jean-Paul Enthoven — *Les enfants de Saturne.*
3458. Bossuet — *Sermons. Le Carême du Louvre.*
3459. Philippe Labro — *Manuella.*
3460. J.M.G. Le Clézio — *Hasard* suivi de *Angoli Mala.*
3461. Joëlle Miquel — *Mal-aimés.*
3462. Pierre Pelot — *Debout dans le ventre blanc du silence.*
3463. J.-B. Pontalis — *L'enfant des limbes.*
3464. Jean-Noël Schifano — *La danse des ardents.*
3465. Bruno Tessarech — *La machine à écrire.*
3466. Sophie de Vilmorin — *Aimer encore.*
3467. Hésiode — *Théogonie* et autres poèmes.
3468. Jacques Bellefroid — *Les étoiles filantes.*
3469. Tonino Benacquista — *Tout à l'ego.*
3470. Philippe Delerm — *Mister Mouse.*
3471. Gérard Delteil — *Bugs.*
3472. Benoît Duteurtre — *Drôle de temps.*
3473. Philippe Le Guillou — *Les sept noms du peintre.*
3474. Alice Massat — *Le ministère de l'intérieur.*
3475. Jean d'Ormesson — *Le rapport Gabriel.*
3476. Postel & Duchâtel — *Pandore et l'ouvre-boîte.*
3477. Gilbert Sinoué — *L'enfant de Bruges.*
3478. Driss Chraïbi — *Vu, lu, entendu.*
3479. Hitonari Tsuji — *Le Bouddha blanc.*
3480. Denis Diderot — *Les Deux amis de Bourbonne* (à paraître).
3481. Daniel Boulanger — *Le miroitier.*
3482. Nicolas Bréhal — *Le sens de la nuit.*
3483. Michel del Castillo — *Colette, une certaine France.*
3484. Michèle Desbordes — *La demande.*
3485. Joël Egloff — *«Edmond Ganglion & fils».*
3486. Françoise Giroud — *Portraits sans retouches (1945-1955).*
3487. Jean-Marie Laclavetine — *Première ligne.*
3488. Patrick O'Brian — *Pablo Ruiz Picasso.*
3489. Ludmila Oulitskaïa — *De joyeuses funérailles.*
3490. Pierre Pelot — *La piste du Dakota.*

3491.	Nathalie Rheims	*L'un pour l'autre.*
3492	Jean-Christophe Rufin	*Asmara et les causes perdues.*
3493.	Anne Radcliffe	*Les mystères d'Udolphe.*
3494.	Ian McEwan	*Délire d'amour.*
3495.	Joseph Mitchell	*Le secret de Joe Gould.*
3496.	Robert Bober	*Berg et Beck.*
3497.	Michel Braudeau	*Loin des forêts.*
3498.	Michel Braudeau	*Le livre de John.*
3499.	Philippe Caubère	*Les carnets d'un jeune homme.*
3500.	Jerome Charyn	*Frog.*
3501.	Catherine Cusset	*Le problème avec Jane.*
3502.	Catherine Cusset	*En toute innocence.*
3503.	Marguerite Duras	*Yann Andréa Steiner.*
3504.	Leslie Kaplan	*Le psychanalyste.*
3505.	Gabriel Matzneff	*Les lèvres menteuses.*
3506.	Richard Millet	*La chambre d'ivoire...*
3507.	Boualem Sansal	*Le serment des barbares.*
3508.	Martin Amis	*Train de nuit.*
3509.	Andersen	*Contes choisis.*
3510.	Defoe	*Robinson Crusoé.*
3511.	Dumas	*Les Trois Mousquetaires.*
3512.	Flaubert	*Madame Bovary.*
3513.	Hugo	*Quatrevingt-treize.*
3514.	Prévost	*Manon Lescaut.*
3515.	Shakespeare	*Roméo et Juliette.*
3516.	Zola	*La bête humaine.*
3517.	Zola	*Thérèse Raquin.*
3518.	Frédéric Beigbeder	*L'amour dure trois ans.*
3519.	Jacques Bellefroid	*Fille de joie.*
3520.	Emmanuel Carrère	*L'adversaire.*
3521.	Réjean Ducharme	*Gros mots.*
3522.	Timothy Findley	*La fille de l'Homme au piano.*
3523.	Alexandre Jardin	*Autobiographie d'un amour.*
3524.	Frances Mayes	*Bella Italia.*
3525.	Dominique Rolin	*Journal amoureux.*
3526.	Dominique Sampiero	*Le ciel et la terre.*
3527.	Alain Veinstein	*Violante.*
3528.	Lajos Zilahy	*L'Ange de la Colère (Les Dukay tome II).*
3529.	Antoine de Baecque et Serge Toubiana	*François Truffaut.*

3530. Dominique Bona — *Romain Gary.*
3531. Gustave Flaubert — *Les Mémoires d'un fou. Novembre. Pyrénées-Corse. Voyage en Italie.*
3532. Vladimir Nabokov — *Lolita.*
3533. Philip Roth — *Pastorale américaine.*
3534. Pascale Froment — *Roberto Succo.*
3535. Christian Bobin — *Tout le monde est occupé.*
3536. Sébastien Japrisot — *Les mal partis.*
3537. Camille Laurens — *Romance.*
3538. Joseph Marshall III — *L'hiver du fer sacré.*
3540 Bertrand Poirot-Delpech — *Monsieur le Prince.*
3541. Daniel Prévost — *Le passé sous silence.*
3542. Pascal Quignard — *Terrasse à Rome.*
3543. Shan Sa — *Les quatre vies du saule.*
3544. Eric Yung — *La tentation de l'ombre.*
3545. Stephen Marlowe — *Octobre solitaire.*
3546. Albert Memmi — *Le Scorpion.*
3547. Tchékhov — *L'Île de Sakhaline.*
3548. Philippe Beaussant — *Stradella.*
3549. Michel Cyprien — *Le chocolat d'Apolline.*
3550. Naguib Mahfouz — *La Belle du Caire.*
3551. Marie Nimier — *Domino.*
3552. Bernard Pivot — *Le métier de lire.*
3553. Antoine Piazza — *Roman fleuve.*
3554. Serge Doubrovsky — *Fils.*
3555. Serge Doubrovsky — *Un amour de soi.*
3556. Annie Ernaux — *L'événement.*
3557. Annie Ernaux — *La vie extérieure.*
3558. Peter Handke — *Par une nuit obscure, je sortis de ma maison tranquille.*
3559. Angela Huth — *Tendres silences.*
3560. Hervé Jaouen — *Merci de fermer la porte.*
3561. Charles Juliet — *Attente en automne.*
3562. Joseph Kessel — *Contes.*
3563. Jean-Claude Pirotte — *Mont Afrique.*
3564. Lao She — *Quatre générations sous un même toit III.*
3565. Dai Sijie — *Balzac et la Petite Tailleuse chinoise.*

Composition Interligne.
Impression Société Nouvelle Firmin-Didot.
à Mesnil-sur-l'Estrée, le 19 novembre 2001
Dépôt légal : novembre 2001.
Numéro d'imprimeur : 57585.

ISBN 2-07-041763-8/Imprimé en France.

98767